書下ろし

悪女の貌《かお》

警視庁特命遊撃班

南 英男

祥伝社文庫

目次

第一章　絞殺の背景

1

背中に銃口を突きつけられた。

感触で、そう感じ取った。路上に立ち止まって、キャビンをくわえたときだった。日比《ひび》谷《や》の映画館街の裏通りだ。

人影は疎《まば》らだった。煙草《たばこ》を投げ捨てる。

六月上旬のある夜だ。七時半を回っていた。

風見竜次《かざみりゅうじ》は前に跳《と》ぶなり、体を反転させた。

すぐ目の前に黒人の巨漢が立っていた。身長は二メートル近い。筋肉が発達していて、肩は分厚かった。三十歳前後だろう。

右手で握っているのは、黒い自動拳銃だった。

しかし、真正銃《しんせいじゅう》ではない。精巧な造りのモデルガンだった。緊張感が緩《ゆる》む。

「何者だ?」

風見は、黒い肌の大男を睨《にら》みつけた。

「それ、言えない。おまえ、早く金《マニー》出す」

「辻強盗か。まだ日本語の勉強が足りないな。助詞が抜けてるぜ」

「その日本語、わからない。早くマニー出さないと、シュートするね」

「ナイジェリアあたりから流れてきたらしいな」

「それ、違う。わたし、ガーナ生まれね。先月、千葉の市原《いちはら》の自動車解体工場、警察の手入れ受けた。わたし、うまく逃げたね。でも、仲間たち、捕まっちゃった」

「読めたぜ。おまえらは日本人がかっぱらった車を安く買い取って、解体した部品をガーナに送ってたんだな?」

「そう。だけど、その仕事もうできない。わたし、ノーマニーね。二日以上、水しか飲んでない。お腹減ってるよ。早くマニー出して!」

「狙《ねら》った相手が悪かったな。おれは刑事《コップ》なんだ」

「それ、悪い冗談ね。お金出さないと、本当に撃つよ」

ガーナ人と称した巨漢が言って、モデルガンの銃把《じゅうは》に両手を添えた。

「そいつがモデルガンだってことは、とっくにわかってる」

「これ、本物のハンドガンね」

「それなら、早く引き金《トリガー》を絞れや」

風見は挑発した。

黒人の大男が獣じみた唸《うな》り声をあげ、モデルガンを投げつけてきた。風見は避《よ》けなかった。

モデルガンは胸板に当たり、彼の足許《あしもと》に落ちた。風見はモデルガンを踏み潰《つぶ》し、にっと笑った。

黒人男がいきり立ち、躍《おど》りかかってきた。凄《すさ》まじい形相《ぎょうそう》だ。

風見は軽やかに横に跳び、相手に横蹴りを見舞った。スラックスの裾がはためいた。蹴りがアフリカ人の左の太腿《ふともも》を直撃する。相手が呻《うめ》いて、体勢を崩した。

風見は中段回し蹴りを放った。

ミドルキックは、相手の太い胴に極《き》まった。大男が路面に倒れ込む。

「空腹じゃ、体に力が入らないか」

風見は茶化した。

黒人が母国語で何か悪態《あくたい》をつき、上着のポケットから何か摑《つか》み出した。催涙スプレーの缶だった。

風見はステップインして、相手の顎《あご》を蹴り上げた。

肉と骨が鈍《にぶ》く鳴った。黒人が唸りながら、仰向《あおむ》けに引っくり返った。スプレー缶が路面を転がる。

風見はスプレー缶を拾い上げ、巨漢の黒人の顔面に乳白色の噴霧《ふんむ》を吹きかけた。相手が両眼をグローブのような手で擦《こす》りつつ、のたうち回りはじめた。

「餓死しないうちに東京入管か、近くの丸《まる》の内署《うち》に出頭するんだな」

風見はアフリカ人に言って、催涙スプレーの缶を暗がりに投げ捨てた。少し離れた場所に数人の野次馬がいたが、誰も咎《とが》めなかった。

風見は平然とした顔で歩きはじめた。夜気《やき》は生暖かった。まだ梅雨《つゆ》入り前だった。

三十九歳の風見は警視庁の刑事である。

並の捜査員ではない。捜査一課特命遊撃班のメンバーである。職階は警部補だ。大卒の一般警察官《ノンキャリア》だった。

特命遊撃班は、警視総監直属の隠密《おんみつ》捜査機関である。

警察関係者以外は、チームの存在さえ知らない。本庁に設《もう》けられている特殊遊撃捜査隊『TOKAGE《トカゲ》』とは別組織だ。

特命遊撃班が結成されたのは、ちょうど三年前だ。司令塔は警視総監だが、チームに直《じか》に特命捜査指令を下《くだ》しているのは桐野徹《きりのとおる》刑事部長だった。

桐野は五十七歳で、国家公務員Ⅱ種試験を通った準キャリアである。Ⅰ種有資格者に次ぐエリートだが、気さくな人物だった。

チームを率《ひき》いているのは、成島誠吾《なるしませいご》警視だ。五十六歳である。特命遊撃班が誕生するまで、成島班長は捜査一課の管理官だった。

捜査一課を取り仕切っているのは、言うまでもなく一課長だ。ナンバーツウの理事官の下には八人の管理官がいて、それぞれが各捜査係を束《たば》ねていた。

捜査一課には、およそ四百人の課員がいる。理事官や管理官になれる者はごく少数だ。成島はノンキャリア組の出世頭だった。

しかし、管理官時代に連続殺人犯のふてぶてしい態度に腹を立て、思わず張り倒してしまった。その不始末で、事実上の降格になったのである。

だが、当の本人は少しも落胆しなかった。それどころか、昔のように現場捜査に携《たずさ》われることを喜んだ。

神田《かんだ》で生まれ育った成島は、典型的な江戸っ子だった。

粋《いき》を尊《たっと》び、何よりも野暮《やぼ》を嫌う。実際、班長はいなせだ。気性はさっぱりとしている。出世欲はなく、金銭にも執着しないタイプである。

ただし、見てくれはよくない。ブルドッグを連想させる顔立ちで、ずんぐりむっくりとした体型だ。

短く刈り込んだ頭髪はだいぶ薄い。酔いが回ると、きまってべらんめえ口調になる。

ひとしの遣《つか》い方が間違っていることが多いが、それを素直に認めようとはしない。子供のように口を尖《とが》らせて言い返す。その点は呆《あき》れるほど頑固だが、どこか憎めない。

成島はめったに部下を誉《ほ》めることはなかった。だが、いつも肚《はら》の中は空っぽだった。裏表がない。俠気《おとこぎ》があって、なかなかの人情家だ。

古典落語や講談に精通し、ジャズと演歌の両方をこよなく愛している。偏屈《へんくつ》ではないが、少しばかり変わり者だった。

妻は四年前に病気で亡《な》くなっている。現在の住まいは、文京区本郷《ぶんきょうくほんごう》三丁目にある。二十八歳の息子や二十六歳の娘と一緒に分譲マンションで暮らしていた。長男は予備校講師で、長女はフリーのスタイリストだ。

風見の実家は、神奈川県湯河原《ゆがわら》にある。高校を卒業するまで、地元で育った。風見は都内の中堅私大で学び、警視庁採用の警察官になった。民間企業に勤める気はなかった。

といっても、別に正義感に衝《つ》き動かされて職業を選択したわけではない。サラリーマンは自分の性《しょう》に適《あ》わないと判断しただけだ。ただ、なんとなく刑事には憧《あこが》れていた。制服嫌いだったからか。

風見は一年ほど交番勤務をしたきりで、運よく刑事に抜擢《ばってき》された。押し込み強盗を三人も検挙したことが高く評価されたらしい。

刑事として最初に配属になったのは、新宿署《しんじゅくしょ》だった。都内で最大の所轄署である。幾分、誇らしかった。

拝命された刑事課強行犯係《きょうこうはんがかり》は、殺人や強盗など凶悪な事案《じあん》を受け持っている。それだけに、職務はハードだった。徹夜で張り込みをしたことは、それこそ数え切れない。

激務だったが、緊迫感を味わえた。凶悪犯と対峙《たいじ》するたびに、闘争本能を掻《か》き立てられる。犯人の身柄を確保したときの達成感は大きかった。

風見は二十代のころに新宿署、池袋《いけぶくろ》署、渋谷《しぶや》署で強行犯係を務《つと》め、三十歳のときに四谷《よつや》署刑事課暴力犯係に異動になった。いわゆる暴力団係刑事《マルボウ》だ。

風見は組員や荒くれ者たちを次々に逮捕し、銃刀も数多く押収した。各種の麻薬の隠し場所も嗅《か》ぎ当てた。

その功績が認められ、二年後に本庁組織犯罪対策第四課の一員に迎えられた。誰もが羨《うらや》む本庁勤めだ。悪い気はしなかった。

同課は、二〇〇三年まで捜査四課と呼ばれていたセクションが母体になった新部署だ。略称は組対《そたい》四課で、第三課と暴力団絡《がら》みの犯罪を摘発している。第五課は、麻薬や銃器の手入れが職務である。

無法者たちを取り締まっている刑事は、体格に恵まれた強面《こわもて》揃いだ。やくざに間違われる者が少なくない。

優男《やさおとこ》の風見は、明らかに異質だった。甘いマスクのせいで、暴力団関係者に侮《あなど》られやすかった。風見は色男だが、決して軟弱ではない。

性格はきわめて男っぽく、腕力もある。柔剣道の高段者だった。射撃術は上級だ。

風見は怒りを覚えると、顔つきが一変する。

涼《すず》やかな目は狼のように鋭くなり、凄《すご》みを帯びる。若い組員たちは一様《いちよう》に竦《すく》み上がり、急いで目を逸《そ》らす。裏通りに走って逃げ込む準構成員はひとりや二人ではなかった。

風見はアウトローたちを怯《ひる》ませるだけではない。実に危険な男だ。場合によっては、狂気の色合さえ見せる。

自分に牙《きば》を剝《む》く者は、非情なまでに叩きのめす。相手が狡猾《こうかつ》な犯罪者なら、ためらうことなく反則技を使う主義だった。時には、半殺しにもしてしまう。

アナーキーな面があることで、いつしか風見は闇社会の人間や同僚刑事たちから一目置かれる存在になっていた。敏腕刑事と呼ぶ者もいたが、事実、有能でもあった。

検挙件数は、常に課内でトップだった。幾度も警視総監賞を与えられた。連日のように美女たちに色目を使われた。何もかも順調だった。

だが、二年四ヵ月前に運に見放された。

風見は内偵捜査中だった銃器密売人に発砲され、つい逆上してしまった。相手を容赦《ようしゃ》なく殴打し、大怪我を負わせた。当然ながら、過剰防衛を問われ、特別公務員暴行致傷罪で告発されそうになった。

しかし、懲戒免職にはならなかった。それまでの働きぶりが考慮されたらしく、三ヵ月の停職処分を科せられただけだった。

そのことには感謝したが、風見は自宅謹慎中に虚《むな》しさに襲われた。

暴力団係刑事は、体を張って捜査活動に励んでいる。長引くデフレ不況で、全国の暴力団関係者は七万数千人にまで減少した。だが、累犯率《るいはんりつ》は高まっている。しかも年々、凶暴化してきた。

これまでの苦労は、いったい何だったのか。無意味だったのではないだろうか。そんな思いが日に日に強まり、ひどく気が滅入った。

もともと風見は、警察社会の前近代性に不満があった。

わずか千数十人の警察官僚《キャリア》が二十九万人近い巨大組織を支配することに問題がある。ごく一握りの者たちが権力を持つと、必ず堕落がはじまるものだ。

機構そのものを大胆に改革しなければ、階級社会の腐敗を喰《く》い止めることはできないだろう。

しかし、個人の力ではどうすることもできない。力《りき》んでみたところで、同調者は出てこないだろう。

風見はこの際《さい》、転職する気になった。

本気だった。その証拠に、密《ひそ》かに働き口を探しはじめた。残念ながら、希望する仕事にはありつけなかった。

落ち込んでいると、人事異動の内示があった。打診されたのは特命遊撃班だった。

成島とは旧知の仲だ。風見は年に四、五回、成島と二人で酒を酌《く》み交わしていた。親分肌の成島は敬愛する人物だった。

風見は成島が自分をチームに引き抜いたことを上司に教えられ、大いに思い悩んだ。成島を支えたい気持ちはあった。しかし、ためらわせるものがあった。それほど当時の特命遊撃班は評判が悪かった。

はみ出し者の吹き溜《だ》まりと蔑《さげす》まれていた。それだけではない。窓際部署と嘲笑され、墓場とさえ言われていた。

自分は、まだ四十路《よそじ》にもなっていない。人生を棄《す》てるのは早すぎる。もったいない。そういう気持ちが萎《しぼ》まなかった。

風見は辞表を懐《ふところ》に忍ばせ、特命遊撃班の刑事部屋を訪ねた。

すると、メンバーの中に飛び切りの美女がいた。単に容姿が整っているだけではなかった。聡明そうで、色気があった。

十一歳年下の美しい刑事は、きわめて謙虚だった。それでいて、どこか凜《りん》としていた。それも魅力だった。理智的でありながら、くだけた面もうかがわせる。好みのタイプだった。

惚《ほ》れっぽい性質《たち》の風見は現金にも転職する気をなくし、特命遊撃班の新メンバーになった。それから、はや二年の歳月が流れている。

風見は美しい刑事とコンビを組み、冗談めかして口説《くど》きつづけてきた。だが、そのたびに軽くいなされた。嫌われてはいなそうだが、恋愛対象とは見られていないようだ。

風見は、一昨年《おととし》の暮れに根上智沙《ねがみちさ》と親密な関係になった。そんなことで、最近は綺麗《きれい》な相棒を別の目で眺めるようになっていた。

はるかに若い従妹《いとこ》に接しているような感じだ。そのくせ、たまに美人刑事に言い寄りたくなるときもあった。

風見は無類《むるい》の女好きだった。

しかし、ただの好色漢ではない。根はロマンチストだった。この世のどこかに理想に近い女性がいると半ば本気《なか》で信じていた。そういうことで、数多くの女性と交際してきたのである。

現在の恋人は智沙だ。近いうちに彼女と結婚する気でいるが、恋の行く末は予測できない。諦《あきら》めが悪いだろうか。

班長の成島もそうだが、四人の部下はいずれも〝はぐれ者〟だった。

最年長の岩尾健司《いわおけんじ》警部は四十七歳で、四年前まで本庁公安部外事一課にいた。三十代のころにロシア漁業公団の下級船員になりすました大物スパイを根室《ねむろ》市内で検挙して大手柄を立てたのだが、その後がいけない。

岩尾はロシアの美人工作員ナターシャの色仕掛け《ハニー・トラップ》に引っかかり、機密情報をうっかり漏《も》らしてしまった。真面目一方の公安刑事は、ハニー・トラップを見抜けなかったわけだ。

岩尾はペナルティーとして、本庁捜査三課スリ係に飛ばされた。

厭《いや》がらせの異動だった。上層部は、岩尾が腐って依願退官すると読んでいたにちがいない。だが、そうはならなかった。

岩尾は黙々と職務をこなしつづけた。成島班長が岩尾をスリ係で終わらせるのは惜《お》しいと考え、特命遊撃班に迎えたと聞いている。

美人刑事の八神佳奈《やがみかな》は東大法学部出身で、国家公務員I種試験合格者だ。警察官僚《キャリア》である。二十八歳ながら、すでに階級は警視だった。地方の所轄署なら、署長になれる超エリートだ。

佳奈は、かつて警察庁長官官房の総務課員だった。彼女はキャリアの上司の思い上がった考えを遠慮なく批判し、警視庁捜査二課知能犯係に出向《しゅっこう》させられる破目になってしまった。

佳奈は出向先でも、理不尽な命令や指示には従わなかった。女性ながら、気骨がある。

成島班長は、反骨精神の旺盛な人間を高く評価している。異端者を庇《かば》う気質でもあった。どのセクションでも扱いにくいと思われていた佳奈を逸材《いつざい》と見て、班長は自分のチームに入れたわけだ。

佳奈は北海道生まれである。高校を卒業するまで札幌《さっぽろ》の実家で暮らしていた。父親は、洋菓子メーカーの二代目社長だ。

美人警視は社長令嬢だが、親の財力に頼ることなく我が道を歩《あゆ》んでいる。実兄は、祖父が創業した会社の役員に収まっているそうだ。佳奈とは肌合いが違うのだろう。

先月まで岩尾とコンビを組んでいた佐竹義和《さたけよしかず》巡査部長は以前、本庁警務部人事一課監察室の室員だった。平《ひら》の監察係だ。

監察係は、室長の首席監察官や主任監察官の指示で、警察官たちの犯罪や品行に目を光らせている。主任以下の係員には、〝官〟が付かない。単に監察係と呼ばれている。

監察室は警察庁の特別監察官と連動して、毎年五、六十人の不心得者を懲戒免職に追い込んでいる。

佐竹はそうした立場にありながら、警察学校で同期だった所轄署風紀係刑事の収賄の事実に目をつぶってしまった。致命的な失点だろう。

ただし、その動機は人間臭い。

同期の刑事は父母が生活苦に喘《あえ》いでいることを知り、風俗店やストリップ劇場に手入れの情報を教え、数十万円ずつ汚れた金を受け取っていた。歪《ゆが》んだ形だが、親孝行をしたかったのだろう。それが救いだ。

お人好しの佐竹は、ついつい情《じょう》に絆《ほだ》されてしまった。とはいえ、弁解の余地はない。本来なら、職を失っていただろう。幸か不幸か、たまたま前年度の免職者が多かった。そういう裏事情があって、佐竹は刑事総務課に預けられた。

だが、特に職務は与えられなかった。成島班長が見かねて、佐竹をチーム・メンバーに加えたのだ。

その佐竹は、いま蒲田《かまた》署生活安全課少年係の主任として働いている。三十三歳で主任のポストに就《つ》いたわけだから、栄転と言えるだろう。

佐竹の代わりに、二十七歳の巡査長がチーム入りした。橋爪宗太《はしづめそうた》という名で、元池袋署刑事課強行犯係だ。

風見は、チームの馴染《なじ》みの『春霞《はるがすみ》』に向かっていた。日本料理を売り物にした酒場で、三十代半ばの友紀《ゆき》ママは成島班長のマドンナだった。

まだ新メンバーの歓迎会を開いていなかった。今夜七時半から、橋爪を囲んでメンバーが飲むことになっていた。すでに成島、岩尾、佳奈、橋爪の四人は店にいるだろう。

風見は、橋爪の歓迎会に積極的に出席する気にはなれなかった。

新メンバーは見込みのある若手らしいが、かなり生意気だった。自信家で、厭味な面もあった。

風見は、年上の岩尾警部が教育係を兼ねて橋爪とコンビを組むと思い込んでいた。ところが、成島班長は現場捜査に馴《な》れた風見に橋爪の面倒を見てくれと言いだした。

佳奈と離れ離れになるのは寂しい。風見は、岩尾のほうが教育係にふさわしいと進言しつづけた。しかし、聞き入れてもらえなかった。

足が重い。『春霞』は百数十メートル先にあるのだが、できれば世田谷《せたがや》区桜《さくら》にある智沙の家にまっすぐ戻りたい気持ちだった。

風見の自宅マンションは、中目黒《なかめぐろ》にある。智沙の母親が末期癌で入院してから、彼は恋人の家にちょくちょく泊まり込んでいた。去年の十月ごろからは、ほとんど智沙の実家に泊まっている。

彼女の母は、この二月上旬に生涯を閉じた。二十七歳の智沙は独りっ子である。父親が他界したのは一昨年の四月だった。

そのころ、智沙は翻訳プロダクションで働いていた。母親の病状が悪化してからは仕事を辞め、病人の世話に専念していた。

彼女の父は病死と思われていたのだが、実は他殺だった。一年八カ月前、風見はたまたま銀座《ぎんざ》の裏通りで柄の悪い男に追いかけられていた智沙を庇《かば》ってやった。それが二人の出会いだった。

その四ヵ月後、風見は特命捜査で偶然にも智沙の父の死の真相を暴《あば》くことになった。それで彼は智沙と再会し、恋愛感情を懐《いだ》くようになったのである。智沙は人目を惹《ひ》く美女で、気立てがよかった。

彼女も風見に魅《み》せられていたらしい。二人の間は急速に縮まった。風見はこれまで女性遍歴を重ねてきたが、そろそろ年貢を納めてもいいと考えている。

智沙の母親の納骨が済んだ翌日、彼は自分の塒《ねぐら》に戻るつもりでいた。

だが、智沙はまだ心細げだった。そんなわけで、いまも風見は智沙が生まれ育った戸建て住宅で寝起きしていた。

麻の白いジャケットの内ポケットで、私物の携帯電話が打ち震えた。マナー・モードにしてあった。

風見はたたずみ、モバイルフォンを摑《つか》み出した。発信者は佐竹だった。

「よう、主任！」

「風見さん、からかわないでくださいよ。ずっと特命遊撃班にいたかったんですけど、お払い箱になっちゃいましたんでね」

「佐竹、僻《ひが》むなって。成島さんは桐野刑事部長に働きかけて、おまえの異動を白紙に戻してくれと上層部に掛け合ってもらったらしいぜ」

「そのことは、班長から聞きました。だけど、いったん決まった人事異動を覆《くつがえ》すことはできなかったんでしょう」

「そうなんだろうな。佐竹がいなくなったんで、なんか寂しいよ。しかし、おまえは主任になったんだ。気持ちよく送り出さないとな」

「いつかチームに戻れることを期待して、しばらく少年係の職務を果たしますよ。それはそうと、今夜、会えませんかね？」

「悪い！　今夜は時間の都合がつかないんだ」

風見は、橋爪の歓迎会があるとは言えなかった。

「そういうことでしたら、日を改めましょう。噂によると、新メンバーの橋爪巡査長は去年の秋に初動捜査で強盗殺人犯を全面自供させたそうじゃないですか。まだ二十七なのに、たいしたもんだな」

「まぐれだったんだろう。一種のビギナーズ・ラックだったんだと思うよ」

「風見さんは、あんまり新メンバーがお気に入りじゃないんでしょう？」

「はっきり言うと、苦手なタイプだな。まだ挫折感を味わったことがないらしくて、どこか鼻持ちならないんだ。人間は失敗を重ねないと、謙虚になれない。他人《ひと》の気持ちも汲《く》み取れないもんさ」

「でしょうね。岩尾さんは、自分以上にやりにくい相棒と組まされることになったわけか。気の毒ですね」

「橋爪と組まされたのは、おれなんだよ」

「えっ、そうなの!?」

「岩尾さんよりもおれのほうが強行犯事案を多く手がけてきたんで、こっちが橋爪の教育係を押しつけられたんだ」

「そうなんですか」

「班長は、八神とおれをずっと組ませてると、こっちがちょっかい出すかもしれないと警戒したのかね?」

「八神警視は、風見さんの甘い言葉に引っかかるような娘《こ》じゃないでしょ?」

「ま、そうだな」

「成島班長は橋爪巡査長が優秀な刑事《デカ》になりそうなんで、風見さんにみっちり仕込んでもらいたいと思ったんじゃないんですか?」

「そうだとしたら、こっちは迷惑だね。美人警視と聞き込みに回れなくなったんだから、仕事に潤《うるお》いがなくなっちまう」

「そう言わずに、せいぜいルーキーを鍛《きた》えてやってください。そのうち、また連絡します」

佐竹が先に電話を切った。風見はモバイルフォンを折り畳み、溜息をついた。

2

階段を下《くだ》る。

『春霞』は飲食店ビルの地下一階にあった。風見は店内に足を踏み入れた。

「いらっしゃい！」

女将《おかみ》の友紀がにこやかに近づいてきた。いつものように着物姿だった。和風美人が一層、色っぽく見える。

「酒を飲む前に、ママの色香に酔いそうだな。成島さんがもたもたしてるんだったら、先にママを口説いちゃおうかな」

「素敵な彼女がいらっしゃるのに、何を言ってるんです。悪い方ね」

「一緒に暮らしてる女はいるが、まだ結婚してるわけじゃない。友紀ママに言い寄っても、別に問題はないと思うがな」

「風見さんはイケメンだけど、わたし、女擦《ず》れしてる男性は駄目なの。いい男は、ほかの女性に横奪《ど》りされる心配があるでしょ？」

「おれは、好きな女には一途《いちず》だよ」

「よくおっしゃるわ。半年ぐらい前までは相棒の八神さんにちょっかい出す気でいたんでしょ？」

「ただの冗談さ。八神はいい女だが、従妹《いとこ》みたいな存在だからね。本気でどうこうしようなんて思ったことはない」

「少しは口説く気があったんでしょ？」

「八神は仕事仲間だから、そんな気はなかったよ。それより、ママ、また成島さんとデートしてあげてやってくれないか。一度、二人で映画を観《み》に行ったきりだよね？」

風見は確かめた。

「ええ、そうなの。わたしは、またデートに誘ってほしいと思ってるんだけど、成島さんはなかなか……」

「いいおっさんなのに、成島さんは惚れてるママの前では初心《うぶ》な青年みたいになっちゃうからな。そういう純なとこがママはいいと思ってるんだろうけどね」

「ええ、そうね。ずっと年上の男性なんだけど、なんだか母性本能をくすぐられちゃうの」

「だったら、おれが恋のキューピッドになるよ。二人を見てると、なんだかもどかしくなっちゃうんだ」

「せっかくだけど、もうしばらくわたしたちを静かに見守ってください」

「焦《じ》れったいな。しかし、大人同士の恋愛はそういうものかもしれないね。静観することにするよ」

「そうして。みなさんは、あちらで……」

友紀が室内に立った。左手に素木《しらき》のカウンターがあり、通路の右手は小上《こあが》りになってい る。各席は洒落《しゃれ》た衝立《ついたて》で仕切られていた。

板場には、二人の板前がいる。どちらも老舗《しにせ》料亭で腕を磨いた調理師で、本格的な懐石料理も作れる。

それだけに、肴《さかな》はどれも絶品だった。それでいて、値段はさほど高くない。

特命遊撃班のメンバーは、最も奥の座卓を囲んでいた。

新メンバーの橋爪は座卓の向こう側で、成島班長と並んでいる。岩尾と佳奈は手前に坐っていた。

「風見さん、遅刻っすよ。そう遠くない日にエースになる新メンバーの歓迎会なんすから、時間厳守してください」

橋爪が声をかけてきた。

「おまえ、本気《マジ》で言ってるのか⁉」

「エース云々《うんぬん》は願望っす。でも、そのくらいの野心がなかったら、使える刑事にはなれないでしょ？」

「軽いな。軽すぎる」

風見は顔をしかめた。

「何がっすか？」

「その喋《しゃべ》り方だよ。まだ学生気分が抜けてないな。職階がどうとかってことじゃなく、橋爪がチームで最年少なんだ。年上の人間にタメ口《ぐち》に近い喋り方はまずいだろうが！」

「敬語を遣《つか》えないわけじゃないんすよ。チームメイトは、いわば家族みたいなもんでしょ？　フランクな喋り方のほうが親しみを覚えるだろうし、結束力も強まると思うけどな」

「おれの倅《せがれ》も、橋爪君と同じような話し方をするよ」

班長の成島が新メンバーを庇《かば》った。

風見は顔には出さなかったが、なんとなく面白くなかった。無言で靴を脱ぎ、成島と佳奈の間に腰を落とす。

「最初の一杯はビールがいいんでしょ？」

佳奈がビア・グラスを風見の前に置いた。風見はグラスを少し傾け、佳奈の酌《しゃく》でビールを受けた。

「なんか夫婦みたいっすね、お二人は。風見さんは自分が苦手みたいっすから、自分、岩尾警部とコンビを組んでもいいっすよ。まだ刑事歴は浅いっすけど、ずっと強行犯捜査をやってきたわけだから、特に先輩たちに教わることはないと思うんす。だから、誰と組んでも足手まといにはならないっすよ」

「橋爪巡査長、思い上がっちゃいけねえな。池袋署の働きぶりはそれなりに評価できるが、きみはまだ勉強が足りない」

成島が窘《たしな》めた。

「何が足りないんすか？　はっきりと言ってもらってもかまわないっすよ」

「若いうちは根拠のない自信を持ちがちだが、ベテランから見たら、二十代はいろんな面で未熟だよ。半人前だな」

「職務でミスしたことは一度もないっすよ、自分は」

「そういうふうに思うことが、まだ未熟な証拠だよ。どんな職業にも言えることだが、三十年、四十年のキャリアを積んで、ようやく一丁前になるんだ。一生かかっても、多くの人間はパーフェクトにはなれない。どの道も深いんだよ。二十代の若造がいっぱしのことを言ったら、笑われるぞ」

「班長、お言葉を返すっすけど、経験年数よりもセンスでしょ？　自分は刑事としてのセンスはあると思うっす」

「そういう自信というか、うぬぼれはどこから生まれるのかね？」

岩尾が哲学者めいた顔にシニカルな笑みを浮かべた。橋爪の思い上がりを苦々しく思ったのだろう。

「若い奴がすべて未熟だと思い込むことは、非生産的だと思うっすよ。いつの時代も、若い力が社会を動かしてきたじゃないっすか。明治維新が好例でしょ？」

「話が大きいね。若い世代のパワーを認めないわけじゃないが、まだ人生経験が豊かではないから、物事を多面的に捉《とら》えられない」

「岩尾さんがおっしゃりたいことはわかるっすよ。でも、若い連中は何かでつまずいても、すぐに立ち上がれます」

「そうだね。そうした失敗を重ねていくうちに、人間は少しずつ成長していく。しかし、きみはさっき自分は職務上のミスはしたことがないと胸を張った。そのことで自信過剰になったら、その段階で成長はストップするんじゃないのかな？」

「自分、それほど思い上がってはないっすけどね」

橋爪が口を尖《とが》らせ、焼酎《しょうちゅう》の水割りを呷《あお》った。

「目上の者にへつらう必要はないが、謙虚さは保《たも》つべきだね。ことに若いうちはな。とうに亡くなった大衆小説の大作家が生前、自分以外の人間はすべて人生の師だと書き遺《のこ》してる。年寄りっぽいと笑われるかもしれないが、その通りだろうな。他人《ひと》はいいことも悪い面も教えてくれる。我々の職業も同じことが言えるんじゃないのか」

成島班長がいったん言葉を切って、すぐに言い継《つ》いだ。

「先輩刑事の全員が模範的ではないだろう。反面教師にしたくなる奴もいるはずだ。しかし、刑事歴の浅いうちはそうした見極めもできない。だから、これまでミスをしてこなかったからって、唯我独尊《ゆいがどくそん》になってはいけないんだよ」

「それはわかるっすけど……」

「橋爪君、よく聞け。五十六年生きてきてわかったんだが、真に優《すぐ》れた人間は自分が完璧ではないことを知ってる。だから、常に謙虚なんだよ」

「わたしも、そう思うわ」

佳奈が成島に同調した。

「八神警視は、自分よりも一つ年上なだけっすよね？」

「ええ、そう。それがどうだと言うの？」

「若いのに、年長者を立ててるんすね。キャリアはやたら威張るタイプと逆に妙に遜《へりくだ》って見せるタイプに分かれてるみたいっすけど、八神さんは後者なのかな。ノンキャリア組に嫌われなきゃ、偉いさんになったときにやりやすいっすからね。要するに、得するわけだ」

「あんた、わたしに喧嘩《けんか》売ってんの！　損得勘定しながら、生きてるように見える？」

「警察官僚になったわけだから、そのへんの計算はしっかりしてるんじゃないっすか？」

「橋爪巡査長、外に出なさいよ」

「危《ヤベ》え！　美人警視を怒らせちゃったっすね」

橋爪が首を竦《すく》めた。風見は新メンバーに険《けわ》しい顔を向けた。

「おい、八神に謝れ！　八神はそんなキャリアじゃない」

「そうっすか」

「正座して、きちんと詫《わ》びろ」

「わかりました」

橋爪が言われた通りにした。しかし、誠意が込められているようには見えなかった。

「先入観で他人を論評するようなことはやめてよね」

佳奈が橋爪に言って、焼酎のロックを喉に流し込んだ。

「班長、なんで橋爪みたいな生意気な野郎を引き抜いたんですっ」

風見は成島に絡んだ。

「池袋署での働きを評価したんだが、これほど生意気だとは思わなかったよ。責任逃れするわけじゃないが、橋爪を鍛え直す楽しみもあるじゃないか」

「正直に言って、おれは橋爪とはコンビを組みたくないですね」

「そこまで嫌われてるんだったら、自分、独歩行《どっぽこう》でもいいっすよ」

「橋爪、おまえはベテランなのか？　まだ駆け出しのくせに、一丁前のことを言うんじゃゃねえ」

成島が一喝《いっかつ》した。

「でも……」

「黙ってろ。おまえは誰かに鼻っ柱を折ってもらわないと、いい刑事《デカ》にゃなれねえ。風見にとことんシゴかれるんだな。それが不服なら、チームから脱けてもいい。前例はないが、上層部に根回しをし、そっちを池袋署に戻らせてやる」

「そ、そんな……」

「特命遊撃班も近頃は見直されて、チーム入りしたがってる奴が割にいるんだ。後釜には困らない。橋爪、どうする?」

「はい」

「せっかく本庁勤めになったんだから、風見さんにいろいろ教えてもらうっすよ」

「そうか。なら、おまえはチームで一番若いんだから、不用意な発言は控えろ」

「それから、軽い喋り方も少しずつ直すんだな」

「そうっすね。いえ、わかりました」

橋爪が言い直した。

「その調子だ。おれにあまり野暮なことをさせるなよ」

「野暮?」

「ああ、そうだ。おれはな、ガキのころから母親に他人《ひと》さまに説教じみたことや人生訓を垂《た》れるようなことはするなって言われて育ったんだ。そういうことは野暮の骨頂《こっちょう》だってわけさ」

「そう言われてみると、確かにそうっすね。いや、その通りです」

「人には人の生き方がある。それぞれ価値観が異《こと》なるわけだから、自分の尺度であれこれ意見するのは野暮ったいことだと思ってるんだ。江戸っ子は粋《いき》に生きることを心掛けてるからな。親切や優しさの押し売りはみっともなく、野暮ったいと口癖のようにおふくろは言ってた。他者に心の負担をかけないよう気を配りながら、さりげなく相手を思い遣《や》る。それが粋というもんだとも言ってたよ」

「名言っすね」

「おれに意見されたからって、別に迎合《げいごう》することはない」

「自分、迎合なんかしてないっすよ」

「そうか。なら、いいさ。きょうは橋爪の歓迎会なんだ。みんなで愉《たの》しく飲もうじゃないか」

成島が誰にともなく言って、友紀に目配せした。待つほどもなく各種の料理が次々にテーブルに運ばれてきた。

五人は改めてグラスを触《ふ》れ合わせ、飲み喰いしはじめた。

風見は芋焼酎をロックで三杯飲んでから、美人警視の耳に顔を寄せた。

「八神とコンビで動けなくなったことが辛《つら》くて、なんか泣き上戸《じょうご》になりそうだよ。おれたちは、息がぴったりと合ってたからな。それに多分、体も……」

「それはわかりませんよ」

「今夜、確かめてみるか？」

「まだそんなことを言ってるんですか。いい加減にセクハラをやめないと、わたし、根上智沙さんに言いつけちゃいますよ。そうなったら、風見さんは大事な女性《ひと》に嫌われちゃうでしょうね」

「いいさ、それでも。おれは八神に嫌われなきゃいいんだ。おれたちは赤い糸で結ばれてるんだから、そろそろくっつくか」

「赤い糸でなんか結ばれてませんっ。わたし、多情な男性《ひと》は受け付けないと何度も言ったはずですけど」

「そうだっけ？」

「とぼけちゃって。風見さんの女好きは、もう病気ですね」

佳奈が呆れ顔で言って、箸《はし》で生雲丹《なまうに》を掬《すく》い上げた。そのとき、岩尾が口を切った。

「風見君、なんだか悪いね。きみと八神さんは名コンビだったのに、わたしが警視と組むことになってしまって。年齢的にはわたしが橋爪巡査長の教育係を務めなければならないんだろうが、強行犯捜査歴が浅いからな」

「そのことは気にしないでください。班長が決めたことなんですから、おれ、橋爪と組みますよ」

「そうしてくれないか。佐竹君は蒲田署でうまくやってるんだろうか」

「ここに来る前に佐竹から、たまたま電話があったんですよ」

「そう」

「しばらく所轄署で頑張ってみると言ってました。いつかまたチームに戻れることを期待してるとも言ってましたよ」

「そうなるといいな」

「ええ」

風見は相槌《あいづち》を打って、キャビンに火を点けた。二口《ふたくち》ほど喫《す》ったとき、成島班長の懐で携帯電話が鳴った。

成島が緊張した面持《おもも》ちで、上着の内ポケットから官給モバイルフォンを取り出した。風見は耳をそばだてた。発信者は桐野刑事部長のようだった。

電話の遣《や》り取《と》りは短かった。

風見は灰皿の底で煙草の火を揉み消しながら、成島に目を向けた。

「特命捜査の指令が下《くだ》ったようですね?」

「そうなんだ。三週間前に新宿署管内で美人経済アナリストが自分の事務所内で絞殺されたよな?」

「ええ。新宿署に設置された捜査本部《チョウバ》に本庁《うち》の捜一《そういち》九係の仁科《にしな》敬《たかし》係長たちが第一期捜査に当たったはずですが、容疑者の割り出しには至ってないんですね？」

「そうなんだ。五、六日前に十係の伊東《いとう》班が追加投入されたんだが、うちのチームも支援捜査に乗り出してくれという指令だったんだよ」

成島がそう言い、飲みかけの冷酒をぐっと呷った。

都内で殺人事件など凶悪な犯罪が発生すると、まず所轄署刑事課の面々と警視庁機動捜査隊初動班が初動捜査をする。オブザーバーとして本庁捜査一課強行犯捜査殺人犯捜査係員が事件現場に臨《のぞ》むことが多い。

たった数日の初動捜査で、犯人が見つかることは稀《まれ》だ。本庁は所轄署の要請を受けて、捜査本部を置く。通常、地元署の会議室や武道場に本部が設置される。

本庁の殺人犯捜査係の者たちが出張《でば》り、所轄署の刑事たちと合同で事件の謎を解く。ちなみに捜査費用は全額、所轄署が負担している。小さな警察署だと、管内で二件も殺人事件が起きたら、年間予算はあらかた吹き飛んでしまう。

本庁強行犯捜査係は、殺人犯捜査係を含めて第十係まである。第一・二係は実動部隊ではない。第三係から第十係のいずれかの班が所轄署に設置された捜査本部に詰め、第一期捜査を担《にな》う。

第一期の二週間以内に加害者が逮捕されれば、特命遊撃班の出番はない。以前は第一期捜査に三週間が費《ついや》されていたが、現在は二週間に短縮されている。通常は第二期捜査の後半に入ってから、風見たちのチームに出動指令が下ることが多かった。第二期捜査前に所轄署の刑事たちは捜査本部を離脱し、それぞれの持ち場に戻ってしまう。

つまり、第二期捜査以降は本庁の刑事だけで事件の解明に当たるわけだ。

二期目内に落着しないときは、五週目から別班が追加投入される。難事件になると、延べ百人以上の刑事が捜査本部に送り込まれる。

特命遊撃班は、専従捜査員たちと競《きそ》い合う恰好《かっこう》になる。捜査本部の刑事たちに疎《うと》まれることが多い。露骨に敵愾心《てきがいしん》を剝き出しにする者もいる。

それでも特命遊撃班は、過去三年で十数件の難事件を解決に導《みちび》いた。優秀なチームと言えよう。ただし、あくまでも非公式の側面支援活動だ。

したがって、チームの活躍ぶりが表に出ることはない。毎回、表向きは専従捜査員の手柄になっていた。風見たち五人に特別手当が付くわけではない。

だが、不平を口にするメンバーはひとりもいなかった。五人は〝黒子《くろこ》〟に甘んじて、殺人事件の隠密捜査にいそしんでいる。チームの誰もが現場捜査そのものが好きだった。

士気は高い。しかし、特に上昇志向はなかった。青臭い気負いもない。五人は真相を暴くことに快感を覚えていた。

「橋爪には気の毒だが、これでお開きにしよう」

成島が真っ先に腰を浮かせた。風見たち四人は班長に倣《なら》った。

一行は『春霞』を出ると、急ぎ足で本部庁舎に戻った。五人は中層用エレベーターを使って、六階に上がった。

特命遊撃班の刑事部屋は、エレベーター・ホールから最も遠い。給湯室の並びにある。プレートは掲《かか》げられていない。

ドアにも室名は記《しる》されていなかった。本部庁舎の九階には、記者クラブがある。新聞記者たちに特命チームのことを知られると、何かと都合が悪い。

特命遊撃班の五人は、同じフロアにある刑事部長室に直行した。成島班長がドアをノックして、大声で名乗った。

すぐに応答があって、桐野刑事部長が姿を見せた。髪はロマンス・グレイで、知的な風貌だ。

「新メンバーの歓迎会が台無しになっちゃったね」

「気にしないでください。本部事件に片がついたら、打ち上げを派手にやりますよ」

成島が桐野に言って、部下たちを顧《かえり》みた。

風見たちは入室し、十人掛けのソファに並んで腰を沈めた。

「例によって、理事官が初動捜査及び第一期捜査資料と鑑識写真を集めてくれた」

桐野がワゴンに歩み寄って、水色のファイルの束を両腕で抱え上げた。それから一冊ずつ五人の前に置き、成島と向かい合う位置に坐った。

「桐野さん、本部事件の被害者の国枝理恵《くにえだりえ》が絞殺されたのは五月十二日の夜のことでしたよね？」

「そう。女優のように美しかった経済アナリストは、まだ三十四歳だったんだ。凶器は黒い革紐《かわひも》だったんだが、被害者の首に巻きついたままだったんだよ」

「確か凶器に指掌紋《ししょうもん》は付着してなかったんでしたよね？」

「そうなんだよ。ほかに犯人の遺留品はなく、有力な目撃情報もなかった。そんなことで、第一期捜査を担当した仁科班は容疑者の絞り込みもできなかったんだ。二期目から追加投入された伊東班も、これといった手がかりは摑んでいない」

「そうですか」

「成《なる》さんのチームで早く片をつけてもらいたいな」

「今回もベストを尽くします。今夜はみんなに捜査資料をじっくり読み込んでもらって、明日から動いてもらいますよ」

成島が言って、ファイルを開いた。

風見も水色のファイルを膝の上で押し開き、死体写真の束を摑み上げた。

3

マグカップが空になった。

風見は、二枚のトーストとベーコン・エッグを平らげていた。

午前八時過ぎだった。根上宅の食堂である。

風見は、ダイニング・テーブルを挟んで恋人の智沙と向かい合っていた。彼女は、まだ朝食を摂《と》り終えていない。

「ご馳走さま！　ベーコン・エッグまでこしらえてもらえるとは思わなかったよ。昨夜《ゆうべ》は三度も……」

「その先は言わないで」

智沙の整った顔が羞恥《しゅうち》の色に染まる。

先に求めたのは風見だった。特命捜査に取りかかると、徹夜で張り込みをすることも珍しくない。当然、帰宅時間は不規則になる。

そんなことで、風見はいつもよりも情熱的に智沙の柔肌を貪《むさぼ》った。智沙は、たてつづけに三度も愉悦《ゆえつ》の海に溺《おぼ》れた。そのつど悦《よろこ》びの声をあげ、白い裸身を断続的に硬直させた。

風見は果てると、そのまま眠りに落ちた。

下腹部に生温かい感触を覚えたのは、数時間後だった。目を開けると、智沙が風見の股間にうずくまっていた。

官能を煽《あお》られたせいで、寝つけなくなってしまったようだ。智沙は狂おしげにオーラル・セックスに熱中した。風見の体はたちまち反応した。

二人は獣のように口唇愛撫を施《ほどこ》し合い、一つになった。体位を幾度か変えながら、濃厚な情事に耽《ふけ》った。

「きょうの朝食は和食にするつもりだったのよ。でも、早く起きられなかったの。それで、パン食で我慢してもらったのよ」

「いいさ。夜更かししたんだから、仕方ないよ。でも、なんか嬉しかったな。智沙があんなに乱れたのは、久しぶりだったからね」

「恥ずかしいわ。竜次さん、言わないで。母の納骨を済ませたら、少し心の区切りがついたみたいなの」

「そうなんだろうな。智沙、結婚しよう。けじめをつけたいんだ」

「八神さんとのコンビが解消になったんで、踏ん切りがついたみたいね？」

「そんなんじゃないよ。八神はただの相棒だったんだ」

「冗談よ。プロポーズされて、とても嬉しいわ。でもね、母の喪《も》が明けるまで待っててほしいの。来年の二月になったら、竜次さんのお嫁さんにしてもらう。それじゃ、駄目？」

「わかった。それまで待つよ」

「わがままを聞いてくれてありがとう。結婚したら、わたし、この家は誰かに貸そうと思ってるの。親が遺《のこ》してくれた家にずっと住んでもいいんだけど、竜次さんをマスオさんみたいにさせたくないのよ」

「どこかに3LDKぐらいのマンションを借りて、そこを新居にするか」

「ええ、そうね。それからね、わたし、また以前の翻訳プロダクションで働こうと思ってるの。社長はいつからでも復職していいと言ってくれてるんだけど、来月から働きはじめようと考えてるのよ」

「そうか。おふくろさんが亡くなったんだから、そうしたほうがいいな。おれは反対しないよ」

「それじゃ、そうするわ。それはそうと、きょうから支援捜査に取りかかるんでしょ？」

「ああ」

風見はうなずいた。特命捜査の内容を部外者に話すことは、もちろん禁じられていた。だが、智沙が口外しないことはわかっている。そんなことで、これまでもルールを破ってきた。とはいえ、少し後ろめたい。

「殺された国枝理恵という経済アナリストはテレビに出演してたんで、顔を知ってたわ。まだ若くて綺麗《きれい》な女性だったのよね」

「ルックスは智沙よりも、やや落ちるな。三十四だったから、大人の色気はあったけどさ」

「ええ、そうだったわね。外資系証券会社に七、八年勤めてから、フリーの経済アナリストになって、ビジネス・セミナーの講師をやったり、投資顧問会社の経営相談に乗ったりしてたんでしょ？」

智沙が訊《き》いた。

「そうなんだ。それから経済関係の専門誌に寄稿したり、さらに二つの大学で講師も務め、テレビ番組にもゲスト出演してた」

「スーパー・レディーだったのね。事件が起こったのは、五月の十日前後だったんじゃない？」

「五月十二日の午後八時から九時半の間に、被害者は西新宿二丁目にある自分の事務所で何者かに革紐で絞殺されたんだ。美人経済アナリストは二谷千登世《にたにちとせ》という助手を使ってたんだが、事件当夜、彼女は七時十分ごろにオフィスを出てるんだよ。そのことは、雑居ビルの防犯カメラの映像で確認されてる」

「そうなら、その女性助手が犯人ではないわけね。事件通報者は誰だったの？」

「捜査資料によると、被害者の元彼氏だね。殿岡直樹《とのおかなおき》という名で、三十七だよ。職業は弁理士だ」

「弁理士は、個人や企業の代理人として特許庁に特許、実用新案、意匠《いしょう》、商標の出願や登録手続きをしてるんでしょ？」

「そう。殿岡のオフィスは新橋《しんばし》にあるんだ。被害者と殿岡は一年数カ月前に別れたらしいんだが、その後も二人は電話やメールで近況を報告し合ってたようだな」

「二人が別れた原因は何だったのかしら？」

「殿岡の浮気が発覚して、二人の仲は壊れてしまったみたいだね。殺害された美人経済アナリストはプライドが高かったんだろう。だから、ちょっとした彼氏の浮気も許せなかったにちがいない。しかし、殿岡にもいい面があったみたいで、その後は友達づき合いをしてたようだよ」

「そうなの」

「事件当夜、殿岡はたまたま被害者に電話をかけた。そうしたら、国枝理恵は切迫《せっぱく》した声で救いを求めたらしい。そのとき、犯人に襲われてたんだろうな。被害者の携帯電話はすぐに切れたそうだよ」

「犯人が慌《あわ》てて終了キーを押して、電源も切ったんじゃない？」

「おそらく、そうだったんだろうな。事件現場で発見された被害者のモバイルフォンには、誰の指紋も掌紋も付着してなかったと捜査資料に記《しる》されてた。加害者がハンカチか何かで神経質に携帯電話を拭ったにちがいない」

風見は言った。

「ええ、そうなんでしょうね。殿岡という元彼が被害者に事件当夜、電話をしたことは事実だったんでしょ？」

「そうなんだ。初動捜査で、新宿署の刑事課は電話会社から殿岡の通話記録を取り寄せてる。弁理士の話に嘘はなかったんだよ」

「そうなの」

「殿岡は不吉な予感を覚えて、国枝理恵のオフィスに駆けつけた。それで、元恋人の絞殺体を発見して、一一〇番通報したわけさ」

「殺人現場はどうだったのかしら？」

「人が揉み合った痕跡はあったが、金品はまったく盗《と》られてなかったんだ。犯行動機は痴《ち》情《じょう》の縺《もつ》れか、何らかの怨恨《えんこん》だろうな」

「竜次さん、被害者の男性関係は？　あれだけの美人だったんだから、殿岡という弁理士と別れた後、新しい恋人ができたんじゃない？」

「初動と第一期捜査によると、国枝理恵には新しい彼氏はいなかったらしいよ。ただ、被害者は城南《じょうなん》大学の長峰昌俊《ながみねまさとし》という准 教 授《じゅんきょうじゅ》に一方的にのぼせられて、ストーカー行為に悩まされてたみたいなんだ。四十一歳の准教授は被害者が大学の講師になった三年前から、しつこくデートに誘ってたようだな」

「そのころ、被害者はまだ殿岡という元彼とうまくいってたんでしょ？」

　智沙が確かめた。

「そうなんだよ。だから、国枝理恵は長峰の誘いをはっきりと断ったようだ。殿岡との仲が駄目になっても、被害者は准教授をまったく相手にしなかったらしい。多分、嫌いなタイプだったんだろう」

「そうなんでしょうね。でも、長峰という准教授は諦《あきら》め切れなくて、被害者にしつこくつきまとってたわけだ？」

「そうらしい。長峰は毎日のように被害者のオフィスや自宅マンションの近くで待ち伏せして、ストーカー行為を繰り返してたみたいだな」

「准教授のアリバイは？」

「事件当夜は、自宅にずっといたと供述してる。マンションの部屋に電灯が点いてたことは間違いないんだが、長峰宅の両隣と上下階の居住者は室内で何も物音はしなかったと口を揃えてるんだよ」

「それなら、長峰が自宅にいるように見せかけて、西新宿の被害者の事務所に押し入り、犯行に及んだとも疑えそうね」

「そうなんだが、国枝理恵のオフィスのある雑居ビルに設置されてる防犯カメラには長峰准教授の姿は映ってないらしいんだよ」

「カメラの死角をうまく抜けて、非常階段を利用し、被害者のオフィスのある階にこっそりと上がったんじゃないのかしら？」

「雑居ビルの階段は建物の中にあるんだが、各階の階段室には防犯カメラは設置されてないようなんだ。智沙の推測、的外《まとはず》れじゃなさそうだな」

「素人《しろうと》が口を挟んだりして、ごめんなさい。わたしが喋ったことは忘れて、これまでの捜査で明らかになってることを手がかりにしてね」

「そうするつもりだが、智沙の話も参考になったよ」

風見は椅子《いす》から立ち上がり、居間に移動した。リビング・ソファに腰かけ、紫煙《しえん》をくゆらせはじめる。

智沙が汚れた食器をシンクに運び、流し台に向かった。風見は一服すると、浴室に歩《ほ》を進めた。

熱めのシャワーを頭から浴び、髪と体を手早く洗う。髭《ひげ》を剃《そ》り、歯も磨いた。

風見は身仕度をすると、根上宅を出た。住宅街の庭木の若葉を目で愛《め》でながら、最寄《もよ》りの私鉄駅に急ぐ。地下鉄に乗り継いで、九時二十分過ぎに職場に着いた。

風見は、いつものように通用口から本部庁舎内に入った。

地上十八階建てで、地下は四階まである。地下一階から三階までは車庫だ。地下四階は機械室になっていた。

一階には大食堂のほか、交通執行課、都民相談コーナーなどがある。二、三階の一部は、留置場として使われている。独房も雑居房も清潔で明るい。犯歴のある者たちには〝桜田門《さくらだもん》ホテル〟と呼ばれているようだ。

四階から十六階までは、刑事部、交通部、生活安全部、総務部、警務部、警邏《けいら》部、公安部、警備部などがフロアごとに使っている。十七階と十八階に映写室、道場、大会議室などがある。広い屋上には、ヘリポートが設置されていた。ヘリポートの横には、二層式のペントハウスがある。機械室だ。

本部庁舎に隣接している中央合同庁舎2号館には、警察庁と公安委員会が入っている。警視庁と違って、人の出入りは少ない。年末年始は民間会社と同じようにひっそりとしている。

本部庁舎では年中、職員を含めて約一万人の人間が働いている。労働人口は大企業並と言えよう。

エレベーターは十九基もある。低層用、中層用、高層用に分かれている。利用階数が違えば、めったに他《た》の部署の捜査員や職員と顔を合わせない。そんなことで、同じ本庁勤めでも全員と顔馴染みというわけではなかった。

風見は中層用のエレベーターで、六階に上がった。このフロアには、刑事部長室、刑事総務課、捜査一課、組織犯罪対策第四・五課、捜査一課長室などがある。

特命遊撃班は普段は特に職務は課せられていない。出動指令が下《くだ》されなければ、好きなことをして時間を潰《つぶ》している。

それでも原則として、平日の登庁は義務づけられていた。登庁時刻までは定められていなかったが、午前九時半までに刑事部屋に顔を出すメンバーが多い。

風見は特命遊撃班の刑事部屋に足を踏み入れた。

二十五畳ほどの広さだ。出入口の近くに四卓のスチール・デスクが据《す》えられ、正面の奥に班長席がある。その前にソファ・セットが置かれていた。

コーヒーテーブルを挟んで、成島班長が新入りの橋爪と向かい合っている。佳奈は、佐竹が使っていた席にいた。美人警視は岩尾警部と捜査資料を覗き込みながら、何か話し込んでいる。捜査本部事件の筋を読み合っているのだろう。

風見はそんな二人を目にして、軽いジェラシーを覚えた。

「色男、口の端に口紅がくっついてるぞ」

成島が明るくからかった。風見は反射的に指先で口許を拭った。むろん、ルージュは付着していなかった。

「冗談だよ。ずいぶんとすっきりした顔してるな。さては捜査資料にはざっと目を通しただけで、愛しい彼女と睦《むつ》み合ったね？」

「班長、それって、セクハラですよ」

佳奈は聞き逃さなかった。成島がばつ悪げに頭に手をやる。

「捜査資料はじっくり読み込みましたよ」

風見は成島に言って、橋爪のかたわらに腰を沈めた。

「自分も資料を熟読したっす。いいえ、熟読しました」

「橋爪、そっちはどう筋を読んだんだ？」

「国枝理恵を殺《や》ったのは、城南大学の長峰准教授でしょうね。長峰のアリバイは裏付《ウラ》けを取れたとは言えないでしょ？　本人は事件当夜、自宅マンションにずっといたと供述してるっすけど、居住者たちは部屋に人のいる気配は伝わってこなかったと言ってますからね」

「そうだな」

「ストーカー行為を繰り返してた長峰は、執念深い性格なんじゃないっすか？　被害者《ガイシャ》に冷たくあしらわれたんで、プライドを著しく傷つけられたんでしょう。自分は准教授なのに、相手は講師っすからね。いわば、格下です。知名度は高くても、年下の女に軽く扱われたら、プライドはずたずたでしょ？　長峰は防犯カメラに自分の姿が映らないよう細心の注意を払って、国枝理恵のオフィスに押し入り……」

「長峰のアリバイは曖昧《あいまい》だが、そういう心証だけで容疑者扱いするのは軽率だな」

「自分の勘、よく当たるんすよ。物証はないっすけど、当たってると思うな」

「橋爪巡査長、刑事の直感を信じるのもいいが、いまは科学捜査の時代なんだ。物的証拠や証言を集めて、加害者を割り出さないとな」

成島が苦言を呈《てい》した。

「もちろん、自分もDNA鑑定が決め手になってることはわかってるっす。成島警視のおっしゃる通りなんすけど、自分の直感はほぼ百パーセント的中してきたんすよ」

「まだ若いから、扱った事案数はせいぜい数十件だろうが？」

「もっと多いっすよ。殺人犯を突き止めたのは五件にも満たないけど、強盗事件の犯人《ホシ》はたくさん割り出しました」

「その程度で、名刑事気取りになるなんて単細胞《マルタン》すぎるな」

風見は皮肉を浴びせた。橋爪は表情を強張《こわば》らせたが、言葉は発しなかった。

「言いたいことがあるんだったら、言ってみろよ」

「なら、言うっす。風見さんは長峰はシロだと思ってるようっすけど、それじゃ、いったい誰が真犯人《ホンボシ》だと睨んでるんすか？」

「きのう渡された捜査資料だけじゃ、まだ何とも言えないな」

「あなたは強行犯事案をチームの中では一番多く捜査してきたんすよね？　だったら、初動と第一期捜査の結果から、犯人《タマ》の見当がつきそうだけどな」

「おれを無能だと言いたいわけか？」

「そこまでは思ってませんけど、ちょっぴりがっかりっすね」

「橋爪、口を慎《つつし》め！　特命捜査の多くは風見が解決に導いたんだ。素行はいいとは言えないが、うちのチームのエースなんだよ」

「それだったら、まず城南大学の准教授を怪しむはずなんすけどね」

「そっちの直感が正しかったら、おれは頭を丸刈りにしてやるよ」

「風見さん、本当にそうしてもらいますからね」

「いいとも。おまえの読み筋が間違ってたら、片腕をへし折るぞ」

「本気《マジ》っすか？」

「半分はな」

「橋爪、もう少し謙虚になれよ」

成島が新入りメンバーに言って、風見に顔を向けてきた。

「岩尾・八神班には、事件現場付近で再聞き込みをしてもらって、長峰昌俊の動きを探《さぐ》ってもらう。そっちは橋爪と一緒に事件通報者の殿岡直樹に会ってみてくれないか」

「わかりました」

「そのあと、被害者の助手だった二谷千登世からも改めて事情聴取してくれ」

「了解です」

「いつものように捜査本部に出向いて、一応、専従捜査員たちに仁義を切ってくれ。第九係の仁科警部は特命遊撃班のメンバーを目の敵《かたき》にしてるわけじゃないから、支援捜査の妨害をするようなことはないだろう」

「でしょうね。三係、五係、六係の係長はおれたちを毛嫌いしてますが、九係の仁科係長は友好的です」

「十係の伊東健人《けんと》係長も穏《おだ》やかな性格で、うちのチームには友好的だから、今回の本部事件の捜査はやりやすいはずだよ」

「そうでしょうね」

「急《せ》かすようだが、四人で新宿署の捜査本部に顔を出したら、早速、動きだしてくれないか」

「了解！」

風見は新しい相棒を目顔《めがお》で促《うなが》し、勢いよくソファから立ち上がった。橋爪が腰を浮かせると、岩尾と佳奈が相前後して椅子から離れた。

風見は最初にチームの小部屋を出た。

4

覆面パトカーが地下駐車場に潜《もぐ》った。

新宿署だ。都内で最大の所轄署である。地上十三階、地下四階だった。六百数十人の署員のほかに、本庁第二機動隊と自動車警邏《けいら》隊のおよそ三百人が常駐している。

風見は黒いスカイラインの助手席に坐っていた。ステアリングを操《あやつ》っているのは、橋爪だ。

すでに佳奈は、灰色のプリウスを空いているスペースに入れかけている。助手席には、岩尾が腰を沈めていた。

「風見さんは、新宿署で刑事生活をスタートさせたらしいっすね。班長がそう言ってたんすよ」

「ああ、そうだ」

「懐かしいでしょ？」

「まあな。しかし、昔の同僚たちは誰も刑事課には残ってない」

「そうでしょうね。数年ごとに人事異動があるからな」

橋爪が鮮やかなハンドル捌《さば》きで、覆面パトカーをカースペースに収めた。

風見は先に車を降りた。プリウスから相前後して降りた岩尾と佳奈が、足早に近づいてくる。橋爪があたふたと車を降りた。

風見たち四人はエレベーターで七階に上がった。

捜査本部は広い会議室に設営されていた。五十人近く収容できるだろう。最年長の岩尾がドアを開け、第九係の仁科係長に面会を求める。応対に現われた庶務班の若い刑事が一礼し、奥に走った。

捜査本部は庶務班、捜査班、予備班、凶器班、鑑識班などで構成されている。

花形は、やはり捜査班だろう。地取り、敷鑑《しきかん》、遺留品の三班に分かれている。二人一組で聞き込みに回り、尾行や張り込みもする。

庶務班は捜査本部の設営をし、机、椅子、通信機器を運び入れる。捜査員たちの食事の手配をして、会計業務をこなさなければならない。

予備班の語感は地味だが、最も重要な任務を担《にな》っている。メンバーは捜査本部に陣取り、主に情報の分析をする。各班に的確な指示を与えるだけではなく、容疑者を最初に取り調べるのも予備班だ。

凶器班は刃物、銃器、ロープなどの発見に努め、入手経路も割り出す。時には、池、川、沼、湖、海、下水道などにも潜らされる。

鑑識班は、本庁と所轄署の混成チームである。その比率は事件の内容や特殊性によって、まちまちだ。

風見は捜査班のブロックに目をやった。班長以外は出払っていた。

九係を取り仕切っている仁科警部が、にこやかに歩み寄ってきた。四十三歳だ。中肉中背で、縁なし眼鏡をかけている。サラリーマンにしか見えない。

「また側面支援をさせてもらうことになりました。目障《めざわ》りでしょうが、よろしくお願いします」

　岩尾が仁義を切った。

「わざわざ来ていただいて、申し訳ありません。本来なら、こちらからご挨拶に伺《うかが》わなければならないのに」

「いや、いや」

「去年の秋には、強盗殺人事件で大変お世話になりました。特命遊撃班の方々には本当に感謝しています。今回もみなさんのお力を借りることになりましたが、どうかよろしくお願いします」

「力を尽くします。初動と第一期捜査資料を読ませていただきましたが、その後、何か手がかりは？」

「残念ながら、捜査に進展はありません。被害者《マルヒ》にしつこくつきまとってた城南大学の長峰准教授が臭いと思ってたんですが……」

「仁科警部、長峰は事件当夜、自宅マンションにはいなかったんだと思うっすね」

「きみは、佐竹巡査部長の後釜の新メンバーなのかな？」

「そうっす。いいえ、そうです。橋爪宗太といいます。長峰のアリバイは、まだ立証されてないんでしょ？」

「そうなんだ」

「准教授は怪しいっすよ。長峰をストーカー行為容疑で引っ張って、心理的に追い込めば、きっと自白《ウタ》いますって」

橋爪が自信たっぷりに言った。仁科が困惑顔になった。

風見は無言で、橋爪の足を踏みつけた。左の靴だった。橋爪が呻《うめ》いた。

「な、何なんすかっ」

「しゃしゃり出るな」

「でも、一日も早く事件《ヤマ》を解決したほうがいいでしょ？　そうすれば、新宿署の負担は軽くなるんすから。国民の税金は大事に遣《つか》わないとね」

「刑事の勘だけで真犯人《ホンボシ》を割り出せるんだったら、別に捜査本部《チョウバ》を立てる必要はない。そうだろうが！」

「でも、やっぱり長峰は臭いっすよ」

「いいから、おまえは黙ってろ！」

風見は橋爪を叱りつけ、仁科警部に謝罪した。

「いいんですよ。橋爪君の読み筋も参考にさせてもらいます。しかし、長峰准教授がアリバイ工作をしたという証拠はないし、被害者の事務所に入ったという事実も摑んでないしね」

「そうですよ。別件容疑で長峰をしょっ引くのはまずいと思います」

「そうだよね」

「仁科さん、国枝理恵のオフィスはもう引き払ったんですか？」

「ええ、一昨日に被害者の父方の従兄《いとこ》が事務所の賃貸契約を解約して、事務備品はリサイクル業者に売り払いました。国枝理恵の両親は十年前にカナダのバンクーバーで客死してるんだ。被害者は独りっ子なんで、母方の叔父が親代わりになってたんだが、その彼も数カ月前に急死してしまったんで、父方の従兄の国枝護《まもる》、四十二歳が被害者の葬式を出してやったんですよ」

「その従兄からも当然、事情聴取したんでしょ？」

「もちろんだよ。しかし、父親同士が仲の悪い兄弟だったんで、子供たちはほとんどつき合いがなかったらしいんだ。それだから、国枝護は被害者の私生活については何も知らなかったんだよね」

「そうなんですか」

「仁科さん、故人の親代わりだったという母方の叔父についての情報を教えていただけます？」

佳奈が口を挟んだ。

「わかりました。被害者の叔父は稲葉典生《いなばのりお》という名で、経営コンサルタントをやってたんですよ。しかし、数ヵ月ほど前に急性心不全で亡くなってしまったんです。享年《きょうねん》五十五でした」

「稲葉さんの遺族は？」

「いません。被害者の叔父は三十二、三のころに離婚してから、ずっと独身だったんですよ。別れた奥さんとは音信不通で、夫婦の間には子供もいなかったんです」

「そうなの」

「稲葉さんはかなり女遊びをしてたようですけど、誰かと同棲するようなことはなかったんです。最初の結婚がうまくいかなかったんで、もう女性と一緒に暮らす気持ちにはならなかったんでしょう」

「そうなのかもしれませんね。国枝理恵の代官山《だいかんやま》の自宅マンションも、もう引き払われてしまったのかしら？」

「ええ。賃貸マンションでしたんで、国枝護はなるべく経済的な負担は避けたかったんでしょうね。故人の父方の従兄は市役所の職員ですんで」

「そうなんでしょうね。被害者に親兄弟がいなかったわけだから、遺産は国枝護さんが相続するのかな？」

「国枝護さんは、従妹とはつき合いがほとんどなかったから、遺産を貰う気はないと言ってました」

「そうですか。被害者の預金はどのくらいあったんでしょう？」

「約一億八千万円の預金がありました」

「そんなに貯《たくわ》えがあったんですか⁉　代官山の住まいは高級賃貸マンションだったんでしょ？」

「ええ。管理費と駐車料を含めて月の家賃は四十三万円でした。車はポルシェだったな」

仁科が答えた。

「よっぽど稼いでたのね、被害者は」

「そうですね。美人で経済アナリストとして優秀だったようだから、仕事のオファーは多かったんだろうな」

「それにしても、凄いわ」

「急死した被害者の叔父は、十数億円の遺産があったんですよ。家族がいないんで、故人の弟と妹が半分ずつ相続したようです」

「そうですか」

「仁科さん、十係の伊東係長の姿が見えませんが……」

岩尾が問いかけた。

「伊東警部は担当管理官に呼ばれて、本庁に行ったんですよ」

「そうなのか。それでは、伊東さんによろしくお伝えください」

「わかりました。あなた方のチームを頼りにしてますんで」

「そうおっしゃらずに伊東さんと力を合わせて、捜査本部で犯人《ホシ》を検挙《アゲ》てくださいよ。我々は、あくまでも助っ人チームですからね」

「ええ、全力投球します」

仁科が言葉に力を込めた。

風見たちは捜査本部を出ると、エレベーター乗り場に向かった。四人は地下駐車場に降り、プリウスとスカイラインに分乗した。

佳奈が先に捜査車輛を発進させた。プリウスを見送りながら、橋爪が口を開いた。

「新橋の殿岡弁理士事務所に向かえばいいんすね？」

「その前に、事件現場に行ってみよう。すぐ近くにあるはずだからな」

「でも、もう被害者の事務所は父方の従兄が引き払ったという話だったでしょ？　空き室のドアはロックされてるはずです。行っても無駄だと思うけどな」

「犯人が防犯カメラを避《さ》けて、国枝理恵のオフィスに行けるルートがあるかもしれないだろうが。だから、一度は事件現場を踏んでおく必要があるんだ。いいから、車を出せ！」

風見は命じた。橋爪が仏頂面《ぶっちょうづら》で、スカイラインを走らせはじめた。

新宿西口の高層ビル街を横に進むと、目的の十二階建ての貸ビルに達した。貸ビルは甲州《こうしゅう》街道の少し手前にそびえている。外壁は白で、モダンなデザインだった。

橋爪が覆面パトカーを路肩《ろかた》に寄せた。

風見たち二人はすぐに車を降り、貸ビルの中に入った。エレベーターを使って、七階に上がる。案の定《じょう》、被害者がオフィスにしていた部屋のドアはロックされていた。

「おまえは七階に事務所を構えてる会社をすべて訪ねて、事件当夜、不審者を見かけた人間がいたかどうか確認してくれ」

「風見さん、これまでの捜査で不審者の目撃情報はなかったとわかってるんすよ。わざわざ無駄なことをする必要はないと思うけどな」

「捜査は無駄の積み重ねだよ。怪しい人物を見た者が長期出張してて、聞き込みから洩《も》れたかもしれないじゃないか」

「そんなことは……」

「ないとは言い切れないだろうが？」

「ええ、それはね」

橋爪は不服そうだった。

「わかったな？」

「ええ、やりますよ。風見さんはどうするんすか？」

「おれは階段に窓があるかどうか検《しら》べてくる。窓があったら、犯人《タマ》が裏手からビルに近づいて、逆鉤《ぎやくかぎ》付きのロープを使い、建物の中に忍び込んだかもしれないからな。二階の窓あたりからさ」

「そんな危険なことはしないでしょ?」

「わからないぜ、それは」

風見は言って、エレベーター・ホールの横にある階段の降り口に足を向けた。

踊り場まで下《くだ》り、壁面を見上げる。採光窓があったが、分厚い強化ガラスが嵌《は》まっていた。採光窓からビル内に侵入することは無理だろう。

風見はそう思いながらも、一階まで降りた。

外に出て、防犯カメラの位置を確認する。レンズは、エントランスから道路側に向けられていた。貸ビルの間口《まぐち》は割に広い。

敷地の両端は死角になっていた。美人経済アナリストを殺した犯人は、どちらからか敷地内に侵入したのかもしれない。

風見は左右の植え込みを観察した。枝は折れていなかった。下生えも踏み固められてはいない。

風見は貸ビルの周囲を巡《めぐ》ってみた。建物の中に忍び込めそうな戸口はなかった。

ビルのエントランス・ホールに回り込み、エレベーターで七階に上がる。函《ケージ》を出ると、新しい相棒の姿は見当たらなかった。

エレベーター乗り場にたたずんで間もなく、奥の公認会計士事務所から橋爪が出てきた。首を横に振りながら、風見に近づいてくる。

「収穫なしだったんだな？」

「ええ、やっぱり無駄骨を折っただけっすよ。風見さんのほうは、どうだったんす？」

「こっちも同じだ。殿岡弁理士事務所に行こう」

風見はエレベーターの下降ボタンを押し込んだ。

少し待つと、扉が左右に割れた。二人はケージに乗り込んだ。一階に到着するまで、どちらも口を利かなかった。

貸ビルを出て、スカイラインで新橋に向かう。殿岡直樹のオフィスを探し当てたのは、三十数分後だった。

弁理士事務所は雑居ビルの五階にあった。

風見は先に事務所に入り、女性事務員にＦＢＩ型の警察手帳を短く見せた。強行犯十係の捜査員になりすまし、姓だけを名乗る。橋爪も苗字だけを低く告げた。

「ご用件は？」

「殿岡さんに改めて伺いたいことがあるんですよ。取り次《つ》いでもらえるかな？」

「はい。少々、お待ちください」
二十五、六の女性事務員が奥の所長室に向かった。風見は、さりげなく事務所の中を見回した。

スチール・デスクが五卓あったが、スタッフは三人しかいなかった。壁際には資料棚とキャビネットが並んでいる。

待つほどもなく女性事務員が引き返してきた。

「どうぞ所長室にお入りください」

「ありがとう」

風見は相手を犒《ねぎら》い、橋爪と奥に進んだ。

ノックをしてから、所長室に入る。十五畳ほどの広さで、手前に応接ソファ・セットが据《す》えられていた。

殿岡弁理士は執務机に向かって、書類に目を通していた。ハンサムで、なかなかのダンディーだ。

「知ってることは、何もかも新宿署と本庁の方に話しましたがね」

「お忙しいところを申し訳ありません。第一期捜査で容疑者を特定できなかったんで、わたしたち追加投入された捜査員が再聞き込みをさせてもらってるんですよ。わたしは風見です。連れは橋爪といいます」

「そうですか。殿岡です。客が来ることになってるんで、十分程度しか時間を割《さ》けないですよ」

「それでも結構です」

風見は応じた。殿岡が机から離れ、風見たち二人にソファを勧めた。風見たちは長椅子に並んで腰かけた。殿岡が風見の正面に坐る。

「あなたは国枝理恵さんとの恋愛関係が終わっても、友人としてつき合ってたそうですね？」

「ええ、そうです。こちらが女性スタッフと浮気したことが原因で理恵と別れることになってしまったわけですが、別に憎み合って別れたんじゃないんでね。ただ、理恵は誇り高かったんで、こちらの背徳に目をつぶれなかったんでしょう」

「浮気相手の方とは、いまも交際されてるんですか？」

風見は訊《たず》ねた。

「とっくに別れましたよ。ちょっとグラマラスな娘《こ》だったんで、一度抱いてみたかっただけなんです。でも、相手はわたしと結婚したかったみたいで、ワンナイト・ラブとは割り切れなかったんでしょう。こちらにまとわりついて離れようとしなかったんですよ」

「で、国枝さんに浮気を知られてしまったわけですね？」

「そうです。理恵に何回も謝ったんですが、ついに赦《ゆる》してもらえませんでした。彼女のプライドを傷つけてしまったんだから、自業自得《じごうじとく》でしょうね」

「あなたは、被害者がストーカーじみた奴にしつこくまとわりつかれてたことをご存じでした？」

「城南大学の長峰昌俊准教授のことなら、理恵から聞いてました。彼女が講師になった翌月ぐらいからピアノ・コンサートに一緒に行こうとか、食事につき合ってくれと迫ってきたらしいですよ。自分には交際してる男がいると言っても、長峰は理恵に言い寄りつづけたようです。代官山の自宅マンションに勝手にブランド物のバッグや花束を届けたりもしたみたいですよ」

「国枝さんは、プレゼントを送り返したんでしょ？」

「ええ、そうしたと言ってました。それでも長峰は彼女の自宅にセクシーなランジェリー・セットを送り付け、ぜひ身につけてくれと電話をしてきたらしいんです。それだけではなく、ストーカー男は理恵に影のようにつきまといはじめたようですよ」

「そうですか」

「理恵はノイローゼ気味になってしまったんで、半年ぐらい前に長峰のことを警察に相談に行ったんです。長峰は説諭《せつゆ》されたことを逆恨《さかうら》みして、同僚の大学教師の名で理恵の自宅やオフィスにさまざまな性具を送りつけるようになったんだそうです。さらに西洋剃刀《かみそり》や模造手錠と一緒にハムスターやカナリアの死骸も送ってきたと言ってたな」

「悪質ですね」

「さすがに理恵も我慢の限界に達したらしく、長峰に電話をして、『すぐに厭がらせをやめないと、学長に訴えますよ』と言ったらしいんです。そうしたら、ストーカー行為はしなくなったという話でしたね」

「被害者が長峰に抗議の電話をしたのは、いつごろなんです？」

「二カ月ぐらい前ですね。理恵が城南大学の学長にストーカー行為のことを話したら、長峰は職を失うかもしれない。そんなことになったら、人生は終わったも同然でしょ？」

「ええ、そうですね」

「長峰は身の破滅を恐れて、理恵の口を永久に封じる気になったんじゃないのかな」

殿岡が呟《つぶや》いた。そのすぐあと、橋爪が口を切った。

「自分も、長峰昌俊が怪しいと考えてるんですよ」

「そうですか。そういえば、理恵の助手をやってた二谷千登世さんも長峰が犯人なんじゃないかと言ってたな。彼女は理恵のそばにいたから、ストーカーのことはよく知ってたんですよ」

「でしょうね。二谷千登世さんも、長峰を疑ってたんですか」

「そうなんだ。新宿署の刑事さんの話だと、長峰准教授のアリバイは立証されてないらしいね。いまも、そうなのかな？」

「ええ、アリバイの裏付けは取れてません」

「それだったら、長峰のことをとことん調べてみるべきですよ。理恵はわたしと別れてから、特定の男とはつき合ってなかったんだ。仕事のことで、誰かとトラブルを起こしたこともないはずです。どう考えても、長峰が疑わしいな」

「自分は長峰はほぼクロと思ってるんですけど、先輩方が……」

「橋爪、確証のないことを軽々しく喋るんじゃないっ」

風見は眉をひそめた。橋爪は不満顔だったが、反論はしなかった。

「刑事さん、長峰を何らかの方法で追及してみてくださいよ。おそらくストーカー野郎が理恵を殺《や》ったんでしょう」

殿岡が風見に言った。

「長峰に疑わしい点があることは確かですね。しかし、まだ加害者と決めつけるわけにはいきません」

「でも、ほかに怪しい奴はいないんでしょ？」

「これまでの捜査ではね。しかし、何か見落としたことがあるかもしれません。ご協力に感謝します」

風見は橋爪の腿《もも》を軽く平手で叩いて、ソファから腰を浮かせた。

橋爪が慌《あわ》てて立ち上がる。二人は殿岡に軽く頭を下げ、所長室を出た。

弁理士事務所を少し離れたとき、橋爪がもどかしげな表情になった。

「再聞き込みをしてるうちに、長峰に高飛びされたら、後悔することになるっすよ」

「焦《あせ》るな。功を急ぐと、失敗《ドジ》を踏むことが多いんだ」

「でもですね……」

「いいから、おれに従《つ》いてこい。次は、二谷千登世に会うぞ」

風見は言って、大股でエレベーター乗り場に向かった。

第二章　怪《あや》しい男たち

1

応答はなかった。

室内は静まり返っている。留守なのか。

風見はもう一度、インターフォンを鳴らした。

だが、やはりスピーカーは沈黙したままだった。

二谷千登世の自宅だ。目黒《めぐろ》区大岡山《おおおかやま》の住宅街の一画にある軽量鉄骨造りの二階建てアパートだった。千登世は二〇一号室に住んでいた。

「失業したんで、ハローワークに行ったんすかね？　それとも、近くのスーパーに行ったのかな？　風見さん、どうします？」

橋爪が斜め後ろで言った。

「車の中で少し待ってみよう」

「少しって、どのくらいっすか？」

「三、四十分待ってみようや」

「そんなに待つんすか。なんか時間がもったいない気がするな。先に城南大学に行って、長峰に揺さぶりをかけたほうがいいんじゃないっすか？」

「岩尾・八神班が長峰の動きを探《さぐ》ることになってるんだ」

「そうっすけど、長峰が最も臭いわけっすから……」

「おれと歩調を合わせたくないんだったら、コンビを解消してもいいんだぞ」

「風見さんは自分のことが気に入らないんでしょうが、単独捜査は認められてないんすよ」

「おれが班長に頼んで、おまえが独歩行できるようにしてやる」

「そんなに嫌わないでくださいよ。縁あって、自分たちはコンビを組むことになったわけっすから。仲良くやりましょう」

「別行動をとりたくなかったら、おれの神経を逆撫《さかな》でするな」

「わかりました。自分は忠犬みたいに風見さんにただ従ってればいいんっすね？」

「この野郎、ぶん殴るぞ。そういう物言いが気に喰《く》わねえんだよっ」

風見は向き直って、拳《こぶし》を固めた。橋爪が後ずさった。

そのとき、誰かがアパートの階段を上がってきた。

風見は階段の昇降口に目をやった。二十六、七の女性が階段を昇り切った。カジュアルな服装で、スーパーの名の入った白いビニール袋を提《さ》げている。

「失礼ですが、二谷千登世さんではありませんか？」

風見は問いかけた。

「ええ、そうです。あなた方は？」

「警視庁の者です。国枝理恵さんの事件で再聞き込みをさせてもらってるんですよ。二、三、確認したいことがあるんです。ご協力していただけますね？」

「ええ、もちろん」

千登世が大きくうなずき、手早く二〇一号室のドア・ロックを解いた。風見たちは自己紹介して、千登世の部屋に入れてもらった。

「1DKですんで、上がっていただけないんですよ。すみません」

「ここでいいっすよ」

橋爪が後ろ手にドアを閉めた。

風見たち二人は、狭い三和土《たたき》に並んだ。部屋の主は、玄関マットの上に立つ形になった。ビニール袋は千登世の足許に置かれた。

千登世は知的な容貌で、ショートヘアだった。勝ち気そうな印象を与える。

「まず確かめたいのですが、五月十二日の午後七時十分ごろに勤め先を出たんでしたね？」

風見は質問しはじめた。

「ええ、そうです。新宿西口の大型書店に寄ってから、ここに帰ってきました。八時二十分ごろに部屋に入りました。国枝先生に言われてた資料本を二冊買ったりしてたんで、まっすぐ帰宅するときよりも少し時間がかかってしまったの」

「そう」

「買った本のレシートを新宿署の刑事さんに見せましたんで……」

「別段、二谷さんを疑ってるわけじゃないんだ。だから、そう緊張しなくてもいいんですよ」

「は、はい」

千登世が微苦笑した。

「きみが職場を出るとき、被害者はパソコンに向かってたそうだね？」

「ええ、そうです。先生はディスプレーに目を当てたまま、『お疲れさま！　気をつけて帰りなさいね』と声をかけてくれました」

「そう。様子は普段と変わらなかった？」

風見はくだけた口調で訊いた。そのほうが相手をリラックスさせられると判断したからだ。

「ええ、いつも通りでした」

「これまでの調べでは、被害者が何かトラブルに巻き込まれた気配はなかったということだったが、その通りだったのかな？」

「ええ、国枝先生が何かに悩んでるという様子はうかがえませんでしたね。仕事はすべて順調でしたし、先生にしつこくまとわりついてたストーカーの影も消えてましたんで」

「そのストーカーは、城南大学の長峰准教授のことだね？」

「はい、そうです。長峰昌俊は先生が城南大の講師をやるようになってから、ずっとストーカー行為を繰り返してたんですよ。西新宿のオフィスや代官山の先生のマンションに高価なプレゼントを勝手に送りつけたり、待ち伏せしたりね。先生が無視しつづけたら、今度はセックス・グッズ、ランジェリー・セット、小動物の死骸なんかを送りつけたようです」

「その話は、国枝さんの元彼氏の殿岡さんからも聞いたよ」

「そうですか。殿岡さんは、先生を殺したのは長峰だと疑ってるんじゃないのかな。実は、わたしもストーカー男が怪しいと思ってるんです」

「何か根拠があるんすか？」

橋爪が話に加わった。

「根拠と言えるかどうかわかりませんけど、怪しい点があるんですよ。これまで警察の方には言いそびれてたんですけど、わたし、半年ほど前に長峰に事務所の近くで呼び止められて、先生の自宅マンションの鍵をこっそり盗み出し、合鍵を作ってくれと現金百万円を握らされそうになったことがあるんです」

「その話は本当なんっすね？」

「ええ。わたしは当然、断りました。国枝先生にはとっても世話になってたんです。わたし、三年あまり前に強引に先生の押しかけ助手にしてもらったんですよ。大学で専攻したのは英文学だったんで、経済には疎《うと》かったんですけどね。まだ若いのに経済アナリストとして脚光を浴びてる国枝先生に強く憧れてたんです」

「すんなりと助手にしてもらえたの？」

「いいえ、何度も断られました。でも、わたし、諦めませんでした。俄《にわか》勉強ですけど、経済や金融の基礎知識を学びながら、毎日のように事務所を訪ねて……」

「助手として使ってくれって頼み込んだんだ？」

「そうなの。先生は根負けして、ついにわたしを雇うと言ってくれたんです。あのときは、本当に嬉しかったわ。最初の一年は新聞や雑誌の切り抜きと資料集めだけしかさせてもらえなかったんですけど、二年目からは秘書みたいな仕事を任されるようになったんです。ビジネス・セミナーのスケジュール調整や大学の講義内容のチェックもさせてもらえるようになったの。先生は多忙だったのに、わたしに経済アナリストをめざせと言って、いろいろ教えてくれたんです。おかげで経済音痴だったわたしも、少しは成長できました。国枝先生は、恩人だったんですよ」

千登世の語尾が涙でくぐもった。風見は、なおも質問を重ねようとした橋爪を目で制した。橋爪が小さくうなずく。

「ごめんなさい、話の途中だったのに」

千登世が涙を拭った。風見は一拍置いてから、口を開いた。

「長峰はきみにスペア・キーを作らせて、国枝さんの自宅マンションに侵入し、力ずくで被害者を犯そうとでも考えてたんだろうか」

「多分、そうするつもりだったんでしょうね。長峰はクレージーですよ。大学の准教授だけど、まともじゃないわ」

「そうだろうね。長峰はきみに弱みを晒《さら》したことになるが……」

「ええ、そうですね。口止《ど》め料のつもりだったんでしょうけど、長峰は数十万円をわたしに渡そうとしました。もちろん、わたしはお金なんか受け取りませんでした」

「だろうね。長峰はきみに威《おど》しをかけたんじゃないのか？」

「ええ。先生に余計な告げ口をしたら、わたしの身に何か災難が起こると脅迫してから立ち去りました」

「そう。被害者が長峰に二カ月ほど前にストーカー行為をやめないと城南大学の学長に訴えると言ったことは、知ってるのかな？」

「そのことは国枝先生から聞きました。それからは、先生が長峰につきまとわれることはなくなったんです。でも、いつ先生が城南大の学長にストーカー行為のことを喋るかもしれないという強迫観念に取り憑《つ》かれたら、長峰は……」

「国枝さんを葬《ほうむ》りたいと考えるかもしれないね」

「ええ。そうだったとしたら、犯人は長峰昌俊なんじゃないのかしら？」

「その可能性がゼロとは言えないな。ストーカーによる殺人事件が何件も発生してるから」

「ええ、そうですよね」

「被害者は殿岡さんと別れてから特定の男性とは交際してないようだったらしいが、それは間違いないいんだね？」

「わたしの知る限り、新しい彼氏はいなかったと思います。先生は仕事に情熱を傾けてましたし、殿岡さんにも少しは未練があったんじゃないかしら？　浮気した恋人に裏切られたという気持ちはあったでしょうけど、未練心も……」

「そうなのかもしれないな。たいていの女性は別れた彼氏にはあまり関わりを持とうとしないが、被害者は元恋人と電話やメールで近況を伝え合ってたそうだからな」

「殿岡さんは、先生のオフィスに数ヵ月に一回は顔を見せてましたよ。先生は迷惑顔ではありませんでしたから、恋の残り火が燃えくすぶってたんでしょうね。それだから、殿岡さんに一年ぐらい前に一千万円の運転資金を無利子で貸してあげたんだと思います」

「国枝理恵さんは、元彼氏に事業の運転資金を融通してたのか。そのことは第一期捜査に当たった刑事たちから聞いてないな」

「わたし、事件には関係のないことだと思ったんで、警察の人たちに話さなかったんですよ」

「そうだったのか。被害者が殿岡さんに一千万円の運転資金を貸したことをきみが知ってる理由《わけ》は？」

「先生がそう言って、わたしに預金から一千万円を引き出してくれと……」

「殿岡さんの弁理士事務所の銀行口座に振り込んでくれというんじゃなく、現金化してくれと被害者は言ったんだね？」

「そうです。先生は、かつての彼氏がマイナス・イメージを持たれることを避けたくて、現金で殿岡さんに融資してあげる気になったんでしょうね」

千登世が言った。

「なるほど。振り込みだと、どこから入金があったのか経理担当者にわかってしまうからね」

「ええ。そのことで、殿岡さんの事務所のスタッフたちが不安になるかもしれないでしょ？」

「そうだね」

「だから、先生は直《じか》に殿岡さんに一千万円を手渡したんだと思います。多分、わたしが帰った後、先生は自分のオフィスに殿岡さんに来てもらったんでしょう。先生が殿岡さんの事務所をこっそりと訪ねたのかもしれません。どっちだったのかはわかりませんが、運転資金を手渡ししたんだと思います」

「きみは経理の仕事もやってたの？」

「出納帳《すいとうちょう》の記載はやってましたが、ほかの経理業務は先生自身がこなしてたんです」

「税理士も公認会計士も雇ってなかったんだね？」

「はい。先生は税理士の資格を持ってたんですよ」

「そう。参考までに教えてほしいんだが、殿岡さんに貸した一千万円は事務所の口座から引き出したのかな？」

「いいえ、先生の個人口座から引き出したんです。わたしは先生の委任状と銀行印を持って、銀行に行ったんです。代理人として、運転免許証を呈示《ていじ》しました。先生が事前に銀行に電話をしてくれてあったんで、本人以外のわたしでも一千万円を引き出すことができたんですよ」

「そうだろうね。殿岡さんは借りた金をすでに国枝さんに返したんだろうか」

「それは、わたしにはわかりません。一年経《た》ってますから、もう返済してるんじゃないかな。リーマン・ショックで三年近く殿岡さんの事務所の年商は落ちてたみたいですけど、売上はアップしてるようですんで」

「仮にまだ返済してなくて、被害者に早く一千万円をバックしてくれと強く催促されてたとしたら、殿岡弁理士にも犯行動機はあるんじゃないっすか?」

橋爪が風見に耳打ちした。

「ま、そうだな。しかし、融資してもらったのは一千万円だ。一般の勤め人にとっては大金だが、事業家にとってはそれほど大きな負債じゃないだろう。それに、貸し手と借り手はかつて恋人同士だったわけだからな」

「でも、それは昔の話っすよ。単なる友達同士なら、貸した側はうるさく返済を求めるんじゃないっすかね?」

「そういうケースもあるだろうが、多額の預金があった被害者にしてみれば、一千万円は大金と考えてなかったんじゃないか」

「そうっすかね。一億八千万円の預金のほかに被害者はかなりの隠し財産を持ってたかもしれないから、大金とは思ってなかったのか」

「ああ、そうだろうな」

「先生には、一億八千万円の預金があったんですか!?」

千登世が驚きの声をあげ、物問いたげな顔を風見に向けてきた。

「びっくりしたようだね」

「ええ。ビジネス・セミナーの講演料は一時間で三、四十万円でしたけど、大学の講師の収入やテレビ出演料は安かったんです。原稿料や著書の印税は、臨時収入でしたからね。アナリスト関係の収入が年に三千万円前後ありましたけど、経費がかかってたんですよ」

「そうだろうね。西新宿の事務所の家賃は百万円前後だろうし、被害者は代官山の高級賃貸マンションで暮らしてた」

「そうなんですよ。それに情報収集にも経費がかかってましたし、わたしの給料の支払いもありますから」

「差し支えなかったら、きみの年俸を教えてもらえないか」

「税込みで四百数十万円でした。わたしの給料分はたいした額ではありませんけど、とにかく経費がかかってたんです。先生の年収は二千万前後だったと思うな。そのうちの半分を貯蓄に回したとしても、十年間で一億円ですよね？」

「そういう計算になるな。故人が約一億八千万円も遺《のこ》してたのは、少し多すぎるか」

「ええ。もしかしたら、先生は本業以外のサイドビジネスをしてたのかもしれませんね。わたしには何も教えてくれませんでしたが、そうなんじゃないのかな？」

「どんなサイドビジネスをやってたんだろうか。何か思い当たる？」

風見は訊いた。

「特に思い当たることはありませんね。でも、先生は大型投資詐欺事件に関心を示してました」

「どんな事件だったんだろう？」

「日本の近海に眠ってる〝燃える氷〟とかいう地下資源の開発ビジネスに投資すれば、年に十五パーセントのリターンを得られるということで全国の投資家たちから総額二百億円を騙《だま》し取った事件が去年の春ごろにありましたでしょ？　先生は、その大型投資詐欺事件に強い興味を示して、報道情報を熱心に集めてたんですよ。それから、どこかの調査会社にも調べさせてたみたいでしたね」

千登世が言った。風見は橋爪と顔を見合わせた。

その大型投資詐欺事件のことは、第一期捜査資料に記述されていた。事件の主犯は、詐欺罪の前科のある大貫郁夫《おおぬきいくお》という四十九歳の男だった。大貫は捜査の手が伸びる寸前に二十七歳の愛人とともに国外逃亡を図った。去年の六月のことだ。

その翌月の中旬のある日、大貫と愛人の水死体がタイのプーケット沖で発見された。現地の警察は、単なる溺死《できし》として処理した。大貫の手下の共犯者たちが捕まったことで、詐取された金のうち百二十億円の隠し場所は判明した。

しかし、残りのおよそ八十億円の行方は不明のままだ。共犯者の供述によると、主犯の大貫は自分の取り分のほとんどをオーストリアの銀行の秘密口座《ナンバード・アカウント》に預け入れたらしい。だが、個人情報保護を理由に銀行側は日本の捜査当局の問い合わせに応じなかった。

美人経済アナリストは、なぜ大型投資詐欺事件に強い関心を示したのか。ハイリターンに惹《ひ》かれ、うっかり投資の誘いに乗って、まとまった金を詐取されたのだろうか。国枝理恵は投資金を取り戻したくて、調査会社に大貫の行方を追わせていたのかもしれない。

「国枝さんが投資詐欺に引っかかったとは考えられないだろうか？」

風見は千登世に問いかけた。

「それはないと思います。先生は、そんな間抜けじゃありませんよ。おそらく知り合いの誰かが地下資源開発ビジネスに引っかかって、大金を騙し取られたんでしょう」

「それで、国枝さんは大型投資詐欺事件のことを調べてたんだろうか」

「そうなんでしょうね」

「ほかに故人が関心を持ってたことは？」

「警察の方には話さなかったんですが、先生は数年前に自己破産した伝説の相場師が去年の初夏から金融派生商品《デリバティブ》取引をするようだということに関心を寄せてました」

「その相場師というのは、右近肇《うこんはじめ》のことだね？」

「そうです。よくわかりましたね」

「二十年以上も前のバブル時代に右近は株で八百億円以上も稼いで、連日、マスコミに取り上げられてたんだよ。バブル経済が弾《はじ》けてからは株の逆張りでことごとく失敗して、数々の伝説に彩《いろど》られた相場師も尾羽打ち枯らし、五、六年前についに自己破産したんだ」

「国枝先生も、そう言ってました。でも、デリバティブで勝負をかけるのは無謀すぎるとおっしゃってました」

千登世が言った。

金融派生商品《デリバティブ》は〝商品〟という名がついているが、銀行や証券会社で売られているわけではない。先物取引、権利を売買するオプション取引、金利などを交換するスワップ取引の総称である。

価格が変動し、相場が立つ商品ならば、なんでもデリバティブ取引が可能だ。金融派生商品という呼称が生まれたのは、一九八〇年代の初期である。しかし、金融取引そのものは古代ギリシャ時代からあった。

遠い昔、オリーブを圧搾《あっさく》する機械を借りる権利を買って大儲けした知恵者がいた。それがオプション取引の第一歩だ。本格的なオプション取引が盛んになったのは十七世紀のことである。オランダで、チューリップのオプション取引が行われるようになったのだ。

先物取引のルーツは、日本にある。将来の価格を予想して売買される先物取引は、江戸時代に大坂の堂島で行われた米《こめ》取引が先駆けだった。

それらの取引がデリバティブという専門用語で一九八〇年代半ばに、株式の先物取引やオプション取引が開始されるようになった。メガバンクがスワップ取引に力を入れたのは、一九九〇年前後だ。

読みが正しければ、大きな利潤を得られる。しかし、リスクも大きい。デリバティブ取引は少ない元金で大きな金額の取引ができる。それが最大の魅力だろう。

うまくいけば、短い間に巨額を稼ぎ出せる。だが、一歩間違えたら、地獄が待っているわけだ。巨大な損失に泣いた銀行や企業は多い。

「伝説の相場師は、もう七十近いはずだ。破産した男がデリバティブ取引の元手をどうやって工面《くめん》したんだろうか。それが謎だな」

「先生も、刑事さんと同じことを言ってました。その謎を知りたくて、国枝先生は右近肇の資金調達方法を探《さぐ》ってたみたいですよ。だけど、先生の死には元相場師は無関係だと思います。二人の間には、何も利害関係はないはずですから」

「だろうね」

「早く犯人を捕まえてください。お願いします」

「もう少し時間をくれないか。お邪魔したね。ありがとう」

風見は礼を述べ、若い相棒と千登世の部屋を出た。

2

エンジンが唸《うな》りはじめた。

橋爪がセレクト・レバーに手を掛けた。助手席に坐った風見は『大岡山ハイツ』に目を当てながら、相棒に声をかけた。

「さっき橋爪が言ってたことがなんか引っかかりはじめたな」

「なんのことっす？」

「被害者が一年前に元恋人の殿岡に無利子で貸したという一千万円のことだよ。借りた金をまだ返済してないとしたら、橋爪が言ったように弁理士にも犯行動機がないわけじゃないな」

「でも、風見さんは事業家にとって、一千万円程度は大きな借金じゃないという意味のことを言ったじゃないっすか」

「確かに、そう言った。しかし、殿岡弁理士事務所の台所がいまも火の車だったら、まだ一千万円は国枝理恵に返してないんだろう」

「かもしれませんね。けど、被害者が元彼に返済をしつこく迫ってたとは考えられないでしょ？　理恵は、まだ殿岡に未練があったようっすからね」

「そうなんだが、何かで急に金が必要になったのかもしれないぞ。一億八千万円の預金はあったわけだがな」

「そうなんすかね。風見さん、こうは考えられないっすか？　国枝理恵は何かサイドビジネスでがっぽり儲《もう》けていて、実は三億か四億の預金があった。でも、例の大型投資詐欺に引っかかって、億以上の金を騙《だま》し取られてしまった。それだから、投資詐欺事件のことを被害者は熱心に調べてた。投資金を少しでも回収したくてね」

「おまえは、ただの生意気な若造じゃないのかもしれないな。そういう推測もできるか」

「自分、若造っすか」

「そうだろうが？」

「ま、そうっすけどね。けど、生意気は余計でしょ？」

「事実、そうじゃないか。生意気で、厭味なうぬぼれ野郎だからな」

「ボロクソっすね」

　橋爪が苦く笑った。

「でもな、刑事の素質はありそうだよ。おれは単純に自分で事業をやってる人間にとって一千万円なんてたいした負債じゃないと思ってしまったが、それは事業がうまくいってる場合だよな？」

「そうでしょうね。何年も赤字経営だったら、一千万円の借金は重いはずっすよ。返す当てがないのに、貸し主に催促されつづけてたら、苦し紛《まぎ》れに……」

「殿岡が元恋人の経済アナリストを亡《な》き者にしたいと思うかもしれない？」

「ええ、そうっすね。でも、殿岡が実行犯でないことは間違いありません。あの弁理士は、捜査本部事件の通報者っすから」

「橋爪、そう断定はできないぞ。東大の法医学教室で行われた司法解剖で、被害者の死亡推定時刻は五月十二日の午後八時から九時半の間とされた」

「そうっすね」

「殿岡直樹が国枝理恵のオフィスに駆けつけたのは、午後九時過ぎだった。凶器の革紐に殿岡の指紋《モン》が付着してたわけじゃないが、時間的には犯行は可能だ」

「あっ、そうっすね。死体発見者をまず疑ってみるという捜査の基本をうっかり忘れてたっす」

「おれもだよ。殿岡が被害者に借りた金を早く返してくれと言われてたとしたら、弁理士に殺害動機はある」

「そういうことになるっすね。でも、二谷千登世も長峰准教授を怪しんでた。殿岡を揺さぶってみる前に岩尾・八神班と合流して、長峰を追及したほうがいいと思うっすけどな」

「長峰は、岩尾さんたちコンビの担当なんだ。おれたちが主導権を執《と》るような真似をしたら、二人はいい気持ちがしないはずだよ」

「そうでしょうけど、どっちみち捜査本部の手柄になっちゃうわけっすから、変な遠慮はしなくてもいいんじゃないかな」

「もちろん、スピード解決が望ましいよ。しかし、まだ特命捜査の初日なんだ。仲間の領域を侵すのは、はばかられるよ」

「そういうことなら、先に新橋に戻るっすね」

　橋爪が覆面パトカーを走らせはじめた。

「すぐに殿岡を揺さぶるんじゃなく、スタッフの誰かに当たって、弁理士事務所の経営状態を探ってみよう」

「そのほうがいいっすね。赤字経営つづきだったら、殿岡はおそらく借りた金を被害者に返してないんでしょう。それで第三者に国枝理恵を始末させ、殿岡は一一〇番通報した疑いがあるわけですよね？」

「ま、そうだな。ただ、一千万円の負債ぐらいで殿岡が元恋人を亡き者にはしないんじゃないかとも思うんだが……」

「自分も、そういうふうにも考えたりするんすよね。でも、人間は心理的に追い込まれると、とんでもないことをやらかす愚かな動物だから、殿岡がシロとは言い切れないでしょ？」

「そうだな」

「風見さん、被害者は自己破産した相場師の右近肇がデリバティブ取引をするようになったことになぜ興味を示したんすかね。資金をどう集めたか知りたかっただけなんでしょうか？」

「そうかもしれないし、被害者は右近にデリバティブ取引の元手を提供してたとも考えられるな。資金を提供してたんだとしたら、美人経済アナリストは何か副業で多額の収入を得てたんだろう」

「ええ、そうでしょうね。少し株価が上がってきたんで、被害者は仕手筋とつるんで株価を操作して、荒稼ぎしてたのかな」

「橋爪、それは考えられないよ。ようやく円安の兆しが見えて平均株価が上昇しはじめたのは、ごく最近のことだぜ」

「そうか、そうっすね。仕手筋が風説の流布《るふ》を仕組んでも、株を大量買いする投資家は少ないだろうからな」

「まともな方法で荒稼ぎできる時代じゃない。案外、被害者は裏で非合法ビジネスをやってたのかもしれないぞ」

「非合法ビジネスというと、企業恐喝の類《たぐい》っすかね？」

「経済アナリストの看板を掲げてたら、そういう悪事に手は染められないだろう。しかし、裏経済界で暗躍してる奴らを強請《ゆす》っても、そうした連中が被害届を出すわけはない」

「ええ、そうでしょう。国枝理恵の裏の顔は、強請屋だったんすかね？」

「いや、そう考えるのは少し意地が悪い見方だろうな。経済、特に金融関係に精通してたアナリストはオプション取引か何かで副収入を得てたんだろう」

「そうなのかな」

会話が途切れた。そのとき、風見の懐で職務用の携帯電話が着信音を発した。すぐにモバイルフォンを摑み出す。電話をかけてきたのは、成島班長だった。

「何か新事実は出てきたかい？」

「ええ、少し手がかりを摑みましたよ」

風見は、二谷千登世から聞いた話を伝えた。

「弁理士の殿岡は、被害者から一年あまり前に一千万円の運転資金を借りてたのか。その金が未返済だったら、殿岡もちょっと怪しくなるな。一応、殺害動機もあるし、時間的には犯行も可能だからね」

「ええ。そんなことなんで、おれたちは殿岡の事務所に引き返してるんですよ。従業員にそれとなく経営状態を教えてもらったら、殿岡弁理士に被害者から借りた運転資金のことを訊いてみるつもりです」

「そうか。殿岡に探りを入れる際《さい》は、あまり刺激するなよ。相手が人権侵害だと騒ぎたてたら、捜査がやりにくくなるからな」

「手加減しますよ」

「橋爪はどうだい？」

「相変わらずですよ」

「生意気で、厭味な坊主なんだ？」

「ええ」

「なら、教育し甲斐《がい》があるじゃないか」

「班長、勘弁してくださいよ」

「ぼやくなって」

「岩尾さんから何か報告は上がってきました？」

「ああ、少し前にな。新たな目撃情報は得られなかったそうだが、城南大の長峰准教授がゼミの教え子に無理やりにキスをしたり、胸を揉んだりしたんで、刑事告訴されそうになったことがあるらしい」

「そうなんですか」

「長峰は相手と両親に土下坐して、なんとか示談にしてもらったということだったが、その後、ネットに教え子を中傷するような書き込みをしたらしい。相手が色目を使ったとかなんとかさ」

「卑劣な野郎だな」

「その通りだね。長峰は毅然《きぜん》とした態度をとった国枝理恵を逆恨みして、犯行《ヤマ》を踏んでしまったのかもしれない。岩尾・八神班には、長峰をしばらくマークするよう指示しておいた」

「そうですか」

「被害者が投資詐欺事件に関心を持ち、さらに伝説の相場師がデリバティブ取引に乗り出したことに興味を示してたのか。そのことも気になるな」

「そっちも少し調べてみますよ」

「ああ、そうしてくれないか」

成島が通話を切り上げた。風見は折り畳んだ携帯電話を麻の上着の内ポケットに戻し、相棒の橋爪に長峰に関する新しい情報を教えた。

「ゼミの女子学生にそんなことをして、長峰は告訴されそうになったんすか。和解したのに、ネットに相手の悪口を書き込むなんて最低っすよ」

「そうだな」

「そういう執念深い性格なら、いよいよ長峰が疑わしくなってきたな」

「橋爪、せっかちになるなって。長峰みたいなタイプの人間は狡《ずる》く立ち回ってきたんだろうから、人殺しなんかやらかさないと思うぜ」

「風見さんはそう言うっすけど、やっぱり准教授は臭いっすよ」

橋爪が口を閉じた。

スカイラインは最短コースを走り、やがて目的地に着いた。風見たちコンビは覆面パトカーを路上に駐《と》め、雑居ビルの五階に上がった。

エレベーター・ホールの隅で十五分ほど待つと、『殿岡弁理士事務所』から見覚えのある女性事務員が現われた。殿岡に取り次いでくれたスタッフだった。

「あっ、警視庁の方たちですね。何か忘れ物をされたんですか?」

「違うんだ。スタッフの方にちょっと訊きたいことがあって、引き返してきたんですよ」

風見は相手を人目のつかない場所に連れ込んだ。

「殿岡所長、何か法律に触れるようなことをしてたんですか?」

「そうじゃないんだ。リーマン・ショック以降、年商が下降線をたどってたようだが、その後、売上は伸びるようになったのかな?」

「去年の秋ごろから、少し回復してますね。でも、社員の給料は十八パーセントもカットされましたから、まだ黒字にはなってないと思います。去年の夏に二人ばかり会社を辞めたんで、人件費は削減されたはずなんですけどね」

「そう」

「所長は自慢のレクサスを手放したぐらいですから、資金繰りは大変なんじゃないかしら。秋になっても、お給料が元に戻らないようだったら、転職も本気で考えないと……」

「大変だね」

「もういいですか。五百円ランチは数が限定されてるんで、もたもたしてると、ワンコインでは食べられないんですよ」

「そう。引き留《と》めて、悪かったね」

「いいえ」

女性事務員が早口で応じ、あたふたとエレベーターに乗り込んだ。

「だいぶ経営が苦しいみたいっすから、殿岡はまだ被害者に借りた金を返してないんじゃないのかな」

「そうかもしれないな。橋爪、行くぞ」

風見は『殿岡弁理士事務所』に向かった。相棒が従《つ》いてくる。

二人はドアを開けた。事務フロアは無人だった。風見は勝手に奥の所長室に向かった。ドアを軽くノックして、そのまま入室する。

殿岡は応接ソファに腰かけ、メロンパンを頬張っていた。コーヒーテーブルには、カレーパンと缶ジュースが載《の》っている。

「昼食中だったようですね」

風見は、こころもち頭を下げた。

「まだ何か？」

「殿岡さん、あなたは一年ほど前に国枝さんから運転資金として一千万円を借りましたよね？」

「えっ⁉」

「どうなんです？」

「誰から聞いたんですか？」

「こちらの質問に答えてほしいな」

「ええ、借りましたよ。しかし、もうとっくに返しましたよ」

「いつ返したんです？」

「そんなこと答えなきゃならない義務はないでしょ！」

「確かに義務はありませんね。しかし、質問に答えてくれないと、妙な疑惑を持たれますよ」

「疑惑を持たれるだって⁉」

「ええ、そうです。リーマン・ショック以降、あなたの会社は年商が下降線をたどる一方だった。社員の月給を一律に十八パーセントもカットして、そのままらしいじゃないですか」

「いったい誰がそんなことを言ったんですかっ。余計なことを喋りやがって」

殿岡が舌打ちして、食べかけのメロンパンをコーヒーテーブルの上に置いた。

「情報源を教えることはできません。殿岡さん、正直に答えてくれませんかね。借りた金を国枝理恵さんにまだ返してないんでしょ？」

「返したと言ったじゃないか！　去年の暮れに全額、耳を揃えて理恵に返したよ。ええ、返しましたっ」

「それじゃ、借用証の類を国枝さんから受け取ってますね。もう破棄しちゃったのかな？」

「理恵は借用証なんか求めなかったんですよ。わたしたちは以前、恋仲だったんでね。お互いに信頼し合ってたんだ」

「経営が大変そうなのに、よく全額を返済できたっすね」

　橋爪が話に割り込んだ。

「経費を切り詰めたんだよ。去年、二人の社員をリストラしたんで、一千万の運転資金をプールしておく必要がなくなったんです」

「そうっすか。国枝さんに返済を迫られてたんじゃないんすかね？」

「彼女は一度も金の催促なんかしたことはない。わたしんとこと違って、理恵の事業は順調だったんだ。あっ、そうか！　おたくらはわたしが返済に困って、理恵を殺したと疑ってるんだな。冗談じゃないよ。かつて恋仲だった女性に手をかけるはずないじゃないかっ」

「気分を害したんだったら、謝ります」

風見は相棒を手で制して、殿岡に言った。

「詫びてもらっても、気分はよくならない。警察は人を疑うのが仕事なんだろうが、やたら犯罪者扱いしないでもらいたいね」

「気をつけます。くどいようですが、国枝さんの死には関わってないと断言できます？」

「無礼すぎる！　すぐに引き取ってくれっ」

殿岡が憤然《ふんぜん》と立ち上がり、風見と橋爪を交互に睨《ね》めつけた。

「失礼しました」

風見は相棒に目配せし、先に所長室を出た。橋爪が追ってくる。

二人は弁理士事務所を辞すると、エレベーター乗り場に直行した。

「自分らは、勇み足を踏んだんすかね？」

「かもしれないし、殿岡がうまく言い逃れたとも考えられる。空とぼけたんだとしたら、弁理士は本部事件に深く関わってる疑いがあるな」

「そうなんすかね」

「橋爪、いったん本部庁舎に戻ろう」

「えっ、どうしてっすか？」

「捜査二課知能犯係主任はよく知ってる警部補なんだ。兼子恒雄《かねこつねお》という名で、佳奈、いや、八神の昔の同僚だったんだよ。その兼子さんが大型投資詐欺事件を担当したはずだから、詳しい捜査情報を教えてもらおう。おれは、国枝理恵が地下資源開発ビジネスに関心を寄せてた理由を知りたくなったんだ」

「そうっすか。自分に異存はないっすから、桜田門に戻りましょう」

「ああ」

風見たちコンビはエレベーターで一階に下《くだ》り、じきにスカイラインに乗り込んだ。いつの間にか、午後一時を回っていた。

捜査車輛が動きはじめた。

「橋爪、腹空いたか？　そうだったら、昼飯を一階の食堂で喰《く》ってから、捜二に行ってもいいが……」

「昼飯は後でいいっすよ」

相棒が言って、車のスピードをあげはじめた。十数分で、本部庁舎に達した。

スカイラインを地下二階の車庫に置き、風見たちは四階に上がった。捜査二課に入り、知能犯係のブロックに近づく。

五十五歳の兼子主任は自席についていた。叩き上げだが、汚職や大口詐欺事件を多く担当してきたベテランだ。

風見は新しい相棒を兼子に紹介し、来意を告げた。

「その事件記録を持ってくるから、あちらで待っててくれるかな？」

兼子が小会議室を指さした。風見は橋爪と小会議室に入った。テーブルの向こう側に並んで坐る。

五分ほど待つと、事件調書を抱えた兼子主任が小会議室にやってきた。ベテラン刑事は風見と向かい合う位置に腰かけ、事件簿の綴《つづ》りを前に押し出した。

風見は事件記録に目を通し、調書の束を橋爪の前に滑らせた。橋爪がすぐに事件簿の頁《ページ》を繰りはじめた。

「詐欺グループの幹部たちをすべて捕まえて、被害額のうち百二十億円がどう分配されたかは把握できたんだ。しかし、主犯の大貫郁夫の取り分の約八十億円の秘匿《ひとく》場所が不明なんだよね。大半はオーストリアの銀行の秘密口座に入ってるんだろうが、確認することはできなかったんだよ」

兼子が言って、長嘆息《ちょうたんそく》した。

「主犯の大貫は、去年の六月に愛人を連れて東南アジアに逃亡したんですよね？」

「そうなんだ。しかし、翌月にタイのプーケット沖合で愛人の北浦遥《きたうらはるか》と一緒に水死体で発見されたんだよ。地元警察の調べでは、大貫が水上バイクを誤って転覆させたんで、海に投げ出された二人は溺れ死んだと判断され、次の日には火葬されてしまったんだ」

「兼子さん、大貫たち二人は事故に見せかけて水死させられた疑いがあるんじゃないですかね？」

「わたしも、そう思ったんだ。それでね、タイ語のわかる特別捜査官に現地の警察に電話をしてもらって、鑑識写真を警視庁《う ち》に送ってくれるよう頼んでもらったんだよ」

「しかし、断られたんですね？」

「そうなんだ。事故に間違いない、他殺ではないの一点張りだったそうだよ。しかし、大貫は投資家たちから騙し取った約八十億円という巨額をどこかに隠匿《いんとく》してる。愛人と一緒に殺されたと考えるほうが自然と思えるんだがね。どう思う？」

「そうですよね。大貫は、ダミーの主犯だったんじゃないのかな」

風見は言った。

「それ、考えられるね。大型投資詐欺事件の首謀者は別人で、ダミーの親玉は利用価値がなくなったんで、愛人と一緒に消されてしまった。そんなふうに推測もできるな」

「それが真相なのかもしれないな。兼子さん、大貫の交友関係を洗ってみたんでしょ？」

「ああ。組対《そたい》四課に協力してもらって、大貫の交友関係を洗ってもらったんだ。それで、大貫が会社整理屋崩れの経済やくざの中居利久《なかいとしひさ》、五十歳と数年前から親交を重ねてたことがわかったんだよ」

「それで、どうなったんです？」

「組対四課の力を借りて、中居を私文書偽造容疑で逮捕したんだ。そして、徹底的に取り調べたんだよね。しかし、中居が大貫を唆《そそのか》して投資詐欺事件を引き起こしたという供述は得られなかったんだ」

「そうですか」

「中居は強《したた》かな裏事件師だから、最後までシラを切り通したのかもしれないな」

「そうだったのかどうか、ちょっとおれが調べてみます。それはそうと、詐欺事件の大口投資家の中に経済アナリストの国枝理恵の名が載ってなかったな。捜査本部事件の被害者が投資詐欺事件に関心を示してたという情報をキャッチしたんですが、被害者ではなかったんでしょう」

「だろうね。もしかしたら、先月殺害された美人経済アナリストは詐欺集団のボスに心当たりがあったんじゃないだろうか。それで、その人物に口を封じられたとは考えられない？」

「そうなんだろうか。中居を締め上げれば、そのあたりのこともわかるかもしれないな」

「だといいね」

「ええ。ところで、兼子さんは伝説の相場師の右近肇が自己破産したのに、最近、デリバティブ取引をやりはじめてるって話は知ってます？」

「そういう情報は耳に入ってる。文無しになった右近が都心のホテルに月極で泊まって、贅沢三昧《ぜいたくざんまい》の暮らしをしてるそうだよ。多分、やくざマネーを元手にして、デリバティブ取引をしてるんだろう」

「裏社会のブラックマネーを元手にしたら、損失を出した場合、命《タマ》を奪《と》られてしまう。組対から、右近が闇社会から資金を集めてるって話を聞きました？」

「いや、そういう話は耳に入ってないね」

兼子が答えた。その語尾に橋爪の言葉が被さった。

「文無しになった相場師は、何らかの弱みのある企業や個人からデリバティブ取引の元手を提供させてたんじゃないっすか？」

「そうなのかもしれない。橋爪、いいことに気づいてくれた。ほんの少しだけ、おまえを見直したよ」

「そうっすか。嬉しいっす」

「おっと、釘をさしておかないとな。ちょっと誉《ほ》められたからって、自信過剰になるんじゃないぞ」

「わかってますって」

「兼子さん、証券ブローカーや経済マフィアたちに当たれば、右近に資金を提供してる連中がわかるんじゃないですか？」

「多分、わかるだろう。ちょっと調べてみようか？」

「お願いします」

「国枝理恵は右近のデリバティブ取引にも関心を持ってたという話だったね？　元手の出所を知ったら、どうする気だったのかな」

「そこまで読めないんですよ。兼子さん、ありがとうございました」

風見は事件簿を知能犯係主任の前に押しやり、おもむろに立ち上がった。橋爪も腰を浮かせた。

3

尾行されているのか。

風見は、ルームミラーとドアミラーを交互に見た。数台の乗用車の後方を走行中の中型バイクは、覆面パトカーが本部庁舎を出たときから同じルートをたどっている。

スカイラインは大手町《おおてまち》に差しかかっていた。風見たちコンビは、日本橋本町《にほんばしほんちょう》三丁目にある中居利久の事務所に向かっていた。

午後二時過ぎだった。風見たちは一階の大食堂で昼食を摂《と》り、組織犯罪対策第四課で経済やくざのオフィスと自宅の所在地を確認した。それから彼は、覆面パトカーに乗り込んだのである。

不審な単車は一定の速度を保《たも》っている。その気になれば、前走のセダンをやすやすと追い越せるはずだ。だが、そうしようとはしなかった。

それで、風見は尾けられていると覚《さと》ったわけだ。尾行者は何者なのか。

「橋爪、どこか車を脇道に入れてくれ」

「えっ、なぜなんす？」

「ホンダの四百ccのバイクが数台後ろを走ってるよな？」

「はい」

橋爪がミラーを仰いでから、短い返事をした。

「あの単車は本部庁舎を出てから、ずっと追尾してる」

「たまたま行く方向が同じなんじゃないっすか？」

「そうじゃないいな」

風見は、バイクに尾けられていると感じた理由を教えた。

「確かにバイクが前を行く車を追い抜こうとしないのは、おかしいっすね。さすがだな、風見さんは」

「とにかく、大通りから逸《そ》れてくれ」

「了解っす！」

橋爪が左のターンランプを灯《とも》し、次の交差点を折れた。裏通りに入ると、スカイラインをガードレールに寄せた。

怪しいバイクは追ってくる。

風見は覆面パトカーを路上に駐《と》めさせ、橋爪と車を降りた。二人は近くのオフィスビルに入り、物陰に身を隠した。

十分ほど時間を遣《や》り過ごしてから、風見は表に飛び出した。ライダーは単車をスカイラインの後方に駐めて、ガードレールに腰かけていた。黒いフルフェイスのヘルメットを被ったままだった。

風見は走りはじめた。バイクに乗っていた男が慌《あわ》てふためいた感じで、ガードレールから滑り降りた。

風見はライダーに駆け寄って、相手の後ろ襟を引っ摑んだ。そのまま一気に引き倒す。ライダーはガードレールに尻《しり》をぶつけ、舗道に落ちた。同時に呻《うめ》いた。

橋爪が駆け込んできて、ヘルメットを外した。二十七、八の男だった。

風見は屈《かが》み込んで、男のポケットを次々に探《さぐ》った。

運転免許証を抓《つま》み出す。ライダーは名取慎平《なとりしんぺい》という名で、二十七歳だった。

「何者なんだ？」

風見は訊いた。

「怪しい者じゃありませんよ」

「覆面《メン》パトを追尾してたのは、何か疚《やま》しいことをしてたからなんじゃないのかっ」

「ぼく、警察の車なんか尾けてませんよ」

「空とぼけるつもりかい？　そっちのホンダが桜田門から尾行してるのに気づいてたんだよ」

「そう言われても、ぼくには覚えがありませんから……」

ライダーが目を伏せた。風見は無言で名取の鳩尾《みぞおち》に拳《こぶし》を叩き込んだ。名取が呻いて、むせる。

「風見さん、まずいっすよ」

橋爪が焦って、周《まわ》りを見回した。近くに人の姿は見当たらなかった。

「何がまずいんだ？」

「先に手を出したでしょ？」

「この男が二本貫手《ぬきて》でおれの両眼を突こうとしたんで、やむなく鳩尾にパンチを入れたんだよ。正当防衛さ」

「そんなふうには見えなかったっすけどね」

「橋爪には見えなかったんだろう」

「そうなんすかね」

「ぼく、手なんか出そうとしませんでしたよ」

名取が抗議した。

「いや、おまえは明らかにおれの両眼を突こうとしてた」

「そ、そんなことしてないっ」

「ま、大目に見てやろう。それよりも、誰に頼まれて捜査車輛を尾行してたんだ？　正直に喋らないと、そっちを公務執行妨害罪で現行犯逮捕することになるぞ」

「えっ!?」

「雇い主を庇《かば》ってたら、ばかを見るぜ」

風見は運転免許証を名取の顔の前で、ひらひらとさせた。名取が考える顔つきになった。

「白状したほうがいいと思うよ」

橋爪がヘルメットを名取に返した。

「誰に頼まれたか言えば、ぼくは罪に問われないんですか？」

「ああ。だから、素直に喋ったほうが得だよ」

風見は名取の肩を軽く叩いた。

「所長に頼まれたんです。ぼく、『殿岡弁理士事務所』で働いてるんですよ」

「殿岡に言われて、おれたちの車を尾けてたのか」

「そうです。所長に車種とナンバーを教えられて、警視庁舎の地下車庫の近くであなたたちの捜査車輛が出てくるのをずっと待ってたんですよ。所長は夕方まで待たされるかもしれないと言ってましたけど、運よくスカイラインがスロープを登ってきたわけです」

「殿岡は、どうして警察の動きを気にしてるんだ？　それについては、何か言ってなかったか？」

「殺人事件の濡衣《ぬれぎぬ》を着せられそうだから、捜査当局の動きをちょっと探ってもらいたいんだと言ってました」

　名取が答えた。そのすぐあと、橋爪が口を開いた。

「殿岡が真犯人《ホンボシ》なんすかね？」

「こっちの動きを気にするなんて、ちょいと臭いな」

「殿岡は被害者に借りた金の返済をしつこく求められたんで、凶行に走ったのかな」

「橋爪、予定変更だ。また新橋の殿岡のオフィスに行くぞ」

「この男はどうします？」

「一緒に連れていく」

　風見は名取に運転免許証を返し、摑み起こした。単車のキーを抜かせ、覆面パトカーの後部座席に押し込む。すぐに風見は、名取のかたわらに乗り込んだ。

　橋爪がスカイラインの運転席に入り、ほどなく発進させた。

「うちの所長は誰を殺したと疑われてるんですか？」

　名取が風見に問いかけてきた。

「捜査に関することは話せないな」

「そうでしょうね。でも、見当はつきます。所長は、元恋人の経済アナリストを殺害した疑いがあると思われてるんでしょ？」

「なんでそう思ったんだ？」

「一年ぐらい前に所長は社員の給料を遅配するわけにはいかないと、知り合いの女性から運転資金を借りるとぼくに洩らしたんです。相手の名前までは口にしませんでしたけど、以前、所長が国枝理恵さんと恋愛関係にあったことはわかってましたんで。所長は自分の浮気が因《もと》で大事な女性を失ってしまったと酔うたびに悔《くや》んでたんですよ」

「そうか」

「所長は国枝さんから一千万円ぐらい借りたみたいですけど、去年の暮れに全額返済したと言ってました」

「殿岡直樹はそう供述してるんだが、借金を返したって裏付けがないんだよ。キャッシュを国枝理恵に手渡したと言ってるんだが、それを裏付ける証拠がないんだ」

「そうなんですか。でも、所長が金銭のトラブルで元恋人を殺したなんて考えられないな。殿岡所長は国枝さんと恋仲じゃなくなってからも、友人として交友を重ねてたわけですから」

「しかし、会社の経営は好転してないんだろ？」

「ええ、まあ。でも、数社の優良企業から新製品の特許申請手続きの依頼を受けたんで、年商は少しずつアップするはずですよ」

「そうなるかもしれないが、まだ社員の給料は前年度よりも十八パーセント下がったままなんだろ？」

「そこまで調べ上げてたんですか⁉」

「劇的に売上高がアップしたわけじゃなければ、一千万円の借金はなかなか返せないんではないか？」

「社長はマイカーを売って、家賃の安いマンションに移ったんですよ。だから、なんとか借金は返済できたんじゃないのかな」

「そうなのかね」

風見は口を結んだ。二人の間に、気まずい沈黙が横たわった。

やがて、スカイラインは目的地に着いた。

風見は名取の片腕を組んで、雑居ビルの中に入った。先回りした橋爪がエレベーターの上昇ボタンを押す。

三人は五階に上がり、『殿岡弁理士事務所』に入った。午前中に応対に現われた女性事務員は目を白黒させていた。だが、何も問いかけてこなかった。風見たちの表情が険《けわ》しかったせいだろう。

橋爪が所長室のドアをノックした。

風見は殿岡の応答がある前にドアを開け、名取の背を押した。殿岡は執務机に向かって、書類に何か記入していた。

「所長、済みません。尾行に気づかれてしまったんです」

名取が済まなそうに言って、頭を垂れた。

殿岡が絶望的な顔になった。ボールペンを書類の上に置き、天井を見上げた。

「社員に警察の動きを探らせたのは、後ろめたいことをしてたからだなっ」

風見は名取を横にのけ、前に進み出た。机を挟んで、殿岡と対峙する形になった。

「わたしは濡衣を着せられるんじゃないかと思うと、急に落ち着かなくなったんだ。だから、名取に頼んで、おたくたちの覆面パトカーを尾けてみてくれと言ったんですよ」

「ここまで来たら、何もかも正直に話してもらいたいな。あんたは国枝理恵が用立ててくれた一千万円の運転資金をなかなか返せなかったんじゃないのか？」

「去年の暮れに全額返したと言ったでしょ！」

「そのことは忘れたわけじゃない。しかし、金を返したという客観的な事実はないんだ」

「警察は、理恵の会社と個人名義の銀行口座をちゃんとチェックしたんですか？」

「初動及び第一期捜査に当たった刑事たちは、もちろんチェック済みですよ。だが、どちらの捜査資料にも現金持ち込みの入金は記載されてなかった」

「それなら、理恵はわたしが返済した一千万円をオフィスか自宅マンションの金庫にでも入れたんでしょう。きっとそうにちがいない」

「残念ながら、どちらにもまとまった現金は保管されてなかった。それぞれに二百万円前後のキャッシュはあったようだが……」

「それじゃ、多分、彼女は高価な指輪かネックレスを購入したんじゃないのかな。理恵は宝飾品が好きだったから」

「高額商品を買ったとしたら、当然、宝飾店の領収証が残されてるでしょ？　しかし、そうした領収証はどこにもなかった」

「返した一千万円を理恵がどうしたかは知らないが、わたしは本当に去年の暮れに彼女のオフィスでキャッシュで手渡したんだ。そうなんですよ」

「第三者が同席してたわけじゃないんでしょ？」

「二人のほかは誰もいませんでした」

「そういうことなら、殿岡さんが一千万円を返済したという話は客観的には証明できないな。貸し手の国枝理恵さんは、もう亡くなってるわけだから」

「そうだが……」

「死人に口なしだから、おたくが自分の都合のいいことを言ってると思われても、仕方ないでしょ？」

「いい加減にしてくれ！　どうしてわたしの言葉を信じてくれないいんだっ」

殿岡が苛立《いらだ》たしげに喚《わめ》き、両手で頭髪を掻《か》き毟《むし》った。

「いまのところ、信じられる材料がないんでね」

「浮気が発覚したんで理恵との仲は壊れてしまったが、わたしは彼女が嫌いになったわけじゃないんです。理恵だって、わたしから遠ざからなかった」

「二人は嫌いになって別れたんではないという話は、もう聞いてる」

「ああ、そうだったですね。そういう関係だったわけだから、たとえ金の返済が滞《とどこお》っても、理恵は催促なんかしなかったはずだ。彼女のビジネスは順調でしたからね。それ以前に、わたしはきちんと借りた一千万円を返してる」

「そうなら、殺人動機はないだろうな。しかし、おたくが一千万円を全額返したという確証はない」

「だからといって、わたしを人殺しだと疑うなんて失礼だよ」

「確かに礼を失してるかもしれない。これは仮定の話なんだが、会社の業績がいっこうによくならないときに金を早く返してくれと幾度も迫られたら、衝動的に貸し主を殺したくなるんじゃないだろうか。相手が経済的に余裕があるとわかってたら、余計に殺意を募《つの》らせそうだな」

「このわたしが理恵を絞殺したと疑ってるんだろうが、見込み捜査は迷惑だね。わたしを取り調べたいんなら、裁判所から正式に逮捕状を貰ってくれ。わたしは逃げも隠れもしないよ。理恵の事件の通報者だが、後ろ暗いことは何もしてないんだ」

「きょうのところは引き取りましょう。ただ、また誰かに覆面パトカーを尾行させたりしたら、そっちを別件で逮捕《パク》るぞ」

風見は言い捨て、踵《きびす》を返した。橋爪が慌《あわ》てて声をかけてきた。

「名取はこのままでいいんすか？　公務執行妨害で検挙はできると思いますが……」

「少しでも点数稼ぎたいんだったら、おまえが手錠《ワッパ》打て」

「雑魚《ざこ》はどうでもいいっすよ」

「なら、引き揚げるぞ」

風見は所長室のドアを大きく開いた。

4

夕闇が濃くなった。

張り込んで、すでに三時間が経過している。

風見はスカイラインの助手席から、古ぼけた雑居ビルの出入口に視線を注《そそ》いでいた。若い相棒は両腕でステアリングを抱き込んで、生欠伸《なまあくび》を嚙《か》み殺している。

中居利久の事務所は、雑居ビルの三階にある。張り込んで間もなく、風見は偽電話をかけて経済やくざが自分のオフィスにいることを確認していた。中居は事務所から一歩も出てこない。

「このまま張り込んでるのは、なんかもどかしいっすね。プーケット沖で死んだ大貫と中居に接点があることは第一期捜査でわかってるんすから、裏事件師を直《じか》に揺さぶってみませんか？」

橋爪が提案した。

「おまえは、まだ若いな。中居は裏経済界で暗躍してるんだ。揺さぶったからって、あっさり地下資源開発ビジネスの黒幕は自分だと吐くわけない」

「そうっすかね」

「それに、中居もアンダーボスに過ぎないのかもしれない」

「黒幕《ビッグボス》は中居じゃないかもしれないってことっすね？」

「そうだ。投資詐欺事件の被害額は二百億円だった。額がでかいよな？」

「ええ、そうっすね」

「絵図を画《か》いたのは、暴力団とも考えられる」

「捜査資料によると、中居は首都圏で七番目に勢力を誇ってる和光会《わこう》との結びつきが強いみたいっすよ」

「そうだったな。和光会はもともとは武闘派だったんだが、三代目会長の根津周作《ねづしゅうさく》になってから、組織を経済マフィア化させたんだ。倒産整理、街金《まちきん》、各種示談、競売で稼ぎまくり、軽油密造や株券の偽造までやってる」

「重油を色抜きして密売すれば、脱税分は丸儲けになるみたいっすね？」

「軽油密売が儲かるのは、軽油引取税が定価の三十数パーセントと高いからなんだよ。それでな、悪知恵の発達した奴が最高品質のA重油から色を抜くことを思いついたんだ」

「一口に重油といっても、AからDまであるらしいっすね？」

「そう。その違いは、重油に含まれてるパラフィン、アスファルト、その他の不純物質の含有量によって、ランク付けされてるんだ」

「A重油は、成分がほぼ軽油に近いんでしょ？　黒く着色されてるっすけどね」

「そうなんだよ。ほとんど成分は変わらないわけだから、黒色さえ抜いてしまえば、そのまま軽油になるわけだ。コストの安いA重油を仕入れて、色抜きをしてガソリンスタンドに売れれば、脱税分がそっくり軽油密造業者の懐に入る寸法さ」

「おいしい裏ビジネスだけど、密造工場を造るのに金がかかるんでしょ？」

「設備投資は案外、安いんだよ。中古品の濾過《ろか》装置は十キロリットル用で二十万ぐらいで手に入る。タンク内を掻き混ぜるモーターやブロウワー、ホースなんかも三十万円そこそこで買えるんだ。倉庫や貸工場の敷金・礼金は、六十万前後で間に合うだろう」

「百十万もあれば、軽油密造は可能なわけっすね？」

「そうなんだ。濃硫酸にA重油の色素や不純物を吸着《きゅうちゃく》させ、比重差を利用して軽油と分離させるだけだからな。しかし、濃硫酸を扱う作業には危険が伴《ともな》う」

「それだから、和光会は大貫や中居を使って、大型投資詐欺事件を仕組んだんすかね？」

「その可能性はゼロじゃないだろうな」

「本部事件の被害者は、なんで地下資源開発ビジネスに関心を持ってたんでしょう？」

「そいつが、まだ見えてこないんだ」

風見は口を結んだ。

十数秒後、風見の官給携帯電話が鳴った。電話の主は岩尾警部だった。

「長峰准教授はシロだったよ」

「アリバイの裏付《ウラ》けが取れたんですね？」

「そうなんだ。長峰は事件当日、出会い系サイトで知り合った女子高生と渋谷のラブホテルにいたことがわかったんだよ」

「そうですか」

「八神警視と一緒に長峰をマークしてたら、准教授は教え子の自宅アパートに強引に入ろうとして、相手を押し倒したんだ。それで、我々は長峰を詰問したんだよ。そうしたら、長峰はついに国枝理恵が殺された夜のことを喋ったんだ」

「ストーカー男は女子高生を三万円で買ったことを誰にも知られたくなかったんで、五月十二日の夜はずっと自宅にいたと嘘をついてたわけか」

「そう供述してた。長峰とラブホテルに行った女子高生に会ったんだが、准教授は彼女の顔にバスタオルを被せて、行為中、美人経済アナリストの名を呼びつづけてたそうだよ」

「理恵を抱いてるつもりだったんだろうな」

「そうなんだろう。八神警視は、長峰のことをキモい男だと軽蔑してたよ」

「そう思われても当然だな。岩尾さん、八神は近くにいるんですか？」

　風見は訊いた。

「すぐそばにいるよ。電話、替わろうか？」

「ええ、お願いします」

「わかった」

　岩尾の声が途切れ、佳奈が電話口に出た。

「長峰昌俊がシロだったということは、もう成島班長に報告しました」

「そうか。おれも智沙の顔にバスタオルを被せて、八神の名を呼んでみるかな。長峰じゃないけどさ」

「気持ち悪いことを言わないでくださいっ」

「冗談だよ」

「そんなこと、冗談でも言わないでほしいわ。智沙さんに知られたら、風見さん、庖丁で刺されちゃいますよ。もしかしたら……」

「シンボルをちょん斬《ぎ》られるか？」

「ええ。恋人を侮辱《ぶじょく》したんですから、そうされても仕方ないですよ」

「冗談はさておき、特命捜査が一歩前進したな。おれは長峰はクロと思ってなかったが、アリバイがはっきりしなかったんで、洗い直す必要はあった。捜査本部の仁科さんたちには理事官経由で報告してもらうんだな？」

「そうするって、班長は言ってました」

「そうか。成島さんから聞いてるだろうが、おれたちは経済やくざの中居利久をマーク中なんだ」

「そうですってね。殿岡直樹は、シロだと思ってもいいのかしら？」

「そうとは言い切れないな。弁理士は去年の暮れに被害者に借りた一千万円を現金で渡したと主張してるが、その裏付けは取れてない」

「仮に殿岡が借金をきれいにしてなかったとしても、本件の被害者がしつこく返済を迫ってたとは考えにくいんじゃないのかな？　理恵には一億八千万円もの預金があったわけだし、恋愛関係を解消した後も、二人は友人としてつき合ってたんだから」

「殿岡は実行犯じゃないだろうな。しかし、国枝理恵殺しにまったく関与してないとは断定できない。『殿岡弁理士事務所』の経営状態はだいぶ苦しいようなんだ。殿岡が元彼女の隠し財産を狙って、第三者に殺人を依頼したと疑えないこともないからな」

「わたし、殿岡はシロだと思うわ。被害者が大型投資詐欺事件と伝説の相場師のデリバティブ取引の件に関心を持ってたと助手の二谷千登世は証言してるんでしょ？」

「そうなんだ。それが事実なのかどうかは、未確認だがな」

「助手だった二谷千登世がでたらめを言ったとは思えないから、その話は本当なんじゃありません？」

「だとは思うんだが……」

「風見さん、新しい相棒はどうです？　橋爪巡査長の士気は高そうだから、何かと頼りになるんじゃないですか？」

「だといいんだがな」

「まだ息が合ってない感じですね。風見さんは女好きだから、同性の相棒じゃ、なかなか波長が合わないのかな？」

「少し時間がかかりそうだよ。岩尾・八神班は桜田門に戻るわけだな？」

「ええ。わたしたちのきょうの任務は完了したんで、先に帰らせてもらうことになると思います」

「そうか。お疲れさん！」

風見は通話を打ち切った。すると、橋爪が口を切った。

「長峰はシロだったんすか？」

「そうらしい。おまえの読みは外れたな」

風見は、岩尾警部から聞いた話をそのまま伝えた。

「長峰は事件当夜、出会い系サイトで知り合った女子高生をラブホテルに連れ込んでたのか。相手の顔面にバスタオルを覆《おお》い被せて、国枝理恵の名前を呼びつづけてたとは、なんか変態っぽいな。准教授は死ぬほど被害者が好きだったんですかね？」

「それだったら、教え子に迫ったり、女子高生を買ったりしないだろう。理恵のことは好きだったんだろうが、病的な好色漢なんだと思うよ」

「そうなのかもしれないっすね。長峰は教育熱心な親に勉強を強《し》いられ、思春期のころは性に対する好奇心を持つことさえ禁じられてたんじゃないのかな」

「その反動で大人になってから、スケベ人間になってしまったか」

「おそらく、そうなんでしょう。長峰の自宅には盗んだパンティーや精巧な造りのダッチ・ワイフがありそうっすね。教師とか坊さんは、むっつり助平が多いみたいっすから」

「おれたち警察官《サツカン》も同類と世間で見られてるようだぞ」

「そうなんすか。風見さんは女たらしだって噂がありますけどね、自分は特に好色じゃないっすよ。男ですから、たまに風俗店に行ったりしますけどね」

「風俗嬢と遊ぶだけじゃ、虚《むな》しいだろうが？」

「そうっすけど、恋愛は面倒臭いっすよ。それなりに楽しいでしょうけど、自分は仕事のほうが面白いっすね」

「つき合ってる娘《こ》はいないようだな？」

「一応、彼女はいたんすけど、二年前に別れました。結婚を前提にした交際は、なんか重いっすよ」

「そうかもしれないな。先の見えない時代だから、結婚になかなか踏み切れない男女が増したんだろう」

「そうだと思うっす。そんなことより、読み筋が外れたことがショックですね。自分、長峰はクロだと確信してたんで、なんか一遍《いっぺん》に自信をなくしちゃったっすよ」

　橋爪がうなだれた。

「いい勉強になったじゃないか。その若さで自信満々だったら、もろ厭な奴だぜ。うぬぼれがなくなったときから、進歩がはじまるんだよ」

「風見さんは自分を励ましてくれてるんでしょうけど、それなりに推測には自信があったんすよね」

「まだ思い上がってるのか。そんなふうじゃ、女にモテないし、友人もできないぞ。名刑事だって、ことごとく筋を正確に読めてるわけじゃない。まだ駆け出しのくせに、大物ぶるな。ちゃんちゃらおかしいぜ」

風見はせせら笑って、新入りメンバーの頭を小突いた。

橋爪の上体が傾いた。相棒はパワー・ウインドーに側頭部をぶつけ、長く呻いた。

ちょうどそのとき、雑居ビルから中居が現われた。風見たちは犯歴ファイルの顔写真を見ていた。本人に間違いない。

中居は仕立てのよさそうなスーツをまとい、きちんとネクタイを締めている。ワイシャツは白だった。一見、商社マン風だ。

　だが、目の配り方が堅気とは明らかに違った。物を射《い》るように見る。法律の向こう側にいる者たち特有の目つきだ。

中居はセカンドバッグを小脇に抱えて七、八十メートル歩き、月極駐車場に入っていった。

「車を駐車場の手前まで走らせるっすね」

橋爪がスカイラインを発進させ、低速で移動させはじめた。五十メートルほど先で、覆面パトカーを停めた。

少し待つと、月極駐車場からブリリアント・グレイのベンツが走り出てきた。ハンドルを握っているのは、中居だった。

「慎重に尾けてくれ」

風見は相棒に指示した。橋爪が小さくうなずき、捜査車輌を走らせはじめる。

中居の車は二十分ほど走り、赤坂《あかさか》の一ツ木《ひとつぎ》通りに面した六階建てのビルの前に横づけされた。和光会の持ちビルだ。代紋や提灯は掲げられていないが、和光会の本部である。

風見は組対四課にいる時分、一度だけ手入れで本部事務所に入ったことがあった。一階から三階までは企業舎弟のオフィスになっていたが、四階からは組織の本部として使われている。

中居はベンツを降りると、馴れた足取りでビルの中に消えた。

「そっちは車の中で待機しててくれ」

風見は橋爪に言って、ごく自然にスカイラインの助手席から出た。

通行人を装って、和光会の持ちビルの前を抜ける。さりげなくエレベーター・ホールを見たが、すでに中居の姿は消えていた。四階か、五階に上がったのだろう。

風見は数十メートル先でUターンし、スカイラインの中に戻った。

「中居は和光会に指示されて、大貫郁夫に投資詐欺をやらせたんすかね？」

「まだ何とも言えないな。しかし、中居が和光会とつるんで、裏ビジネスに励んでることは間違いないだろう」

「そうなんでしょうね」

「中居が出てきたら、また尾けよう」

「了解っす」

橋爪が口を閉じた。

中居が姿を見せたのは、午後九時過ぎだった。経済やくざはベンツに乗り込むと、すぐさま走らせはじめた。

中居の自宅は恵比寿《えびす》にある。だが、ベンツは飯田橋《いいだばし》方面に向かっていた。愛人の家にでも行くのか。それとも、裏仕事の仲間と会うことになっているのだろうか。

高級ドイツ車は池袋を抜け、川越《かわごえ》街道を直進し、川越IC《インターチェンジ》から関越《かんえつ》自動車道の下《くだ》り線に入った。

「妙だな。なんで中居は練馬《ねりま》から関越自動車道に入らなかったんだろうか」

風見は訝《いぶか》しく思った。

「本当っすね。この時刻なら、関越自動車道が渋滞してるはずはないのにな。わざわざ川越街道をちんたら走ることはないのに。なんだか時間稼ぎをしてるみたいな感じっすよね？」

「橋爪、そうなのかもしれないぞ」

「でも、時間稼ぎする必要がありますか？」

「中居は、おれたちの張り込みと尾行に気づいたのかもしれない。それで、罠を仕掛ける気になったんじゃないのかな」

「罠っすか⁉」

　橋爪が声を裏返らせた。

「そうだ。中居は意図《いと》的に遠回りして、目的地に向かってるんだろう。おれたちを人のいない場所に誘い込む気でいるんじゃないだろうか。そこには、先回りした和光組の奴らが待ち受けてるのかもしれないぞ」

「そうだったとしたら、ちょっと危《ヤバ》いっすね。自分もそうっすけど、風見さんも拳銃を携行してないんでしょ？」

「ああ」

　風見は手錠こそ持っていたが、振り出し式の特殊警棒さえ腰に帯びていなかった。

　警部補以下の警察官には通常、ニューナンブM60という回転式拳銃《リボルバー》が貸与されている。警部以上は、重量の軽いS＆W《スミスアンドウエッソン》37エアウェイトを所持していた。公安刑事や女性警察官は小型自動拳銃を持つことが多い。

　風見は、特別にオーストリア製のグロック26を携行することを認められていた。といっても、常時、高性能拳銃を持ち歩いているわけではなかった。

「自分はコルト・ディフェンダーを本庁《ホンブ》の武器保管庫で班長に見せてもらったきりで、まだ一度も携行してないんすよ。許可を取って、持ってくるべきだったな」

「おれも特別許可を貰ったグロック26を持ってきてないんだ」

「岩尾さんはS&W《スミス ウエッソン》 CS40チーフズ・スペシャルを貸与されてると言ってたっすけど、同じじゃなかったんすね」

「そうなんだ。八神はNAAガーディアン380ACPを使ってる。アメリカ製のコンパクト・ピストルで、ダブル・アクションなんだよ」

「そうっすか。その拳銃のことは、自分、知らなかったっすよ。グロックやチーフズ・スペシャル、それから日本でライセンス生産されてるSIG《シグ》ザゥアーP230のことは知ってましたけどね」

「そうか」

「こんな話を呑気《のんき》に喋ってる場合じゃないっすね。和光会の奴らが待ち受けてて、いきなり短機関銃《サブマシンガン》を掃射してきたら、危《ヤバ》いな」

「橋爪、情けないことを言うなよ。おれたちはサラリーマンじゃないんだ。ビビるなんて、みっともないぜ」

「けど、こっちは丸腰なんすよ」

「運転しながら、小便チビるなよな」

「まだチビったりしませんけど、銃弾を連射されたら、漏《も》らしそうっすね」

「チビりやがったら、コンビ解消だ」

「冗談っすよ。銃撃戦はやったことないっすけど、そこまで腰抜けじゃないっす」

橋爪が言って、ヘッドライトをハイビームにした。中居の車は右のレーンを疾走していた。橋爪がライトの位置を手早く下げる。

ベンツは本庄児玉《ほんじょうこだま》ＩＣで一般道に下《お》りると、国道二五四号線を突っ切り、児玉町の外れまで進んだ。

ベンツは林道に乗り入れ、一キロほど先で停まった。橋爪がベンツの五十メートルほど後方でスカイラインを停止させ、すぐにライトを消す。エンジンも切った。

風見は目を凝《こ》らした。

中居がベンツから出て、暗い林道を歩きはじめた。風見たちはそっとスカイラインを降り、中居を追いはじめた。ベンツの横を通り抜け、中居のあとを尾けつづける。

六、七百メートル先で、急に中居が漆黒《しっこく》の雑木林の中に分け入った。罠の気配が伝わってきた。

「おまえはベンツのそばに身を潜《ひそ》めてろ。中居は、じきに自分の車に戻るはずだ。そのとき、身柄《ガラ》を確保してくれ」

「自分も風見さんと一緒に行くっすよ」

「いいから、言われた通りにするんだ」

風見は言いおき、雑木林に足を踏み入れた。

暗くて何も見えない。神経を耳に集める。かすかに下生えを踏みしだく足音が聞こえた。目は、じきに暗さに馴染《なじ》んだ。

樹間に黒い人影が透《す》けて見える。中居の後ろ姿だった。

風見は樹々を縫《ぬ》うように進んだ。中居との距離が縮まったとき、闇から何かが疾駆《しっく》してきた。

近くの太い樹幹《じゅかん》にめり込んだのは、銃弾だった。樹皮が弾け飛ぶ。

銃声は耳に届かなかった。サイレンサー・ピストルで狙われたのだろう。

風見は身を屈《かが》めた。

次の瞬間、暗がりで銃口炎《マズル・フラッシュ》が瞬《また》いた。やはり、銃声は聞こえなかった。樹木が多く、被弾する確率は低い。

風見は大胆に狙撃者に接近しはじめた。

中居の姿は掻き消えていた。三弾目が放たれた。銃弾は近くの小枝をへし折って、後方に飛んでいった。

風見は雑木林の奥に向かった。

そんなとき、斜め後ろで足音が響いた。敵か。風見は身構えた。

意外にも、駆け寄ってきたのは橋爪だった。

「おまえ、なんで来たんだ!?」

「銃声は聞こえなかったっすけど、発砲されたと思ったんす。風見さんが被弾したら、まずいでしょ？　失血死するかもしれないじゃないっすか」

「おまえ、ばかか！　こんなに樹木が生い繁ってるんだ。めったに命中するもんか」

「でも、万が一ってこともあるでしょ？」

「おれのことは大丈夫だ。早くベンツのとこに引き返せ」

「でも……」

「早く戻るんだっ」

風見は若い相棒を怒鳴《どな》りつけ、なおも奥に進んだ。橋爪が引き返していく。

銃声は熄《や》んだままだった。標的を引き寄せてから、仕留《しと》める気になったのだろう。

風見は雑木林の端に達した。

低い窪《くぼ》地になっている。動く人影は目に留《と》まらない。狙撃を諦《あきら》め、中居と逃げたのか。あるいは、近くの繁みに狙撃者は身を潜めているのだろうか。

風見は敵の動きを待った。

五分経《た》っても、状況は同じだった。十分待っても、何も動きはなかった。

逃げられたようだ。なんとも忌々《いまいま》しい。

風見は身を翻《ひるがえ》した。急いで雑木林を横切り、林道に走り出る。ベンツは見当たらない。橋爪が茫然と突っ立っていた。

「中居は？」

「自分が林道まで戻ったとき、ベンツが急発進したんす。助手席に乗り込んだヤー公っぽい男は、消音型拳銃を持ってました。そいつ、自分に銃口を向けてきたんすよ。ちょっと怯《ひる》んだ隙《すき》に中居はベンツを走らせはじめたんす」

「なんてことだ」

風見は夜空を仰いだ。橋爪が幾度も謝った。

「ま、いいさ」

「自分、追うつもりだったんすよ。でも、風見さんを置き去りにするわけにはいかないんで……」

「橋爪、もういいんだ。とにかく、東京に戻ろう」

風見は相棒の背を押し、林道をゆっくりと下《くだ》りはじめた。

第三章　意外な事実

1

雨脚《あまあし》が強い。

土砂降りだ。路面で雨滴が躍《おど》っている。

風見は中居の自宅から一時も目を離さなかった。前夜、児玉町から東京に戻ると、恵比寿二丁目にある中居宅に来てみた。だが、ガレージにベンツは納められていなかった。

いま現在も、車庫は空っぽだった。風見たちコンビは朝早くから、中居の自宅のそばで張り込んでいた。経済やくざのオフィスには、岩尾・八神班が貼《は》りついている。

午後一時過ぎだった。風見たち二人は少し前にコンビニエンス・ストアで買ったお握りを三個ずつ胃袋に収めた。ペットボトルの緑茶は、ほとんど残っていない。

「なんか腹が立つっすね」

運転席に坐った橋爪が、唐突に言った。

「きのう、中居に逃げられたことか？」

「そのこともそうっすけど、中居が豪邸に住んでることっすよ。敷地は百坪以上はあるでしょ？」

「だろうな」

「このあたりの地価なら、一坪三百七、八十万円はすると思うんすよ。土地だけで、四億近い価値はあるだろうな。でっかい家屋も築十年は経《た》ってないみたいだから、いくらか値は付くでしょう。どうせ汚れた金で豪邸を手に入れたんだと思うっすよ。サラリーマンの生涯賃金が二億四、五千万っす。なんか許せないな」

「橋爪、捜査に身を入れてないんじゃないのか？」

風見は顔をしかめた。

「あっ、すみません！　つい腹が立っちゃったんすよ。班長が緊急配備《キンパイ》の手配をしてくれたのに、首都圏の車輛ナンバー認識装置に中居のベンツは引っかからないっすね」

「中居とサイレンサー・ピストルを持った奴は、埼玉県内で別の車に乗り換えたにちがいない。そのうち県内のどこかで、乗り捨てられたベンツが見つかるだろう」

「そうかな。中居は消音型拳銃を持った野郎に自分らを殺《や》らせる気だったんすかね？」

「いや、おれたちを射殺する気はなかったんだろう。一種の警告だったんだと思うよ」

「警告っすか？」

「ああ。自分らは場合によっては、刑事も始末するぞという警告だったんだろう」

「ということは、中居が大貫を焚《た》きつけて大型投資詐欺をやらせたんでしょうね？」

「まだ断定はできないが、そう考えてもいいだろう。和光会が中居に協力した疑いもあるな。昨夜《ゆうべ》のサイレンサー・ピストルは、多分、ロシア製のマカロフPbだろうな。堅気《かたぎ》が海外からネットを使って各種の拳銃をこっそり購入した事例はあるが、サイレンサー・ピストルは極東ロシア・マフィアか漁船員からしか入手できない。つまり、闇社会の人間じゃなければ、マカロフPbは手に入れられないわけだ」

「そうでしょうね」

「きのうの狙撃者は、和光会と関わりのある奴と見ていいだろう」

「自分も、そう思ってました。ひょっとしたら、中居は和光会の根津会長の家《ヤサ》に匿《かくま》われてるんじゃないっすかね？」

　相棒が言った。

「おれは組対四課にいたから、裏社会の首領《ドン》たちが誰も用心深いことを知ってる。親分たちは、何か犯行《ヤマ》を踏んだ人間を自宅や本部事務所には匿ったりしないもんだよ」

「そうでしょうね。中居は偽名を使って、安ホテルにでも泊まったのかな？」

「中居の女房にちょっと探《さぐ》りを入れてみるか」

風見は懐から私物の携帯電話を取り出した。きょうは、ショルダーホルスターにグロック26を収めている。橋爪もコルト・ディフェンダーを携行していた。

風見は、中居の自宅の固定電話を鳴らした。

スリーコールで、電話はつながった。受話器を取ったのは、中年女性だった。

「あんたね？　なんで昨夜《ゆうべ》から、ずっと携帯の電源を切ってるのよ。きのうの夜、柄の悪い連中が家に押しかけてきて、さんざん凄《すご》んで帰っていったの。怕《こわ》かったわ」

「中居君の奥さんだね。わたし、和光会の理事をやってる者です」

「あっ、主人が何かとお世話になってます。わたし、家内の綾乃《あやの》です」

「我々こそ中居君にいろいろ協力してもらってるんで、感謝してるんだ。奥さん、去年の七月にプーケット沖で愛人と一緒に水死した大貫郁夫のことは知ってるでしょ？」

「大貫さんなら、一年ほど前に我が家に見えたことがあります。主人と同世代なんで、何かと話が合ったみたいですね。そのころ、二人はよく銀座のクラブで飲んでたんです。その帰りに、家に来られたことがあるんですよ」

「それじゃ、大貫が地下資源開発話を餌《えさ》にして、総額二百億円を騙し取った事件も知ってるでしょ？」

「ええ、マスコミで派手に報じられてましたんでね。共犯者は次々に逮捕されたけど、大貫さんは愛人を連れて東南アジアに逃げたんでしょ？」

「そうだね。大貫は自分の取り分の約八十億円の多くをオーストリアの銀行の秘密口座にプールしてあったんだが、その後、密かに中居君の複数の口座に移したみたいなんだ。ご主人は犯罪絡《がら》みの大金を預かったらしいんだよね」

風見は、もっともらしく言った。

「えっ、そうなんですか⁉　中居はそんなこと、わたしには一言も言わなかったけど」

「奥さん、それは当然でしょ？　危《ヤバ》い銭を預かったら、罪になるからな」

「え、ええ」

「大貫の黒い金を中居君が預かってることを関西の暴力団が嗅《か》ぎつけて、その銭を横奪《ど》りする気になったみたいなんだ」

「きのうの夜から主人の居所がわからないんですけど、きっと身に危険が迫ったんで……」

「中居君は、しばらく身を隠す気になったようだね。西の極道どもは金のためなら、平気で人を殺《あや》める。もたもたしてたら、中居君は極道たちに見つかって、とことん痛めつけられるだろう。それで、大貫の金をそっくり引き出した後には生コンクリートで中居君は固められ、大阪湾の沖合に……」

「そんなことになったら、どうしよう⁉」

「根津会長は、中居君を和光会で保護してやれと言ってるんだ。で、わたしがご主人を安全な場所に匿《かくま》ってやることになったんだよ。奥さん、中居君の居所に見当はつくんじゃないの？」

「熱海《あたみ》にセカンド・ハウスがあるんですが、そこにはいないと思います。十年以上も前に買った別荘ですから、関西の極道たちに突き止められてしまうかもしれませんし」

「実家に潜伏してるとは考えられないのかな？」

「それはないでしょうね。中居は前科者になった二十代後半のころから、血縁者たちから絶縁を言い渡されたんですよ」

「そうなのか」

「あっ、もしかしたら……」

綾乃は夫の居所に見当がついたようだ。

「奥さん、中居君はどこにいそうなのかな？」

「中居は数年前に栃木県塩谷《しおや》郡塩谷町《まち》にある古民家を買って、気が向いたときにひとりで通ってたんです。周囲の風景が故郷の群馬の里山《さとやま》に似てるのが気に入ったとかで、八百坪の農地付きの古い民家を購入したの。地元の大工さんにリフォームしてもらったんで充分に住めるんですけど、わたしと子供たちは一度も行ったことがないんです。山の中の一軒家だというから、なんか不気味でね。わたしは東京の下町で生まれ育ったんで、住宅が密集してないと、落ち着かないんですよ」

「奥さん、その古民家の所番地はわかるかい？」

「正確な住所はわかりませんけど、以前の所有者は明神梅太郎《みようじんうめたろう》という方だったわね。主人は塩谷町の古民家に隠れてるんじゃないのかしら？　そこにいたら、しばらく中居を匿ってやってもらえますか？」

「そうしましょう。とにかく、若い者《もん》を現地に行かせるよ」

「主人が見つかったら、家にすぐ電話するよう伝えていただけますか？」

「わかった」

風見は電話を切り、橋爪に通話内容をかいつまんで話した。それから彼は成島班長に電話をかけ、相棒と栃木に行くことを伝えた。

「色男、そうしてくれ。岩尾・八神班には念のため、中居のオフィスを引きつづき張り込ませる」

「了解！」

「昨夜《ゆうべ》の狙撃者がいたら、先に発砲してもかまわないぞ。過剰防衛が問われたら、おれが全責任を取る」

「相手が銃口をおれたちに向けてきたら、迷わずグロック26の引き金《トリガー》を絞りますよ」

「ああ、そうしてくれ。風見が殉職したら、智沙さんに恨まれる。それから、橋爪のご両親にもな」

成島が電話を切った。風見はモバイルフォンを折り畳んで、橋爪を目顔で促した。

若い相棒が覆面パトカーを走らせはじめた。スカイラインは都心を抜け、東北自動車道に入った。矢板《やいた》ＩＣを降りたのは、午後三時数分前だった。雨は降っていない。

覆面パトカーは北上し、日光《にっこう》北街道に入った。道なりに進み、新田からカントリークラブの奥に向かった。

ほどなく家並《やなみ》は途切れ、町道の左右は畑と森林になった。

一キロほど行くと、急に視界が展《ひら》けた。

前方左手に古民家があった。道路沿いに防風林が連《つら》なっているが、塀《へい》は巡らされていない。前面は農園になっている。大きな平屋建ての家屋は、奥まった所にあった。

風見は古民家の少し手前で、スカイラインを停めさせた。コンビは静かに車を降り、敷地の横に回り込んだ。

防風林の間から、二人は敷地内に入った。車寄せに真紅のフィアットが見える。持ち主は女性と思われる。中居のベンツは目に留《と》まらない。

「中居は潜伏先に愛人を予《あらかじ》め呼び寄せてたんすかね？」

橋爪が囁《ささや》き声で言った。

「そうなのかもしれない。ベンツは、やっぱりどこかに乗り捨てたようだな」

「そうみたいっすね。車は一台しかないから、サイレンサー・ピストルをぶっ放した男は、古民家の中にはいない感じだな」

「いや、わからないぞ。あの男もベンツを乗り捨てたとき、中居と一緒にフィアットに乗ったのかもしれないからな」

「そうっすかね」

「建物の裏手に回ろう」

風見は先に歩きだした。

数歩あとから、橋爪が従《つ》いてくる。二人とも爪先《つまさき》に重心をかけ、極力《きょくりょく》、足音をたてないよう心掛けた。

角の部屋に差しかかると、ガラス戸越しに嬌声《きょうせい》が洩《も》れてきた。若い女の声だった。男の声も低く聞こえる。どうやら睦《むつ》み合っているらしい。

風見たちは家の真裏に回り、台所のごみ出し用戸口に近づいた。ドアは、まだ新しい。リフォームした際《さい》に、新品と取り替えたのだろう。

風見はドア・ノブに手を掛けた。

ノブは抵抗なく回った。内錠は掛けられていない。

「住居侵入罪になっちゃいますけど、入っちゃいます？」

「そうだな。おれが呼ぶまで橋爪は表にいてくれ。怪しい奴が迫ったら、大声を出すんだ。いいな？」

「了解っす」

「橋爪、いつでもコルト・ディフェンダーを抜けるようにしておけ」

「わかりました。銃把《グリップ》に片手を掛けながら、見張ってるっすよ」

橋爪がベージュのコットン・ジャケットの前ボタンを外した。幾分、緊張している様子だ。

風見はドアを半分だけ開け、台所に忍び込んだ。土足のままだった。すぐには角部屋に向かわなかった。

洗面所と風呂場を覗き、各室を素早く検《しら》べた。誰もいなかった。

風見は、淫らな声がした角部屋の前に立った。ショルダーホルスターからグロック26を引き抜く。間を置かずに、角部屋の引き戸を開けた。

八畳の和室だった。ほぼ中央に敷き蒲団が延べられ、全裸の女が仰向けになっていた。三十前後で、肢体《したい》は肉感的だった。

女の両膝は立てられ、大きく開かれている。股の間に素っ裸の男が腹這《ば》いになっていた。中居だった。

経済やくざは喉《のど》を鳴らしながら、女の性器を舐《な》めていた。湿った音が卑猥《ひわい》だった。

どちらも、風見にはまだ気づかない。女は目を閉じ、切なげに呻《うめ》いていた。口の中では、桃色の舌が妖《あや》しく舞っている。

夜具の周《まわ》りには、二人の衣服や下着が乱雑に散っている。中居は急に性衝動《リビドー》に駆られて、愛人らしい女を組み敷いたのだろう。

風見はグロック26のスライドを勢いよく滑らせた。弾倉《マガジン》には、十二発の九ミリ弾が装塡《そうてん》してある。

中居が弾《はじ》かれたように半身を起こした。女も瞼《まぶた》を開け、上半身を浮かせた。すぐにブラウスを抓《つま》み上げ、二つの乳房を覆った。逆三角に繁った和毛《にこげ》は別の手で隠した。

「野暮な真似はしたくなかったんだが、また逃げられたくなかったんでな」

風見は銃口を中居の顔面に向け、大声で相棒の名を呼んだ。ほどなく橋爪が和室にやってきた。風見と同じように靴を履《は》いたままだった。

「やっぱり、ナニの最中だったすね。相手は、中居の愛人《レコ》なんでしょ？」

「これから調べるとこだ。そっちは、裸の彼女を別室に連れてってくれ」

「了解っす」

「あんたたち、警察の人なの？」

女が風見に問いかけてきた。

「そうだ。きみは中居の情婦《おんな》だな？」

「そうだけど、わたしは指定された場所に行って、フィアットにパパを乗せてやっただけで、何も危《ヤバ》いことなんかしてないわ」

「名前を教えてもらおうか」

「藤巻《ふじまき》、藤巻あゆみよ。パパの世話になる前は、六本木《ろっぽんぎ》のカジノのディーラーをやってたの」

「そうか。とりあえず、別室で衣服をまとってくれ」

風見は中居の愛人に言って、相棒に合図した。

橋爪が藤巻あゆみを立たせる。あゆみは自分の服やランジェリーをまとめて抱え、橋爪と和室から出ていった。

「まずは、トランクスを穿《は》けや。ただし、坐ったままでな」

「わかったよ」

中居が不貞腐《ふてくさ》れた顔で格子柄のトランクスを畳の上から摑み上げ、そそくさと穿いた。とうにペニスはうなだれていた。

「サイレンサー・ピストルをぶっ放したのは、和光会の構成員だろ？」

「言えねえな」

「粘っても無駄だぜ」

風見は言うなり、寝具に銃弾を撃ち込んだ。

銃声が残響を曳《ひ》き、硝煙がゆっくりと拡散した。

敷き蒲団に穴が開き、縁《ふち》の部分は焼け焦《こ》げていた。九ミリ弾は、畳の芯《しん》まで貫いたはずだ。

「きのう、あんたはおれたちの張り込みに気づいたんで、児玉町の外れに誘い込んだんだなっ」

「………」

「どっちの肩を撃ってやるか」

「やめろ！　そうだよ。場合によっては、刑事《デカ》だって殺《や》るぞって警告を発したわけさ」

「サイレンサー・ピストルを持ってた野郎のことを話してもらおうか」

「それは……」

「歯を喰《く》いしばってろ。左の肩口に九ミリ弾を見舞ってやる」

「う、撃たないでくれーっ。昨夜《ゆうべ》の男は、和光会の三代目会長のボディーガードのひとりで、須賀将行《すがまさゆき》って奴だよ」

「そうかい。本題に入るぜ。あんたは大貫郁夫を唆して地下資源開発話で投資家たちから約二百億円を騙し取らせ、事件が発覚後、愛人と一緒に東南アジアに逃亡させたんじゃないのか？　それで和光会と共謀して、大貫を愛人ともども溺死させた。犯罪のプロに水上バイクを水中スクーターで撥《は》ね上げさせ、海の中に大貫たち二人を引きずり込ませたんだろうが。どこか間違ってるか？」

「おれは、大貫とは友達《ダチ》づき合いしてたんだぞ」

「善人ぶるんじゃない。あんたみたいに腹黒い野郎は大っ嫌いなんだ。面倒だから、いっそ射殺してやるよ。正当防衛に見せかけてな」

「本気なのか⁉」

中居が頰を引き攣《つ》らせて、尻を使って後ずさった。風見はうなずいた。むろん、威《おど》しだ。

「お、おれは大貫を欺《あざむ》きたくなかったんだ。けど、和光会の根津会長には恩義を感じてたんで、協力せざるを得なかったんだよ」

「投資詐欺の真の首謀者は、根津周作だったのか？」

「いや、黒幕は五年前に収賄で有罪判決を受けた民自党の元衆議院議員の千石辰之進《せんごくたつのしん》先生だよ。先生は服役後、観光事業に乗り出したんだが、なかなか経常利益を出せないでいるんだ。根津会長が見かねて、一肌脱ぐ気になったわけさ。おれも根津さんにはいろいろ世話になってたんで……」

「大貫をうまく焚《た》きつけて投資家たちから巨額を詐取させたのか」

「そうだよ。大貫がいったんオーストリアの銀行の秘密口座に預けてた八十億のうち七十億円を根津会長が用意した他人名義の銀行口座に振り込ませたんだ。根津さんはタイミングを計りながら、その七十億円を千石元代議士のグループ企業に……」

「そういうからくりだったのか。大貫と愛人を始末したのは誰なんだ？」

「須賀将行だよ。こんなことになるんだったら、きのうの晩、あんたら二人を須賀に殺《や》ってもらえばよかったぜ」

「もう遅いな。ところで、先月の十二日に殺害された経済アナリストの国枝理恵は地下資源開発ビジネスに関心を持ってたんだ。あんたたちは国枝に大貫を操ってたことを知られてしまったんじゃないのか？」

「なんで、そんなことまで知ってるんだ⁉」

「やっぱり、そうだったのか。美人経済アナリストは口止め料を要求したのかい？」

「いや、金を出せなんてことは言わなかったよ。ただ、おれのオフィスに一度電話してきて、和光会の企業舎弟の経営相談に乗ってもいいと言ってた。そのことを根津会長に伝えてくれとも言ってたんで、そうしたよ」

「根津会長が組織の者に国枝理恵を葬らせたのかもしれないな。あるいは、あんたが恩義のある根津周作が窮地に追い込まれたことを知って、どこかで殺し屋を見つけたのかな？」

「おれは、誰にも殺人《コロシ》なんて頼んでねえ。根津会長だって、堅気の女の脅迫にビビるとは思えない。会長も国枝理恵の事件には関与してるはずないよ」

「それは、こっちが調べよう」

風見はグロック26を左手に持ち替え、右手で捜査用の携帯電話を取り出した。成島班長に連絡して、正規捜査員たちに中居の身柄を引き取らせなければならない。

じきに電話がつながった。

風見は拳銃で中居の動きを封じつつ、経過を報告しはじめた。

2

取り調べが開始された。

新宿署刑事課の取調室1だ。九係の仁科敬係長が中居利久と向かい合っている。二人は灰色のスチール・デスクを挟んで坐っていた。

風見は橋爪と取調室1に接した面通し室にいた。あと数分で、午後七時になる。古民家で捜査本部の刑事たちに中居の身柄を引き渡し、彼らと一緒に東京に舞い戻ったのだ。

中居の愛人の藤巻あゆみは塩谷町の古民家で正規捜査員たちの事情聴取を受けると、そそくさと自分のフィアットに乗り込んだ。内心、パトロンを恨んでいたにちがいない。

面通し室は、目撃者たちに容疑者を確認してもらうために設けられたスペースだ。取調室との仕切り壁には、マジック・ミラーが嵌《は》め込まれている。三畳ほどの広さだ。

警察関係者たちには〝覗き部屋〟と呼ばれていた。

机の右側のパイプ椅子《いす》に腰かけているのは、経済やくざだ。中居は手錠を掛けられてはいなかった。だが、腰縄を回されている。その先端は椅子のパイプに括《くく》りつけられていた。逃亡防止のためである。

中居は、栃木の古民家で自白したことを素直に仁科に語った。記録係の若い刑事が中居の供述をパソコンに打ち込んだ。

パソコンが普及しているが、所轄署によっては現在でも手書きで供述調書を作成していた。パソコン打ちだと、調書は読みやすい。しかし、記録内容を改ざんすることも可能だ。

風見は個人的には、ボールペンによる手書きが望ましいと考えている。それなら、記録係の〝作文〟は見破りやすい。

「おたくは、本当に国枝理恵の事件には一切《いっさい》タッチしてないんだね？」

仁科警部が中居に確かめた。

「ああ。おれは和光会の根津会長に少しでも恩を返したいと思ったんで、大貫を唆して投資詐欺をさせただけだよ。経済アナリストの女なんか誰にも殺《や》らせてねえ」

「そういう供述だったね。だが、おたくにも殺人動機はあるんだよな。去年の七月に愛人と一緒に始末された大貫に投資詐欺をやるよう仕向けたことを国枝理恵に知られてしまったわけだからさ」

「そうだが、国枝って女はおれを脅迫してきたわけじゃないんだぜ。わざわざ始末させる必要なんかないじゃないかっ。そうだろ？」

「しかし、おたくの後ろに和光会の根津会長と元国会議員の千石辰之進がいることを国枝理恵は知ってたんだ。おたくが恩義のある根津周作を困らせたくなくて、捜査本部事件の被害者を誰かに片づけさせたのではないかと疑いたくなっても仕方ないんじゃないのか？」

「その件に関しては、おれは絶対にシロだっ」

中居が声を張った。

「おたくが言った通りなら、国枝理恵を殺《や》らせたのは根津なんだろうな。和光会の三代目会長は、自分のボディーガードの須賀将行に大貫郁夫と彼の愛人をプーケット沖で溺死させてるんだから」

「大貫たち二人を根津会長が須賀に片づけさせたことは間違いないよ。会長自身がそう言ってたし、須賀も否定しなかったんでな。けど、根津会長は大貫の取り分の大部分をおれを介して吸い上げたことを国枝理恵に知られても、それほどびくついたりしなかったはずさ」

「なぜ、根津はびくつかない？　相手が堅気の女性だったからかな？」

「そうだよ。女経済アナリストが脅迫じみたことを言っても、意に介さなかっただろうよ。相手は三十代の女だ。若い者《もん》たちに国枝理恵を拉致監禁させて、輪姦させりゃ、それだけでおとなしくなるだろうからな。レイプだけじゃ足りなかったら、覚醒剤《シャブ》漬けにしちまえばいい」

「中居、国枝理恵は平凡なＯＬじゃなかったんだよ。仮に体を穢《けが》されても、泣き寝入りするような女性じゃなかったはずだ。テレビにもよく出てたから、マスコミ関係者の知り合いも少なくなかっただろう」

「だから、拉致監禁されて姦《や》られたら、黙ってないと言うわけ？」

「ああ、黙ってるはずないよ。そうなったら、根津会長は身の破滅だ。根津だけじゃない。元国会議員の千石も、もう終わりだね」

「根津会長がもし国枝って女を誰かに殺《や》らせたとしても、地下資源開発ビジネスで大貫が集めた金のうちの約七十億を掠《かす》めて千石先生に回してやったことを警察に喋るわけない。会長は千石先生を恩人と敬愛してるからな」

「根津はそのつもりでいても、おたくがもう自白《ウタ》ってるじゃないか。根津も千石も、もうシラを切ることなんかできないんだっ」

　仁科が経済やくざを見据えながら、語気を強めた。

「根津会長も千石先生も、強《したた》かに生きてきたんだ。おれが自供《ゲロ》したからって、二人はすぐに落ちやしねえよ。大貫が集めた金を横奪《ど》りしたことを根津さんは最後まで認めないだろうし、千石先生だって同じだろう」

「どっちも古狸だよな。しかし、虚勢を張ってても、根は気が小さいようだぞ」

「どういう意味なんでえ？」

「夕方、捜査員が根津周作と千石辰之進に任意同行を求めたら、二人とも拒絶して、そのあと相前後して行方をくらましたんだよ」

「本当なのか!?」

「ああ、根津は番犬の須賀将行と一緒に雲隠れしたようだ。本庁組対四課に協力してもらって、根津の潜伏先を突き止めようとしてるとこなんだよ。おたく、どこか心当たりは？」

「知らねえな」

中居が両腕を組んで、目をつぶった。口は真一文字《まいちもんじ》に引き結ばれている。黙秘権を行使《こうし》する気になったのだろう。

「和光会の三代目会長は、ボディーガードの須賀を連れて愛人宅か兄弟分の家《ヤサ》に隠れてるんじゃないっすかね」

かたわらにいる橋爪が口を切った。

「根津は素人《トウシロ》じゃない。そんなとこに匿ってもらったら、時間の問題で潜伏先を割り出されることになる」

「そうっすね。予想しにくい隠れ家を選ぶだろうな」

「それは間違いないよ。元政治家の千石辰之進も、わかりにくい場所に身を潜めてるはずだ」

「でしょうね。二人が相前後したのは、共謀して国枝理恵を第三者に殺《や》らせたからなのかな？　それとも、大貫から投資金を横奪《ど》りした罪で検挙《アゲ》られたくないんで、逃げたんすかね？」

「それは、まだどちらとも言えないな。中居が逮捕《パク》られたんで、とにかく根津と千石は逃《フ》げる気《ケ》になったにちがいない」

「そうなんだろうな。千石に流れた巨額の半分でも残ってるといいっすね。そうなら、少しずつだろうけど、投資家たちに金が戻るでしょ？」

「そうだな。本庁組対四課から、根津会長や須賀に関する情報を貰おう」

風見は面通し室を先に出た。そのとき、前方から十係の伊東係長がやってきた。

「中居の件ではありがとう。仁科係長は中居から、新たな事実を引っ張り出せたのかな」

「いや、中居はこっちに喋ったことを繰り返しただけですね」

風見は答えた。

「そうか。城南大の長峰准教授のアリバイの裏付《ウラ》けを特命遊撃班が取ってくれたんで、中居が真犯人《ホンボシ》と思ってたんだが、本部事件ではシロなのかな」

「中居の身柄《ガラ》を正規捜査員に引き渡す前に、五月十二日の夜のことを訊いてみたんですよ。中居は愛人《レコ》の藤巻あゆみと一緒に午後八時数分前から同九時五十分ごろまで、六本木のレストラン・バーにいたと言ったんです。あゆみはその通りだと証言しましたし、仁科さんの部下がレストラン・バーの従業員たちから裏付《ウラ》けを取ってます」

「そうなんだよ。中居が自分の手を汚してないことは確かなんだろう。しかし、誰かに美人経済アナリストを絞殺させた可能性はあるんじゃない？」

「可能性はゼロとは言えませんが、本部事件では中居はシロでしょう。根津会長のために大貫をうまく唆したんだろうが、人殺しまではやらないと思うな。こっちは、そういう心証を得ました」

「なら、雲隠れした根津周作がボディーガードの須賀将行に国枝理恵を始末させたのかもしれないね。中居の供述通りなら、須賀はプーケット沖で大貫を愛人と一緒に溺死させてるわけだからさ。二人殺すのも、三人殺《や》るのも同じなんじゃないか」

「そうなんですが、まだ実行犯が根津の番犬かどうかわからない。元代議士の千石も、国枝を生かしておいたら、危《ヤバ》いと思ってたでしょうしね。もちろん七十二歳の元国会議員が自分で被害者の首を絞めたとは思えませんが、犯行動機はあります」

「そうだね。千石は政治家になって間もなく闇社会の顔役たちや利権右翼どもと親交を深めてきたんで、その気になれば、殺しを代行してくれる人間は造作なく見つけられるだろうしな」

「ええ。千石も怪しいことは怪しいですね」

「そうだな」

「伊東警部、捜査本部の方たちは根津や千石の潜伏先を突き止められそうなんですか？」

　橋爪が話に割り込んだ。

「きみは新メンバーだね？」

「そうです。橋爪宗太といいます。職階はまだ巡査長ですが、そう遠くないうちに巡査部長に昇進できると思うっすね」

「きみは自信家なんだな」

「ただのうぬぼれではないつもりです。所轄署時代にそれなりの働きをしてきたことが、自信につながってるんすよ」

「士気が高いのは結構だが、点取り虫になったら、職場で嫌われるよ」

「自分、そんな低次元では職務に携わってないつもりっす。階級社会ですから、三十代半ばまでには警部にはなりたいと考えてます。けど、それ以上は昇格しなくてもいいんすよ。自分、現場捜査が大好きなんす。刑事になるために生まれてきたような気がするっすよね」

「それは頼もしいな。我々よりも、早く根津か千石の潜伏先を突き止めてくれそうだな」

「そのつもりで、支援捜査をやらせてもらいます」

「ひとつよろしくね」

伊東警部が皮肉っぽく笑い、取調室1の中に入った。

風見は肩を竦《すく》めた。

「おまえ、もう少し控え目になれないのかっ。まだ駆け出しなんだから、先輩刑事の前では謙虚に振る舞うもんだぜ。自信満々の奴は、どんな職場でも嫌われ者になる。そうなったら、上司から昇進試験を受けてみろと言われなくなるぜ。仮に試験を受けても、昇格させてもらえないだろうな」

「自分をそんな目に遭《あ》わせたら、それこそ警視庁の損失っすよ」

「橋爪、おまえ、政治家の秘書になって、代議士をめざせ。大言壮語するタイプは政治家向きだからな。千石を逮捕《パク》ったら、昔の議員仲間を紹介してもらうか」

「自分をそこまで虚仮《こけ》にすることはないでしょ！　気分悪いっすよ」

「だったら、コンビを解消するかい？」

「八神警視とまたペアを組みたいんでしょうけど、自分、意地でも依願退職なんかしませんからね。ずっと風見さんとコンビでいますから、そのつもりで！」

「迷惑な話だな」

「そのうち自分と組んだことを感謝する日が来るっすよ。名刑事の卵をぞんざいに扱ったら、罰《ばち》が当たるんじゃないかな」

「橋爪は誇大妄想狂だな。きょうから、橋爪ヒトラーにしろよ」

「そんなきつい冗談を言えるのは、風見さん、自分を相棒と認めはじめてるからっすよね？　嬉しいな。行きましょう」

橋爪が表情を和ませ、先に刑事課を出た。踊るような足取りだった。風見は欧米人のように両腕を大きく拡《ひろ》げ、エレベーター乗り場に足を向けた。

二人は地下駐車場に下《くだ》り、スカイラインに乗り込んだ。風見は組対四課時代の里吉昌人《さとよしまさと》巡査部長の携帯電話を鳴らした。

里吉は三十四歳で、巨体だった。派手な身なりが好きで、風体《ふうてい》は組員そのものだった。それでいて、恋愛には初心《うぶ》だ。美人警視の八神佳奈に思慕《しぼ》を寄せているのだが、彼女の話をしただけで、顔を赤らめる。女房持ちでありながら、まるで純情青年だ。

「風見さんですか。八神警視と別々になったと聞きましたよ。喜ばしいことです。わたしのマドンナが、女たらしから遠ざかったんですからね」

「人聞きの悪いことを言うなよ。おれは色魔じゃねえぞ」

「それに近いんじゃないですか。半同棲してる女性がいるのに、八神さんを口説《くど》こうとしてたんですから」

「彼女とは、もう他人じゃないんだ」

「ほ、本当ですか!?　いつから深い仲になったんです？」

「本気にしちゃったか」

「冗談だったのか。ショックで、ぶっ倒れそうになりましたよ。びっくりしたな」

「女房がいるのに、八神に秘めたる想いを寄せててもいいのかね？」

「それだけ八神さんは、魅惑的な女性なんですよ。以前にも言いましたけど、彼女には四十五まで誰とも結婚してほしくないな」

「確かに八神は、いい女だ。里吉の気持ち、わかるよ。どんな男ともくっついてほしくないよな？」

「ええ。実際には無理でしょうが、永遠の処女でいてほしいですね。男って、いつまでもガキだな。こんなことを言ってるんですから」

「男はガキのままで生き通したほうがいいんだよ。妙に分別臭くなったら、味がなくなるじゃないか」

「そうかもしれませんね。それはそうと、きょうはどんな情報を知りたいんです？」

里吉が問いかけてきた。風見は差し障《さわ》りのない範囲で、特命捜査の内容を明かした。

「和光会の根津会長は、元クラブ歌手を愛人にしてますよ。えーと、名前は富永《とみなが》いづみだったな。三十一、二のはずです」

「その彼女の自宅はどこにあるんだ？」

「世田谷区用賀《ようが》二丁目十×番地ですね。戸建て住宅です。根津は愛人宅に週に一、二回泊まってますが、そこにはいないでしょ？」

「だろうな」

「根津のボディーガードの須賀は渋谷区内の自宅マンションにはいないらしいんだが、都内に血縁者がいるかい？」

「須賀は高松《たかまつ》出身なんで、身内は西日本に住んでますね。特定の愛人《レコ》はいません」

「根津の別荘は軽井沢《かるいざわ》と下田《しもだ》にあるはずなんだが……」

「そうですね。しかし、どちらも組対四課《うち》が把握してるんで、根津会長は別荘には隠れてないでしょう」

「そうだろうな。元国会議員の千石の潜伏先に見当はつくかい？」

「千石辰之進は交友範囲が広いから、どこに匿われてるのか見当もつかないですね」

「そうだよな。里吉、悪かった！」

「いいえ。それとなく組関係者に探りを入れてみますよ。何かわかったら、すぐ風見さんに連絡します。それでは、そういうことで！」

里吉が通話を切り上げた。

風見は終了キーを押した。数秒後、本庁捜査二課知能犯係の兼子主任から電話がかかってきた。

「連絡が遅くなって申し訳ない。殺された国枝理恵は経済調査会社を使って、相場師だった右近肇のデリバティブ取引の元手の出所を調べさせてたよ」

「その経済調査会社名を教えてください」

「東銀座にある『東都《とうと》経済リサーチ』という会社なんだが、調査内容については頑として教えてくれなかったんだ」

「そうですか。被害者の父方の従兄が遺品を整理したはずですんで、その中に調査報告書が紛《まぎ》れ込んでるかもしれないな。そっちを当たってみますよ」

「たいしてお役に立てなかったな」

「いいえ、助かりましたよ。兼子さん、ありがとうございました」

風見は電話を切り、里吉から得た情報を橋爪に教えた。

「根津が別荘や愛人宅に隠れてるとは思えないっすね。元国会議員の千石の潜伏先も見当がつかないな」

「そうだな」

「まいったっすね」

相棒が長く息を吐いた。

「どこかで夕飯を喰おうや」

「呑気っすね」

「空腹すぎると、頭がうまく回らないもんだ。飯を食べてるうちに、妙案が浮かぶかもしれないじゃないか。とにかく、どこかで何か喰おう」

風見はモバイルフォンを懐に戻し、背凭《もた》れに上体を預けた。覆面パトカーが滑らかなスタートを切った。

3

人っ子ひとり見当たらない。

用賀の閑静な住宅街は、ひっそりと静まり返っていた。まだ午後九時半を回ったばかりだった。

「この通りに、根津の愛人宅があるはずだよ」

風見はスカイラインの助手席で視線を伸ばした。橋爪が速度を落とし、徐行運転しはじめる。

二人は大衆食堂でカツ丼を掻《か》っ込み、元クラブ歌手の自宅のある用賀二丁目に来た。

「邸宅街じゃないっすか。和光会の会長は非合法ビジネスで荒稼ぎして、自分の娘のような年齢の愛人を囲ってるんすか。なんか腹立たしいな。金がなけりゃ、根津もただのおっさんっすからね。三十一、二の女を愛人にできないでしょ？」

「ま、そうだろうな」

「富永いづみはクラブ歌手でいつまでも喰えないだろうと思ったんでしょうけど、選《よ》りに選ってヤー公の親玉の愛人になるなんて生き方が卑《いや》しいっすよ。まだ若いんだから、楽な生き方を選んじゃ駄目っすよ」

「いろんな生き方があってもいいと思うが、もったいない気はするな。真っ当に生きることもできただろうに」

「もしかしたら、いづみって女は根津会長に気に入られて、レイプされたんじゃないっすか？　それで、薬物の味を覚えさせられて、根津と離れられなくなっちゃったんでしょう。だとしたら、ちょっと哀《あわ》れな女っすよね」

「そうだな」

風見は短く応じた。それから間もなく、根津の愛人宅を探し当てた。敷地は七、八十坪で、庭木が多い。

相棒が富永宅の斜め前の路上に覆面パトカーを停め、手早くヘッドライトを消した。

「食堂で風見さんが思いついたことを実行したら、後で問題になりそうっすね」

「明らかに違法捜査になるな。橋爪、そっちはもう単身寮に帰れ。おれひとりで、和光会と対立してる組織の人間に化けて、富永いづみを追い込むよ。電車で寮に帰ってくれ」

「それはできないっす。自分らはコンビを組んでるんすよ」

「しかし、これからやろうとしてることはまともな捜査じゃない」

「そうっすね。でも、元クラブ歌手がパトロンの潜伏先を知ってたとしても、まず喋らないでしょう。違法捜査もやむを得ないっすよ」

「でもな、万が一、マスコミの連中に違法捜査のことを知られたら、おまえの前途は閉ざされる。警視総監や刑事部長の立場も危《あや》うくなるだろう」

「そうだとしても、根津か千石のどっちかが国枝理恵を誰かに殺《や》らせたかもしれないんすよ。事件の真相に迫りかけてるんすから、もたもたしてられないでしょ？　リスクはあるけど、自分、風見さんと行動を共にするっすよ」

「橋爪、よく考えろ。二人で違法捜査をしたと新聞社やテレビ局の記者たちに知られたら、チームは解散に追い込まれるだろう。しかし、おれ個人の〝暴走〟ってことなら、それほどの窮地には陥《おちい》らないはずだ。だから、おまえは車の中で待ってろ。違法捜査が発覚したときは、おれが勝手なことをしたと言うんだ。いいな？」

「だけど、それじゃ……」

「言われた通りにしてくれ」

　風見は相棒に言い、静かにスカイラインを降りた。通りを斜めに横切って、富永宅の門《もん》扉《ぴ》の前で立ち止まる。

　風見は左右を見回してから、インターフォンを鳴らした。

　ややあって、スピーカーから女性の声が響いてきた。

「どなたでしょう?」

「根津会長の使いの者です。いづみさんですね?」

「ええ」

「わたし、中村《なかむら》といいます。和光会の理事のひとりです」

「そうなの。わたし、会長に世話になってるんですよ。ご存じでしょ?」

「ええ。会長は事情があって、しばらく身を隠さなければならなくなってね」

「知ってます。二時間ぐらい前に根津会長から電話があったの」

「なら、話は早い。実はね、会長に言われて、あなたの当座の生活費を届けに上がったんですよ。現金で千五百万円ほど持ってきました」

「会長は、わたしのことを心配してくれてたのね。嬉しいわ。どうぞお入りになって」

「それでは、ちょっとお邪魔させてもらいます」

風見は白い門扉を開け、石畳のアプローチを進んだ。ポーチに上がったとき、玄関のドアが開けられた。

応対に現われた元クラブ歌手は派手な顔立ちで、プロポーションがいい。胸は豊満で、ウエストのくびれが深かった。

「あのう、お金は?」

「入らせてもらうよ」

　風見は質問を無視して、富永いづみを押し戻した。素早く玄関に身を滑り込ませ、内錠を掛ける。

「な、何をしてるの!? あなた、和光会の理事じゃないでしょ！」

「騒ぐな」

「わたしは、根津会長の情婦《おんな》なのよ。おかしな真似をしたら、若死にすることになるのよっ。あなた、何者なの？」

　いづみが気丈に声を尖《とが》らせた。風見は薄く笑って、ショルダーホルスターからグロック26を引き抜いた。

　いづみが目を剝《む》き、玄関マットの上まで後退した。蒼ざめていた。

「これがモデルガンじゃないことはわかったようだな。おとなしくしてないと、撃つことになるぞ」

「あなた、筋を嚙んでるようには見えないけど、もしかしたら……」

「筋者には見えないかもしれないが、おれは和光会と対立関係にある組に足《ゲソ》つけてるんだよ。根津の指図《さしず》で、おれの弟分が去年の秋に殺《や》られたんだ。兄貴分としては黙ってるわけにいかない。で、決着《オトシマエ》をつけようと思ってるわけさ」

「わたしにどうしろって言うの？」

「声が震えはじめたな。怖いか？」

「当たり前でしょ！　物騒な物で威《おど》されてるんだから、誰だって平気じゃいられないわよ」

「ゆっくりとしゃがめ！」

「弟分が殺《や》られたって話は、事実なの？　なんだか信じられないわ」

「信じられない？」

「ええ、そうよ。根津会長は若いころは相当な暴れん坊だったみたいだけど、三代目になってからは抗争は割に合わないって口癖みたいに言ってるの。だから、手下の者に対立する組の構成員を殺せなんて指示したとは考えられないわ」

「パトロンの肩を持ちたいんだろうが、おれが喋ったことは事実だ。おれは弟分の仇《かたき》を討ちたいんだよ」

「会長を殺す気でいるの？」

「とにかく、腰を落とせ」

風見は命じた。いづみが玄関マットの上に尻《しり》を落とした。女坐りだった。ミニスカートの裾から覗く白い腿《もも》は、むっちりとしている。

「根津の出方によっては、頭《ペテン》に九ミリ弾を二、三発ぶち込む。おれは根津と刺し違えてもいいと思ってるんだ。しかし、根津はどこにもいなかった。愛人《レコ》のあんたなら、居所を知ってると踏んだわけさ」

「会長は自宅にいるんじゃない？　電話があったとき、そんな感じだったわよ」

「おれを怒らせたいようだな。そう出てくるなら、こっちも情けはかけないぞ。服を脱げ！」

「わたしをレイプする気なの!?　わたしは根津会長の世話になってる女なのよ。頭がおかしいんじゃない？」

「おれは、どっちみち根津と刺し違えることになるだろう。その前に、そっちを姦《や》ってやる。早く素っ裸になるんだっ」

「いやよ」

「なら、そっちを先に撃ってやろう」

風見はグロック26のスライドを引いた。初弾が薬室に送り込まれた。あとは引き金を絞れば、銃弾が発射される。

「やめて！　撃たないでちょうだい」

いづみが右手を前に突き出して、上体を大きく反《そ》らす。内腿が露《あらわ》になって、黒いレースのパンティーが見えてしまった。

「根津は黒い下着が好きらしいな。白い肌が際立《きわだ》つからなんだろうな」

「お金なら、出してもいいわ。でも、裸になるのは勘弁して。あんたはいい男だけど、抱かれるわけにはいかないのよ。そんなことをしたら、わたし、会長に殺されちゃうもの」

「おれに姦《や》られたくなかったら、根津の居場所を教えるんだな」

「知らないと言ったでしょ」

「しぶといな。女を撃ち殺すのは後味が悪いが、仕方ない。死んでもらう」

風見は右腕を伸ばし、銃口をいづみの顔面に向けた。いづみが怯《おび》え、全身をわななかせはじめた。歯の根も合わないようだ。

さすがに風見は気が咎《とが》めた。しかし、険《けわ》しい表情は変えなかった。

「わ、わたし、服を脱ぐわ。でも、あんたに抱かれたことは根津会長には絶対に言わないでね」

「いや、裸にならなくてもいい。気が変わったんだ。怯え切ってる女を抱いても、娯《たの》しめないからな」

「わたしを撃つ気なのね？」

いづみの眼球は零《こぼ》れそうだった。風見は無言で銃口をいづみの眉間に密着させた。

「いやーっ、殺さないで！」

いづみが涙声で叫んだ。風見は胸が痛んだ。良心が疼《うず》きはじめた。だが、まだ非情にならなければならない。

「そっちは運が悪かったな。女をいじめるようなことはしたくないんだが、どうしても根津の居所を知りたいんだ。撃たせないでくれ」

「拳銃を仕舞ってくれたら、会長のいる所を教えてあげるわ。詳しいことはわからないけど、根津会長は警察に追われてるらしいの」

いづみが言った。風見はセーフティー・ロックを掛け、グロック26をショルダーホルスターに戻した。

「根津会長は、京浜島《けいひんじま》の廃工場に隠れてると言ってたわ。『共立鋼材精工《きょうりつこうざいせいこう》』とかいう会社が一年数ヵ月前に倒産したらしいんだけど、会長はそこにトラック・ターミナルを作るかで、工場を買ったのよ。工場内の事務室にいるらしいわ」

「ボディーガードの須賀って野郎も一緒なんだな？」

「そう言ってたわ」

「わかった。ちょっと上がらせてもらうぞ」

風見は靴を脱いで、玄関ホールに上がった。

いづみを摑み起こし、持ち物を検《しら》べる。携帯電話は持っていなかった。

風見は、いづみをトイレに閉じ込めた。ドアを閉め、リビングに移った。長椅子を引きずり、手洗いの出入口に嚙ませる。さらに、長椅子の上に逆《さか》さまにした二つのリビング・ソファを積み上げた。

女の力では、すぐにはトイレのドアは押し開けられないはずだ。

「まさか部屋に火を点《つ》けるつもりじゃないわよね？」

ドアの向こうで、いづみが不安げに訊いた。

「安心しろ。そんな惨《むご》いことはしない。しばらくトイレから出ないでほしいだけだ」

「本当ね？」

「ああ。怖い思いをさせて、悪かったな。勘弁してくれ」

風見は玄関ホールに向かい、急いで靴を履いた。富永宅を出て、覆面パトカーの助手席に乗り込む。

「富永いづみは、パトロンの潜伏先を喋ったんすか？」

「ああ」

「根津周作はどこに隠れてるんです？」

「京浜島の廃工場に番犬の須賀と一緒に潜伏してるそうだ」

「京浜運河の際《きわ》にある工業団地のある島っすね、昭和《しょうわ》島の向こう側の」

「そうだ」

「班長に連絡して、岩尾さんたち二人に支援を頼みます？」

「いや、おれたちで何とかなるだろう。橋爪、車を出してくれ」

「了解っす」

相棒が捜査車輛を発進させた。

スカイラインは邸宅街を抜け、環七《かんなな》通りを走った。京浜島に着いたのは、およそ三十分後だった。

夜間操業している大型工場が幾《いく》つかあり、さほど暗くない。廃工場は羽田《はねだ》空港側にあった。すぐ近くに運河が横たわり、その向こうに空港のB滑走路が見える。

橋爪がスカイラインを廃工場の先の暗がりに停めた。

「車のトランクに発煙筒が入ってたな？」

「ええ。発煙筒の煙を廃工場の中に送り込んで、根津とボディーガードを誘い出す作戦っすね？」

「そうだ。シャッターの潜《くぐ》り戸は当然、どの窓にも内錠が掛けられてるだろうからな」

「でしょうね。突入できないんだったら、燻《いぶ》り出すしかないか」

「橋爪、トランクリッドを開けて、発煙筒を出してくれ」

風見は指示した。相棒が運転席を離れる。

それを目で確かめてから、風見は私物のモバイルフォンを懐から取り出した。

番犬の須賀は、迷うことなく発砲してくるだろう。根津も乱射してくるかもしれない。

無傷で二人の身柄を確保できるという保証はなかった。自分ひとりなら、被弾を避ける自信はある。幾度も修羅場を潜り抜けてきた。

だが、新入りの橋爪の安全にも気を配らなければならない。隙を衝《つ》かれて、撃たれてしまうかもしれなかった。下手をしたら、命を落とすことになるだろう。

風見はそう考えると、無性《むしょう》に智沙の声が聴きたくなった。彼女のモバイルフォンに電話をする。少し待つと、通話状態になった。

「もう風呂に入ったのか？」

「これから入ろうと思ってたとこよ。こんな時間に電話をしてくるなんて、珍しいわね。張り込みしてて、居眠りしそうになったんじゃない？」

「おれは、そんなだれた刑事じゃないよ。なんだか急に智沙と話したくなったんだ」

「そうなの。竜次さん、いつもと少し違うわ。何か危険な捜査活動をさせられてるんじゃない？　警察官が治安を守るために体を張ることは仕方ないんだろうけど、無鉄砲なことはしないでね。あなたに殉職なんかされたら、わたし、発狂しちゃうと思う」

「そんな殺し文句をどこで覚えたんだい？　おれは殺されたって、くたばりゃしないさ。惚れてる女とまだ結婚してないんだから、死ぬわけにいかない。少し帰りが遅くなりそうだから、先に寝《やす》んでてくれないか」

「ええ、そうさせてもらうわ」

智沙が電話を切った。風見は折り畳んだ携帯電話を所定の場所に戻し、助手席から出た。

車の真後ろに、発煙筒を持った橋爪が立っていた。

「彼女に電話してたみたいっすね？」

「ああ、そうなんだ。晩飯はもう喰ったと伝えたんだよ」

「間違ってたら、自分、謝るっす。風見さんは、根津たち二人を確保することに少し不安を覚えてるんじゃないっすか？　そうなら、岩尾さんたちコンビと捜査本部に詰めてる連中に支援要請しましょうよ」

「おれたちだけで充分さ」

風見は相棒の手から発煙筒を捥《も》ぎ取って、廃工場の前まで足早に進んだ。シャッターは下りている。潜り戸も閉ざされていて、物音は聞こえない。

風見は黄ばんだ煙を吐きはじめた筒をシャッターの真下に置き、相棒を大きく退《さ》がらせた。橋爪がコルト・ディフェンダーを握って、中腰になった。

風見はグロック26を手にして、潜り戸の横のシャッターにへばりついた。

一分ほど経《た》つと、シャッターの向こうで複数の足音がした。根津と須賀だろう。

「会長、おれが撃ちまくって突破口を作りますんで、先に逃げてください」

「須賀、頼むぞ」

「任せてください。会長に預けた命ですんで、捨て身で警官《マッポ》どもを蹴散らします」

「おまえは漢《おとこ》だ。それにしても、警察《サツ》はどうしてここを嗅ぎ当てやがったんだろうな」

「油壺《あぶらつぼ》の《ウ》ク《タ》ルーザーに隠れてる千石先生が逮捕《パク》られて、会長とおれがここに隠れてることを自白ったのかな？　千石先生には、潜伏先を教えてありますのでね」

「そうだが、先生は当分、見つからないだろうと電話で余裕たっぷりに言ってたんだ。ひょっとしたら、いづみの家に刑事《デカ》が行ったのかもしれねえな」

「そうなんですかね」

二人の会話が熄《や》み、潜り戸の内錠が外された。

風見はグロック26を握り直し、息を殺した。

だが、いっこうに潜り戸は開かない。敵の罠だったのか。それなら、それでもかまわない。

風見は潜り戸を開け、廃工場に足を踏み入れた。

そのとき、黄色いフォークリフトが正面から突進してきた。フォークリフトを運転しているのは、須賀にちがいない。

根津の姿は見えなかった。廃工場内の照明は薄暗い。案外、根津周作は近くに身を潜めているのか。油断は禁物だ。

フォークリフトが眼前に迫った。

風見は横に跳《と》んだ。フォークリフトがシャッターに激突した。須賀と思われる男が運転台から飛び降りた。

風見は、相手に銃口を向けた。そのすぐあと、機械の陰に隠れていた根津が躍《おど》り出てきた。一メートル五十センチあまりの鉄の棒を握っていた。錆《さ》びた鋼材が水平に薙《な》がれた。

風見は胴を払われて、大きくよろけた。拳銃を落としそうになった。

「須賀、こいつを生け捕りにして、弾除《たまよ》けにしよう。それで、包囲網を突破しようや」

「ええ、そうしましょう」

須賀が風見の利き腕を押さえながら、右のショート・フックを放ってきた。パンチは頬骨のあたりに入った。風見は一瞬、視力を失った。頭の中も霞《かす》んだ。

なんとか体を支え、風見は須賀の向こう臑《ずね》を蹴った。須賀が唸って、棒立ちになった。

風見は須賀の睾丸《こうがん》を蹴り上げた。須賀が両手で股間を押さえて、膝から崩れた。

「きさまーっ」

根津が鋼材を投げ捨て、上着からポケット・ピストルを摑み出した。アメリカ製のカーアームズK9だった。ダブル・アクションの護身用拳銃だ。

風見は先に撃った。

銃声が轟《とどろ》いた。狙ったのは根津の右肩だった。的《まと》は外さなかった。根津が突風に煽《あお》られたように体をふらつかせ、仰向けに引っくり返った。

ポケット・ピストルがコンクリートの床に落下して、工作機の下まで滑走した。根津が銃創に手を当てながら、体を左右に振りはじめた。

風見は須賀に向き直って、腹に鋭い蹴りを入れた。右手からノーリンコNP20が離れた。中国製の大型ピストルだ。

「風見さん、大丈夫っすか？」

橋爪が潜り戸を抜け、駆け寄ってきた。風見は相棒に須賀の動きを封じさせ、唸っている根津周作に近づいた。

「中居が何もかも喋ったよ。あんたは、元国会議員の千石辰之進に大貫が投資詐欺で集めた約二百億円のうち七十億円ほど回してやったんだよな？　そして、ボディーガードの須賀に大貫とその愛人をプーケット沖で溺死させた。そうだなっ」

「千石先生がそうしてほしいと言ったんで、おれは須賀に手を汚してもらったんだ。若いころ、先生には何かと世話になったんでな」

「経済アナリストの国枝理恵は、あんたたちの悪事を調べ上げた。で、そのうち自分に協力してほしいという意味のことを言った。だから、あんたは千石辰之進と相談して、理恵を誰かに片づけさせたんじゃないのか？」

「そうじゃねえよ。千石先生もおれも、女経済アナリストの事件《ヤマ》にはまったく関わってない。国枝理恵にまずいことを知られたわけだが、相手は女だぜ。黙らせる方法は、いくらでもあるさ。わざわざ殺《や》ることはねえ」

「あんたらが国枝理恵殺しにはノータッチかどうか、捜査本部の面々に調べてもらう。油壺のヨットハーバーにいる千石のクルーザーの艇名は？」

「くそっ、『バネッサ号』だよ」

「くそは、てめえらだっ。すぐに捜査本部からお迎えが来るよ」

「きょうは厄日《やくび》だな」

根津がぼやいて、また唸りはじめた。風見は冷笑し、グロック26に安全弁を掛けた。

4

空気が重苦しい。

風見は特命遊撃班の小部屋で、ひっきりなしにキャビンを吹かしていた。班長を含めた全メンバーがソファに腰かけている。

根津周作、須賀将行、千石辰之進の三人を緊急逮捕した翌日の午後一時過ぎだ。新宿署に設置された捜査本部は今朝八時から根津たち三人を厳しく取り調べた。

和光会の三代目会長は経済やくざの中居と謀《はか》って、大貫郁夫が詐欺で得た八十億円のうち約七十億円を横奪《ど》りしたことを認めた。ボディーガードの須賀を使って、大貫とその愛人をプーケット沖で水死させたとも自供した。

須賀も実行犯であることを白状した。だが、根津と須賀は美人経済アナリスト殺しにはまったく関与していないと繰り返した。正規捜査員たちが事件当夜の須賀のアリバイを調べた。それは立証された。

根津会長が国枝理恵殺しの実行犯ではないことも裏付けられた。元国会議員の千石は投資詐欺絡みのおよそ七十億円を根津から回してもらい、観光事業の梃入《てこい》れをしたことは認めた。さらに遠回しに大貫を生かしておくことは危険だと根津に洩らした事実も否定しなかった。

千石は、根津と同じように殺人教唆《きょうさ》容疑で起訴されるだろう。大貫とその愛人を溺死させた須賀は、むろん殺人罪で実刑判決を受けることになる。元政治家も捜査本部事件には関わっていないことが九係と十係の調べで明らかになった。

要するに、特命捜査は空振りをしてしまったわけだ。被害者の国枝理恵が投資詐欺事件に興味を示し、まんまと大貫から約七十億円を騙し取ったのが中居であることを突き止めた。さらに理恵は、その金が根津をトンネルにして、千石に流れた事実も調べ上げていた。

それだけではない。被害者は元国会議員に揺さぶりもかけていた。千石、根津、中居の三人を怪しんだのは、ごく自然な流れだろう。

そう思うのは自己弁護か。風見は、軽率な見込み捜査をしたとは認めたくなかった。だが、千石たち三人は本部事件ではシロと判明した。

残念ながら、迷走捜査をしたことは認めざるを得ない。風見は苦い気持ちで、短くなった煙草の火を灰皿の底で揉み消した。

「みんな、どうした？　読みが外れちまったわけだが、まだ事件の手がかりはあるんだ。そんなに落ち込むなよ」

成島班長が部下たちの顔を順番に見た。しかし、誰も口を開かない。

「どうした、どうした？　きょう一日は捜査のことを忘れて、気持ちを切り換えるか。なんなら、友紀ママに頼んで夕方まで『春霞』を貸し切りにしてもらってもいいぞ。色男、みんなで飲もうや。もちろん、こっちの奢《おご》りだ」

「成島さん、おれたちはそんなやわじゃないですって。ちょっと遠回りしてしまったが、別に袋小路に入ったわけじゃありません」

「風見、そうだよ。迷宮《オミヤ》入りしそうな事件《ヤマ》じゃないんだ。気を取り直して捜査に当たれば、必ず犯人《タマ》は検挙《アゲ》られるさ」

「おれも、そう思ってます」

風見の語尾に橋爪の声が重なった。

「自分が新メンバーになったんで、チームワークが乱れちゃったんすかね？　自分、城南大の長峰准教授が臭いなんて言っちゃいましたんで。それなりに自信を持ってたんすけどね」

「自信家のおまえがずいぶん控え目になったじゃないか」

「班長や風見さんに少し謙虚になれって言われちゃいましたんでね。それに、ストーカー准教授は国枝理恵を殺害してなかったわけっすから」

「自信が揺らいだんだな？」

「そうっす」

「おまえ、振り幅がでかすぎるよ。若いくせに根拠のない自信を持つのは生意気だが、ちょっと筋を読み違えたからって、極端に自信を喪失《そうしつ》することはないんだ」

「風見さんは自分を励ましてくれてるんでしょうけど、まだまだ駆け出しだってことを痛感させられたっすよ。先輩たちも、読みを外してたんすから。殺人捜査は、つくづく難しいと思いました」

「橋爪は、おれたちが無能だと言ってるんだな。この野郎、ぶん殴るぞ」

「あっ、曲解《きょっかい》されちゃったっすね。自分、そういう意味で言ったんじゃないんすよ」

橋爪が言い訳した。風見は笑って、若い相棒の肩を軽く叩いた。

「きみは強行犯刑事として、かなり伸びると思うよ。公安の仕事が長かったわたしよりも、刑事としての勘は働くんじゃないのかな」

岩尾が橋爪に目を当てながら、にこやかに語りかけた。

「そうっすかね」

「わたしなんか初動と第一期捜査資料に三度も目を通したのに、容疑者の見当もつかなかったよ。アリバイのはっきりしない准教授をすぐに怪しいと思ったのは、たいしたもんだ」

「いや、それほどでもないっすよ」

「でも、長峰はクロじゃなかったのよね」

「八神警視、きついことを言うっすね」

「きみのうぬぼれがまた頭をもたげそうだったんで、あえて意地悪なことを言ったの。ごめんね。でも、橋爪巡査長はやる気があるから、いい刑事になるんじゃない？」

「実は自分でも、密かにそう……」

「あら、また自信過剰になってる！」

「いっけねえ」

「橋爪君はうぬぼれが強いけど、別にチームワークを乱してないわよ。ね、風見さん？」

佳奈が相槌を求めてきた。

「コメントを差し控えさせてくれ」

「自分、チームワークを乱してるんすか？」

「いまのところは乱してないよ。しかし、この先はわからないな」

「自分、みんなに迷惑をかけないよう努力するっす」

「それはいいが、学生っぽい喋り方を早く改めろ」

風見は注意した。橋爪が、きまり悪そうに身を縮《ちぢ》める。

「少し雰囲気が明るくなったな。それじゃ、岩尾・八神班は被害者の父方の従兄の国枝護が保管してる遺品を改めてチェックしてみてくれないか」

成島が指示した。岩尾と佳奈がほぼ同時にうなずき、すぐに椅子から立ち上がる。岩尾たちコンビが小部屋から出ていくと、成島が風見に顔を向けてきた。

「二人は、東銀座の『東都経済リサーチ』に行ってくれ。被害者は、その経済調査会社に右近肇がデリバティブ取引の元手をどこから集めたのか調べさせてたんだ。右近自身か、資金提供者の誰かが被害者の口を封じたのかもしれないからな」

「ええ。伝説の相場師がまともな方法でデリバティブ取引の元手を調達したとは考えにくい。文無しになって、自己破産したわけですから」

「そうだね。右近は資金提供者の弱みにつけ込んで、デリバティブ取引の元手を出させたんだろう。しかし、『東都経済リサーチ』は捜査には協力的じゃなかった」

「そうですね。被害者が右近のデリバティブ取引の資金源を調べてくれと依頼したことは認めたが、調査結果は明かしてくれてない」

「そうなんだよ。顧客と調査対象者の秘密を漏らすことはできないという理由でな。右近か資金提供者の殺人容疑が固まれば、調査報告書を提供させることはできるんだが、いまの段階で強制連行は不可能だ」

「そうですね。『東都経済リサーチ』に喰い下がって、捜査に協力してくれるよう頼んでみますよ」

「そうしてくれないか」

「行ってきます」

風見は成島に言って、橋爪と小さな刑事部屋を出た。二人はエレベーターで地下二階の車庫に下《くだ》り、覆面パトカーに乗り込んだ。

本部庁舎を出て、東銀座に向かう。『東都経済リサーチ』は昭和《しょうわ》通りから少し奥に入った裏通りに面していた。

四階建てながら、自社ビルだった。風見たちは一階の受付で身分を明かし、来意を告げた。応接室で少し待つと、調査部長が応対に現われた。

関口《せきぐち》という姓で、五十年配だった。長身で、口髭《くちひげ》をたくわえている。風見たち二人はソファから立ち上がって、それぞれ名乗った。

「ま、お掛けください」

関口は来訪者を坐らせると、風見の前に腰かけた。

「先月の十二日に殺害された国枝理恵さんの調査依頼の内容を詳しく教えていただきたいんですよ。初動と第一期捜査中には協力を得られなかったことを聞いてるんですが、そこを何とかお願いできませんか？」

「風見さんでしたね。足を運んでくださったんですが、我々には依頼人の守秘義務があるんですよ」

「もちろん、そのことは知ってます。ですが、もう国枝さんは故人なんですよ。近親者も他界してます。特に誰かに迷惑をかけるわけではないでしょ？」

「そうなんですが、規則は規則です。融通の利かない奴だとお思いでしょうが、わたしの立場では協力することはできないんですよ。どうかわかってください。右近肇氏が国枝さんの殺害に深く関わっていることが明らかになったというなら、協力せざるを得ませんがね」

「まだ、そこまではいってません。しかし、元相場師がまともな方法でデリバティブ取引の元手を工面したとは考えられない。自己破産者ですからね。おそらく右近肇は企業か個人の不正やスキャンダルの証拠を押さえて、デリバティブ取引の元手を出させたんでしょう。相手には必ず出資額に利息をつけて返すと言ったにちがいない。そうじゃなければ、恐喝罪が成立しますからね」

「繰り返しますが、わたしからは何も言えません」

「堅物《かたぶつ》なんだな、関口部長は。それでも、あなたは聖者ってわけじゃない。真面目に仕事に取り組んでても、生身の人間だ」

「ええ、それはね」

「結婚されてるんでしょ？」

「ええ。社会人の娘と大学院に通ってる倅《せがれ》がいます」

「ということは、結婚生活も長くなったわけだ」

「な、何をおっしゃりたいんです？」

「倦怠期《けんたいき》に入ったら、夫婦のどちらかが不倫に走るケースが多いそうですよ。関口さんが若い女性と浮気してたとしても、別に不思議じゃないな」

「わたしは浮気なんかしてません」

「そうですか。でも、奥さんがはるか年下の男とこっそり密会してるかもしれませんよ。あるいは、娘さんが妻子持ちの上司と不倫をしてる可能性もあるな」

「あなた、失礼だぞ。わたしの家族は何も疚《やま》しいことなんかしてない」

「そう思ってるのは、関口さんだけなのかもしれませんよ。関口さん一家を手分けして、少し尾行してみるかな。ひょっとしたら、家族の誰かが他人《ひと》には知られたくない秘密を持ってるかもしれないから」

「警察官だからって、そこまでするのは問題ですっ」

「冗談ですよ。真《ま》に受けないでください。でも、関口部長は若い娘《こ》たちにモテそうだな」

「全然、モテませんよ」

関口が狼狽《ろうばい》し、手を横に振った。

「うろたえましたね。さては、不倫中なんですかね。相手は部下じゃなく、行きつけの酒場でバイトをしてる女子大生かフリーターなのかな」

「わたしは誰とも浮気なんかしてないっ」

「そんなにむきになったら、バレバレですよ。関口さんが不倫をしてるとしても、家族の方に告げ口なんかしません。それはともかく、関口さんの私生活にちょっと興味があるな」

「わたしを尾けたりしないでくれ」

「尾行されたら、まずいわけですか？」

「そんなことはありませんよ。しかし、誰かに尾行されたりしたら、不愉快でしょ？」

「ええ、それはね。関口さん、刑事の勘は侮《あなど》れませんよ。我々は被疑者たちの嘘を数え切れないほど見抜いてるんです」

「だから、何だと言うんですかっ」

「関口さん、あなたは不倫してますね。わたしは、そう直感しました」

「不倫なんかしてないと言ったでしょ！」

「こっちの直感が間違ってたのかな。そんなはずはないと思うんで、四、五日、関口さんを尾行させてもらうか」

「やめてくれ！　そんなことしないでくれないか。お願いだよ」

「やっぱり、あなたには不倫相手がいるな。そうなんでしょ？」

　風見は関口の顔を正視した。関口がにわかに落ち着きを失い、すぐに目を逸《そ》らした。

「図星だったようだな。しかし、相手のことは詮索《せんさく》しません。奥さんにも余計なことは言いませんよ」

「本当なんですね？」

「ええ、約束します。その代わり、こっそり捜査に協力してほじいんです」

「そ、それは……」

「右近肇に関する調査報告書を見せろとは言いませんよ。元相場師の錬金術をちらっと教えてくれれば、それで結構なんです」

「こんなことになるんだったら、不倫なんかするんじゃなかった。わたしは調査部長でありながら、会社に背《そむ》かなければならないのか」

「関口さん、そんなに思い悩むことじゃありませんよ。あなたが捜査に協力してくれれば、美人経済アナリスト殺害事件は、たちまち解決するかもしれないんです」

「うむ」

「国枝さんを早く成仏《じょうぶつ》させてやりましょうよ」

「わかりました。国枝さんは自己破産した右近氏が大手商社『角紅《かくべに》物産』の重役たちに料亭でもてなされてるという話をどこかから入手したとかで、元相場師の経済状況を調べてほしいと依頼してきたんです」

「文無しのはずの右近がリッチな生活をしてたのかな?」

風見は確かめた。

「ええ、そうなんですよ。右近氏は都心の一流ホテルに連泊して、銀座の高級クラブに出入りしてました。宿泊代や飲食代は、すべて『角紅物産』に付け回してたんです」

「右近は、大手商社の弱みを何か握ったようだな」

「わたしも、そう睨んだんですよ。それで、部下たちに会社に不満を持ってる『角紅物産』の現役社員、リストラされた元社員、業界紙記者から情報を集めさせたんです。その結果、驚くべきことがわかりました」

「大手商社は野党になってしまった民自党にまた政権を執《と》ってもらいたくて、巨額の闇献金をしてたのかな?」

「いいえ、そうじゃないんです。『角紅物産』は経済専門誌の編集長、総会屋、ブラックジャーナリストを使って、ライバル商社の『五井《ごい》商事』の粉飾決算、脱税、重役たちの女性関係のスキャンダルの証拠を押さえさせ、大口商談を横奪《ど》りしてたんですよ」

関口が答えた。右近肇は、やくざ顔負けのダーティー・ビジネスをしている『角紅物産』を脅迫して、デリバティブ取引の元手をせびったのではないか。

国枝理恵はそのことを知ったせいで、『角紅物産』か右近に命を奪われてしまったのだろうか。

「右近氏は、『角紅物産』から多額の口止め料をせしめたと思われます。その金で、リスクのあるデリバティブ取引をやりはじめたんでしょう。取引で損失を出しても、『角紅物産』を貯金箱にすれば、リスクを恐れることはないですからね」

「そうだな」

「右近氏は、IT関連企業大手の『楽々《らくらく》』の今村雄大《いまむらゆうだい》会長ともこっそりと会ってたことが調査でわかったんです」

「『楽々』の今村会長の個人資産は、八千億円だと報道されてるな。しかし、元銀行員だった会長は自身や役員たちのスキャンダルで足を掬《すく》われないよう細心の注意を払ってるそうじゃないですか」

「ええ、そうみたいですね。部下の調査員たちが今村会長の身辺を洗ってみたんだが、特に弱みはなかった。しかし、右近氏が人目につかない場所で今村会長と会ってたことは間違いないんですよ。元相場師は『楽々』の何か弱点を知って、デリバティブ取引の資金を出させたのかもしれませんね」

「そう考えてもよさそうだな」

「我々が国枝さんに報告したのは、それだけですよ。彼女は、後は自分で何とか情報を集めてみると言ってました。フリーの調査員か、別の経済調査会社を使って、国枝さんは右近氏の軍資金の出所《でどころ》をすっかり突き止めたのかもしれません。わたしは、もう何もかも話しました。これ以上のことは……」

「あなたの協力には心から感謝します。ありがとうございました」

風見は関口に謝意を表し、暇《いとま》を告げた。橋爪も腰を浮かせた。

二人は一礼し、応接室を出た。

第四章　読めない筋

1

助手席のドアを開けたときだった。

公用の携帯電話が鳴った。

風見はスカイラインに乗り込み、発信者を確かめた。班長の成島だった。

「まだ『東都経済リサーチ』にいるのかな？」

「いいえ、少し前に辞去しました」

「そうか。岩尾・八神班が有力な手がかりを摑んでくれた。被害者の遺品の中に右近が『角紅物産』の都築《つづき》誉《ほまれ》副社長と赤坂の高級中華料理店で密談してるときの録音音声があったらしいんだ。国枝理恵は店の従業員を抱き込んで、個室の円卓の下に盗聴マイクを仕掛けておいたんだろうな」

「ええ、多分。それで、密談の内容は?」

「右近は『角紅物産』が『五井商事』の不正や役員のスキャンダルのことをちらつかせて商談を横奪《ど》りしてることを脅迫材料にし、デリバティブ取引の軍資金を十億ほど提供してくれないかと言ったらしいんだ。都築副社長は会社の会長と社長に相談してみるからと即答は避けてるそうなんだが、おそらく脅しに屈してしまったんだろう」

「でしょうね。『角紅物産』が汚い手を使って『五井商事』の大きな商談をぶち壊し、横奪りしたことが表沙汰になったら、大手商社はダメージを負いますんで」

「そうだな。『角紅物産』は、右近に十億円を提供したと考えてもいいだろう。美人経済アナリストは右近の恐喝の証拠を押さえて、どうする気だったのか。色男、どう思う?」

「ただの勘ですが、国枝理恵は『角紅物産』の社外取締役にしろと要求する気でいたんじゃないのかな。さらに、右近肇からは口止め料をせびる気だったのかもしれない」

「ちょっと待ってくれ。被害者の仕事はうまくいってて、経済的には余裕があったはずだぞ。現に元彼氏の殿岡直樹に借用証も貰わないで、一千万円を貸してた」

「ええ、そうですね。被害者は人一倍、金銭欲が強かったんだろうな。子供のころに家が貧しくて、欲しい物があっても買ってもらえなかったのかもしれません」

「いや、国枝理恵の父親は輸入家具販売会社を経営してたんだ。裕福な家庭で育ってるはずだよ」

「そうなのか。父親の会社は、ずっと経営が順調だったんですかね？　赤字に喘《あえ》いでたとしたら、娘の金銭欲が強くなったりするかもしれないでしょ？」

風見は言った。

「そうだったんなら、そうなりそうだな。父親の会社は案外、万年、赤字経営だったんだろうか。それで、経営権を人手に渡さざるを得なくなったんだとしたら、家族は金の大切さを思い知らされるだろうね」

「ええ」

「そういうことがあって、被害者は金銭に執着するようになったんだろうか。そうだったら、元恋人の殿岡に一千万円も貸すかね？」

「理恵は殿岡に浮気されて二人の関係に終止符《ピリオド》を打ったわけですが、未練はあったんでしょう。だから、彼女は電話やメールで殿岡と近況報告し合ってたんだと思いますよ」

「ああ、そうなんだろうな。金にはシビアだったが、かつて惚れた男の力になってあげたいという気持ちがあったんで、一千万円を殿岡に回してやったわけか」

「そうなんでしょう。実は、おれたちにも少し収穫があったんですよ」

「どんな収穫があったのかな？」

成島が先を促《うなが》した。風見は、『東都経済リサーチ』の関口から聞いた話を班長に伝えた。

「右近は、『楽々』の今村雄大会長ともこっそり会ってたのか。まだ五十そこそこだが、今村は女性問題のスキャンダルを暴《あば》かれたことが一度もない。上手に浮気してるのか、それとも金儲けにしか関心がないのかね？」

「今村は老人キラーと言われるほど、大物財界人たちに目をかけられてます。そんなことで、女遊びは控えてるんでしょう。富豪なわけだから、愛人を十人でも囲える財力はあるはずです。しかし、私生活に乱れがあったら、グループ企業数十社を束《たば》ねていくことはできないでしょ？」

「ま、そうだろうな。今村に下半身スキャンダルはないんだろうから、経営上の不正を右近筆に知られたにちがいない」

「で、『楽々』の総大将は右近にデリバティブ取引の元手をせびられたんでしょうか。多分、そうなんでしょうね。伝説の相場師は『角紅物産』と『楽々』から元手を引っ張り出して、大胆なデリバティブ取引をしてるようだな」

「色男、本部事件の被害者は『楽々』も強請《ゆす》る気だったんだろうか」

「そう考えてもいいと思いますよ。『楽々』は今村が一代で築き上げた企業グループですが、その資産はビッグです。国枝理恵は『楽々』から銭をたっぷりと搾《しぼ》り取る気だったんじゃないのかな」

「風見の推測通りなら、被害者の素顔は強請屋だったのかもしれないな。弱みのある大手商社『角紅物産』だけじゃなく、『楽々』と右近にも殺人動機はあるわけだ」

「そういうことになりますね」

「岩尾・八神班には、『角紅物産』の都築副社長をマークしてもらおう。そっちと橋爪は、日比谷の帝都《ていと》ホテルに泊まってる右近の動きを探《さぐ》ってみてくれないか」

「了解！」

「理事官に連絡して、捜査本部には『楽々』の公認会計士や会計監査会社に探りを入れてもらおう。何か経理に不正が見つかるかもしれないからな。今村に直《じか》に鎌をかけても、空とぼけられるだろうからさ」

「そうでしょうね」

「何かわかったら、すぐ報告してくれ」

成島が通話を切り上げた。

風見はモバイルフォンを上着の内ポケットに戻し、班長との遣《や》り取りを橋爪に喋った。

「被害者を犯罪のプロに片づけさせたのは、大手商社、ＩＴ関連企業、右近のいずれかっすよ。最も臭いのは右近っすね」

「おまえの悪い癖が、また出たな。前にも言ったと思うが、捜査に予断は禁物なんだ。確かに右近は怪しい。『角紅物産』と『楽々』からデリバティブ取引の資金を吐き出させた疑いが濃いからな」

「ええ」

「しかし、『角紅物産』と『楽々』も疑えるぞ。どっちも、被害者に致命的な弱みを知られてたらしいんだ。双方が国枝理恵を邪魔者だと考えてたにちがいない」

「でも、どちらも大手企業っす。誰もが知ってる一流企業が殺し屋《プロ》を雇って、国枝理恵を殺《や》らせるわけないっすよ。そこまでやる気だったら、その前に右近肇を葬らせてたんじゃないのかな」

「橋爪の言ってることにも、一理あるな」

「そうでしょ？　自己破産した右近は、もう失うものなんかない。だから、伝説の相場師は国枝理恵に『角紅物産』と『楽々』からデリバティブ取引の元手を吐き出させたことを知られたんで……」

「第三者に理恵を絞殺させた？」

「自分は、そう筋を読みました。今度こそ読み筋は正しいと思うっすよ」

「状況証拠では、そう推測できるだろう。だがな、まだ右近をクロと断定はできないぞ。橋爪、帝都ホテルに向かってくれ」

「はい」

相棒が覆面パトカーを動かしはじめた。

スカイラインは裏通りを走って、晴海《はるみ》通りに出た。日比谷方面に進み、日比谷交差点を左折する。ほどなく車は帝都ホテルの地下駐車場に潜《もぐ》った。

風見たち二人は一階のロビーに上がり、フロントに歩み寄った。

「ご予約はなさっていますでしょうか？」
三十三、四のフロントマンが、風見に笑顔を向けてきた。
「客じゃないんだ。右近肇さんが部屋にいるかどうか知りたいんですよ。我々は、右近さんの知人なんだ」

「右近さまは十分ほど前に、いつものように散歩に出かけられました。普段は銀座まで足を延ばしてらっしゃるんですが、きょうは日比谷公園に行かれたようです」

「そうですか。ありがとう」

風見はフロントマンに礼を言い、相棒と正面玄関を出た。目の前の交差点を渡り、日比谷公園に足を踏み入れる。

風見たちは噴水池を回り込んで、右手の遊歩道をたどりはじめた。園内の樹々は若葉をまとい、瑞々《みずみず》しい光沢を放っている。木陰のベンチで憩《いこ》う人々は快適そうだった。

「自分、伝説の相場師の顔を知らないんすよ。捜査資料の中には、右近の顔写真《ガンクビ》は入ってなかったんで」

橋爪が歩きながら、小声で言った。

「心配するな。おれは、右近の面《つら》を知ってる。活躍してるころ、ちょくちょく週刊誌にインタビュー記事が載《の》ってたんでな」

「そうっすか」

「髪を長く伸ばしてるからか、画家風に見えるよ。芸術家タイプだから、唸《うな》るほど金を持ってるころは女にモテモテだったんだ。正式に結婚したことはないはずだが、恋人を取っ替え引っ替えしてた」

「自己破産したころは、取り巻き連中や恋人も右近に寄りつかなくなったんでしょうね？」

「だろうな。右近は根っからの勝負師なんだと思うよ。敗者のままで死んでいくことに耐えられなくなって、不正な手段でデリバティブ取引の元手を調達したんだろう」

「金そのものに執着があるというんじゃなくて、勝者になりたいのかもしれないっすね」

「多分、そうなんだろう。株や先物取引は博打《ばくち》みたいなもんだから、勝負をしてるときは熱くなれるんだと思うよ。右近自身がインタビューで、相場ででっかい逆張《ぎゃくば》りをするときはセックスの百倍以上の興奮を得られると語ってる」

「そうっすか。右近はロマンのある生き方を選んだんでしょうけど、デリバティブ取引の軍資金を恐喝で得たのはよくないっすよ」

「そうだな」

風見は応じて、相棒を立ち止まらせた。前方左手のベンチに右近が腰かけていたからだ。その足許には、五、六羽の土鳩《どばと》が見える。

「鳩にポップコーンをやってるのが伝説の相場師っすね？」

「そうだ」

「六十九には見えないっすね。頭は真っ白っすけど、体つきは若々しいな。服装も洒落《しゃれ》てるっすよ。風見さん、どうします？　ちょっと鎌をかけて、右近の反応を見てみますかね？」

橋爪が提案した。風見は黙って首を振り、若い相棒を植え込みの中に連れ込んだ。

「右近は誰かと公園内で落ち合うことになってるのかもしれないから、少し様子を見てみよう」

「わかりました」

二人は抜き足で迂回《うかい》して、右近のいるベンチの背後に迫った。すぐに屈《かが》み込み、灌木《かんぼく》の枝の間から様子をうかがう。

ポップコーンがなくなると、土鳩は右近の前から消えた。右近が麻の生成《きな》りのジャケットのポケットからスマートフォンを取り出し、どこかに電話をした。

「菅井《すがい》君、例の玉《ぎょく》を十万株ほど買い増してくれんか。そう、十万株だ。仕手株っぽいって？　そんなことはわかってるよ」

「……………」

「ああ、そういうことだ。新興の仕手集団の手の内は読めるさ。幼稚な株価操作でひと儲けを企《たくら》んでる若造たちを慌《あわ》てさせてやりたいんだよ」

「…………」

「デリバティブのほうかい？　もちろん、取引はつづけるさ。いや、その金融商品から手を引く気はない」

「…………」

「もうしばらく乱高下《らんこうげ》するだろうね。しかし、結局、わたしの予想通りの展開になるはずだ」

「…………」

「きみが心配することはない。軍資金が足りなくなったら、また『角紅物産』の副社長と『楽々』の会長を呼び出すさ。わたしは連中の急所を握ってるんだ。協力は拒《こば》めんだろう」

「…………」

「きみは別に共犯者ってわけじゃない。そんなにびくつくことはないさ。わたしの手が後ろに回るようなことになっても、きみが証券会社をクビになることはないよ」

「…………」

「ああ、大丈夫だ。かみさんがくれる小遣いだけじゃ、とても足りないんだろう？　だったら、せいぜい業界の裏情報を集めてくれ。もちろん、約束の情報提供料はキャッシュで払ってやる」

「…………」

「デリバティブ取引と並行して、大がかりの仕手戦もやるよ。そっちの軍資金は別の方法で調達することになってるんだ」

「…………」

「きみは気が小さいんだな。絶対に菅井君が捕まるようなことはないって。そう、安心し切っててもいいんだ。それじゃ、よろしくな」

　通話が終わった。

　右近はスマートフォンを所定のポケットに戻すと、パイプをくわえた。海泡石《かいほうせき》のパイプだった。安物ではない。

「風見さん……」

　橋爪が何か言いかけた。

　風見は自分の唇に人差し指を押し当てた。橋爪が黙ってうなずく。

　右近肇が『角紅物産』と『楽々』の弱みにつけ込んで、デリバティブ取引の元手を出させたことは間違いない。大手商社から十億円をせしめ、さらに『楽々』からもいくらか吐き出させたのか。

　右近が左手首のバセロンに目をやったのは、午後四時数分前だった。そのすぐあと、四十二、三の男がベンチに近づいてきた。背広姿だったが、どこか崩れた印象を与える。

「そのうち梅雨《つゆ》に入るんでしょうが、きょうは好天に恵まれましたね」

男がベンチに腰を落とし、携《たずさ》えていた革の茶色いボストンバッグを右近の真横に置いた。

「ご苦労さんだったな。まだ会社には疑われてないね？」

「ええ。担保の株券が消えたことはないんで、誰もチェックしてませんからね。株券保管室には防犯カメラが設置されてますが、一年近く前から故障したままなんですよ。だから、客から預かった株券はたやすく持ち出せるんです」

「業界三位の証券担保金融会社だというのに、きみんとこは株券の管理がずさんだね」

「そのおかげで、右近さんとわたしはいい思いをさせてもらってるんですから、我が社に感謝しましょうよ」

「そうだな。きみが抜いた株券は香港《ホンコン》とシンガポールの投資家に売ってくれたね？」

「ええ、例のルートで全株売っ払いました。あなたの取り分は、ボストンバッグの中に入ってます。額は電話で申し上げた通りです」

「芦辺《あしべ》君、あと何回ぐらい会社の株券を盗み出してもらえる？」

「あと五、六回でドロンしないと、わたしは手錠を掛けられることになるかもしれないな。あなたに唆《そそのか》されたときはそんな大それたことはできないといったんは断りましたけど、安月給で長いこと会社に扱《こ》き使われてきたと思ったら、地道に働くことがばかばかしくなってきたんですよ」

「で、きみはわたしに協力してくれたわけだ。芦辺君がフィリピンに潜伏しても、困ったときは必ず援助するよ。きみが力を貸してくれなかったら、仕手戦はやれなかっただろうからな」

「右近さん、仕手戦で大きくプラスを出してくださいね。わたしは、数々の伝説に彩《いろど》られたあなたのファンだったんですよ。負け犬のまま終わってほしくなかったんで、わたし、悪事に手を染める気になったんです。わたし自身は冴《さ》えないサラリーマンですが、型破りな生き方をしてる男には強く憧《あこが》れてたんですよ」

「そうだったのか。芦辺君の人生を台無しにしてしまったんだから、わたしは必ず新たな伝説を作るよ」

「ぜひ、そうしてください」

「必ずわたしはフェニックスのように蘇《よみがえ》ってみせる。芦辺君、もう会社に戻ったほうがいいな」

　右近が言った。芦辺が顎《あご》を引き、ベンチから立ち上がった。右近は芦辺の後ろ姿を見ながら、ふたたびパイプをくわえた。

　一服すると、彼はボストンバッグを掴み上げた。重そうだった。右近がベンチから立ち上がって、遊歩道を進みはじめた。

「揺さぶりをかけてみよう」

風見は橋爪に耳打ちして、繁みから出た。相棒が遊歩道に出て、急ぎ足で右近を追い抜いた。

「右近さん、ちょっと待ってください」

風見は大声で呼び止めた。右近が立ち止まり、体を反転させる。橋爪が抜け目なく右近の真後ろに立った。

「どなたかな？　お目にかかった覚えはないと思うが……」

「そうですね。警視庁の風見という者です。連れは橋爪刑事です」

「わたしは悪いことなんかしてないぞ」

「そうかな。あなたは自己破産したにもかかわらず、デリバティブ取引をはじめてる。その元手は、弱みのある『角紅物産』と『楽々』から脅し取ったんでしょ？」

「妙な言いがかりをつけるのはやめたまえ」

右近が顔を強張《こわば》らせた。

「言いがかりじゃないっ。それなりの証拠があるんだ。先月の十二日に殺害された経済アナリストの国枝理恵は、あんたと『角紅物産』の都築副社長が高級中華料理店の個室で交わした密談を録音してたんですよ」

「えっ!?」

「あんたは大手商社の不正や重役たちのスキャンダルをちらつかせて、巨額の口止め料を要求してた。その金で、デリバティブ取引をやってたんでしょ？　『楽々』の今村会長も強請《ゆす》って、まとまった金を出させてたにちがいない」

「どちらも身に覚えがないね」

「善人ぶるな。おれたちは、あんたと芦辺って男の遣《や》り取りを聞いてたんだよ。証券担保金融会社で働いてる芦辺はあんたに唆されて、客たちから預かった株券を盗んで、海外の投資家たちに売っ払ってた。そのボストンバッグには、あんたの取り分が入ってるんだよな」

「中身は衣類だよ。札束が入ってるわけじゃない」

「粘っても無駄だ。あんたは国枝理恵に恐喝の事実を知られたんで、誰かに彼女を始末させたんじゃないのかっ」

「わたしは、そんなことはさせてない。本当なんだ。信じてくれ」

「デリバティブ取引の軍資金を強請で都合つけた悪党の話を信じろだと？」

「嘘じゃない。『角紅物産』の都築副社長から出世払いで十億ほど借りたことは事実だが、誰も殺させてなんかない」

「十億円を出世払いで借りた？　あんた、警察をなめてるな。ふざけやがって！」

風見は憤《いきどお》りを抑《おさ》えられなくなって、両手で右近の胸倉《むなぐら》を掴んだ。

次の瞬間、右近の手からボストンバッグが落ちた。伝説の相場師は喉と心臓部に手を当てて、苦しげに唸りはじめた。

そのまま、遊歩道に頽《くずお》れた。水を吸った泥人形のような崩れ方だった。心臓の発作に見舞われたようだ。

「おい、しっかりしろ！」

風見は右近に呼びかけた。

だが、唸り声が返ってくるだけだった。右近は、ほどなく声も出さなくなった。

風見は、右近の胸部を見た。波動していない。すでに心肺停止しているのか。

「すぐに救急車を呼んでくれ」

風見は相棒に指示を与え、心臓マッサージを施《ほどこ》しはじめた。

2

静かだった。

自分の呼気《こき》さえ聞こえそうだ。

風見は、集中治療室《ICU》の近くのベンチに腰かけていた。かたわらには橋爪が坐っている。

愛宕《あたご》にある大学病院の救急病棟だ。相棒が呼んだ救急車は、六、七分後に日比谷公園に到着した。心肺停止状態の右近は救急車で、この大学病院に搬送された。風見たちコンビは、救急車に従う形で大学病院に来たのである。

「右近は蘇生すると思うっすよ。自分の母方の祖父が三年ぐらい前に心筋梗塞《しんきんこうそく》で同じように救急病院に担ぎ込まれたときは、心肺が停止してたんす」

「そうか」

「でも、血管にカテーテルを入れて血の塊《かたまり》を吸い取ったら、祖父の心臓は動きだしたっすよ。そういうケースは珍しいことじゃないというから、多分、右近肇も死んだりしないと思うな」

　橋爪が言った。

「だといいがな。おれは右近を殴りつけたわけじゃないが、胸倉を摑んだことは確かだ。右近に死なれたりしたら、なんとなく後味がよくない。それ以前に、右近が国枝理恵殺しに関与してたのかどうか確認できなくなる」

「ええ、そうっすね。でも、右近は死んだりしないでしょ？　もし死んだとしても、別に風見さんが悪いわけじゃないっすよ。普通、胸倉を摑まれたぐらいじゃ、ショック死しないっすもん」

「そうなんだが、もう右近は若くない。六十代後半なら、かなり心臓が弱ってると考えるべきだった。右近に心臓の持病があったかもしれないんだから、怒鳴るだけにしておけばよかったよ」

「でも、自分らが下手に出てたら、右近はシラを切り通したんじゃないっすか？　風見さんの追い込み方は間違ってなかったっすよ」

「しかし、相手は高齢者なんだから、口だけで追い込むべきだったと反省してるんだ」

風見は口を閉じた。

数秒後、エレベーター・ホールの方から丸の内署の制服警官がやってきた。地域課の巡査部長で、篠塚《しのづか》という苗字だった。篠塚は部下の巡査を従えて、日比谷公園に駆けつけたのである。三十六、七だろう。

風見は腰を上げた。少し遅れて橋爪もベンチから立ち上がった。

「ボストンバッグの中身は札束だったんだね？」

「はい、そうでした。数えましたら、ちょうど一億円ありました。右近という男は、かつて相場師だったということでしたね？　株で儲けたんでしょうか？」

「詳しいことを喋れないんだが、右近は証券担保金融会社の社員を唆して客から預かってる株券を盗み出させ、海外の投資家に売らせたようなんだ」

「えっ、そうなんですか!?」

「右近の携帯電話を見せてもらえないか」

風見は篠塚に言って、両手に白い布手袋《ぬのてぶくろ》を嵌《は》めた。篠塚がビニールの証拠保全袋から、右近の携帯電話を取り出す。

風見はモバイルフォンを受け取り、アドレス帳の名前を検索した。菅井というのは、大手証券会社の社員だった。右近は菅井を担当者にして、デリバティブ取引をし、仕手戦を繰り広げているにちがいない。

芦辺幹也《みきや》は証券担保金融会社の営業部に属していた。客の株券をくすねて、海外の投資家に売りつけ、その金を右近と山分けしているのだろう。

風見は菅井と芦辺の電話番号を手帳に書き留《と》め、『角紅物産』の都築副社長と『楽々』の今村会長のテレフォン・ナンバーが登録されているかチェックした。どちらの電話番号も登録されていた。その番号もメモする。

「ありがとう」

風見は右近の携帯電話を篠塚に返した。

「本庁捜一の理事官から丸の内《うち》署の署長に右近の宿泊先を検《しら》べたいという申し出があったそうです。右近は、ある殺人事件に関わってるかもしれないとか？」

「そうなんだが、具体的なことは明かせないんだ。右近が重参（重要参考人）とはまだ言えないんでね」

「わかりました。帝都ホテルには風見さんたちが行くことを連絡しておきます」

「よろしく！」

「はい。では、失礼します」

篠塚が敬礼し、踵《きびす》を返した。

風見たちコンビは、ふたたびベンチに腰かけた。それから十分ほど流れたころ、成島班長から風見に電話がかかってきた。大学病院に向かう途中、風見は班長に経過を伝えてあった。

「風見、右近はどうなった？」

「まだ集中治療室に入ったままです」

「そうか。少し前に岩尾・八神班から電話があったんだ。二人が都築副社長を詰問したら、会社が右近に十億円の口止め料を払ったことを認めたそうだよ。右近の要求通りに何回かに分けて、古札で渡したらしい。右近は、それをデリバティブ取引の元手にしたんだろう」

「ええ、それは間違いないでしょう。その後、右近は追加の金をせびらなかったのかな？」

「それはなかったそうだが、大きな損失を出したときは、また『角紅物産』に面倒を見てもらうと右近はうそぶいてたって話だったな」

「そうですか」

「『角紅物産』は被害者ではあるが、不正な方法で『五井商事』の大きな商談を横奪りしてたんだから、悪質だよな」

「ええ、そうですね。で、『角紅物産』が国枝理恵の死に関わってる疑いはどうだったんです？」

「岩尾君たち二人はいろいろ揺さぶってみたらしいんだが、どうやらシロだという心証を得たらしい。被害者は大手商社の特別顧問にしてほしいような口ぶりだったみたいだが、恐喝として立件できそうな言動はとってないというんだよ。会社側は理不尽な要求を具体的にされたわけじゃないから、『角紅物産』はクロじゃないだろう」

「そう考えてもよさそうだな。『五井商事』の商談を汚い手で横奪りした件では、捜二に捜査を引き継いでもらうんでしょ？」

「ああ、知能犯係にバトンタッチしてもらうことになった」

「そうですか。捜査本部の連中は『楽々』の公認会計士や会計監査会社に探りを入れて、何か手がかりを摑んだのかな？」

「ついさっき理事官から聞いたんだが、『楽々』の今村会長はグループ企業すべての経理をごまかしてたそうだ。架空経費を計上して、利潤を大幅に圧縮させてたらしいよ。顧問公認会計士はもちろん、会計監査会社まで今村に抱き込まれてたようだ。国税局の幹部たちも今村会長に鼻薬を嗅がされて、法人税の大口脱税には目をつぶってたみたいだぞ」

「右近は経済やくざやブラックジャーナリストを使って、『楽々』の不正の証拠を摑んだんだろうな」

「そうなんだろうが、今村会長が右近にデリバティブ取引の軍資金を提供した事実は帳簿からは割り出せなかったらしい。ということは、今村会長は個人の金を右近に渡したんだろう」

「でしょうね。しかし、それを今村が認めるはずはないだろうな」

「こっちも、そう思うよ。現に今村会長は、右近とは一面識もないと言い張ったそうだ。しかし、それは言い逃れだろう。殺された国枝理恵は、右近が今村とこっそり会ったことを調べ上げたようだからな」

「ええ。ただ、経済アナリストがそれを誰に調べさせたかは明らかになってないんですよね」

「そうなんだよな。案外、『東都経済リサーチ』の関口調査部長が調べ上げたんじゃないのかね。風見の報告によると、関口は若い女と不倫してるって話だったよな？」

成島が言った。

「関口が浮気してるのは間違いないでしょう」

「今村会長が簡単に右近に巨額を脅し取られたとは認めないだろうから、関口の口を割らせたほうが早そうだな。色男、関口にちょっと探りを入れてみてくれないか」

「わかりました」

風見は電話を切った。折り畳んだモバイルフォンを懐に戻したとき、集中治療室の自動扉が左右に割れた。

姿を見せた救急医の表情は暗い。右近は蘇生しなかったのだろう。風見たちは無言でベンチから立ち上がった。

「手を尽くしたのですが、救急患者の方は残念ながら……」

三十代半《なか》ばに見える救急医が語尾を濁し、深く頭を下げた。風見は先に口を開いた。

「そうですか」

「ご家族の方には連絡をされたんでしょうか？」

「故人は妻帯者じゃないんですよ。丸の内署の者が縁者に連絡をして、亡骸《なきがら》を引き取ってもらうことになると思います」

「そうですか。後のことはよろしく！」

救急医が言って、ＩＣＵの中に戻った。風見は長く息を吐いた。

「自分を責めないほうがいいっすよ。風見さんのせいで、右近はショック死したわけじゃないんすから」

「おれにまったく責任がなかったとは言えないな。こっちが右近の胸倉を摑んだりしなけりゃ……」

「風見さん、もうやめましょうよ。右近は運が悪かったんす。それだけのことっすよ。何も深く考えることないですって」

「しかし、やはり後味が悪くてな」

「風見さんはもっとアナーキーで、シュールだと思ってたっすけどな。意外にセンチメンタルな面もあるんすね。ちょっと驚きました」

「おれは優等生じゃないが、ごく普通の人間だよ」

「みたいっすね。でも、人間臭くていいっすよ。けど、いまは捜査を優先させましょう」

「そうだな。帝都ホテルに行って、右近の部屋を見せてもらおう」

「ええ」

橋爪が大きくうなずいた。二人はエレベーター・ホールに向かって歩き、じきに表に出た。スカイラインで、日比谷に戻る。十分弱で目的地に着いた。

風見たちは地下駐車場から一階のフロントに上がり、ホテルマンに身分を明かした。丸の内署の篠塚から連絡を受けていたとかで、二人はすぐに二十一階の部屋に案内された。

控えの間付きの広い部屋だった。風見たちは手分けして、右近の持ち物をすべて検《しら》べた。

サムソナイト製のキャリーケースの中には、札束が詰まっていた。株券など証券類は入っていなかった。故人は有価証券は銀行の貸金庫に入れてあるのか。

右近は自己破産してから、ずっと住所不定だった。ホテルやマンスリー・マンションを泊まり歩いていた。どこかに部屋を借りている可能性もあったが、鍵は見つからなかった。

「何か大きな収穫があるかもしれないと期待してたんすけど、無駄骨を折っちゃったっすね」

「気を取り直して、芦辺って奴が勤めてる証券担保金融会社に行ってみよう。その会社は、確か日本橋茅場《かやば》町二丁目にあるはずだ」

二人は部屋を出て、エレベーターで地下駐車場に下《くだ》った。覆面パトカーに乗り、芦辺の勤め先に急ぐ。

目的の証券担保金融会社を探し当てたのは、二十数分後だった。

風見は右近の知り合いを装って、芦辺を受付ロビーに呼び出してもらった。コンビは、どちらも芦辺には顔を見られていない。

「右近さんの知り合いだそうですね？」

芦辺が風見に話しかけてきた。

「伝説の相場師は死んだ。おたくと日比谷公園で別れた後《あと》、急性心不全で倒れたんだよ。我々は警視庁の者だ」

風見はＦＢＩ型の警察手帳を短く見せた。芦辺が顔面を引き攣《つ》らせた。みるみる血の気《け》が引いていく。

「おたくは右近に唆されて、会社に保管されてる客の株券をかっぱらい、香港やシンガポールの投資家に売ってたな。空とぼけても意味ないぞ。こっちは日比谷公園で、おたくと右近の会話を盗み聴きしてたんだから」

「えっ!?」

「これまでに総額でどのくらい儲《もう》けたんだ?」

「それは勘弁してください」

「会社には黙っててやるよ」

風見は言った。むろん、横領に目をつぶる気はなかった。

「本当に見逃してもらえるんですか?」

「ああ」

「そういうことなら、話します。およそ六億円ですけど、分け前は半分ずつでしたんで……」

「それぞれの取り分は、約三億円か」

「は、はい」

「右近は、その金を仕手戦の軍資金に回してたんだろう?」

「ええ」

「デリバティブ取引の元手のほうは、恐喝で調達してたんだな?」

「えっ、そうなんですか⁉」

芦辺が目を丸くした。

「下手な芝居はよせ。おたくが知らないわけがない。右近が『角紅物産』の弱みにつけ込んで、十億円の口止め料をせしめたことは知ってるなっ」

「その話は右近さんから聞いてます」

「右近は『楽々』の経理に不正があることを突き止め、今村雄大会長からも巨額を脅し取ったようなんだ。その件で、おたくに何か洩らしたことがあるんじゃないのか？」

「いいえ、何も聞いてません」

「捜査に全面的に協力する気はないようだな」

「そういうわけではないんです。本当に何も聞いてないんですよ」

「おい、芦辺に手錠《ワッパ》打て」

風見は相棒を顧《かえり》みた。橋爪が心得顔で、腰に手をやった。すると、芦辺が焦《あせ》った。

「はったりかもしれませんが、右近さんは今村会長のポケット・マネーから十億出させ、さらに汚れ役を押しつけてやったと言ってました」

「汚れ役？」

「ええ、そうです。右近さんは独立行政法人、新興宗教団体、企業舎弟の弱みを押さえてたみたいですよ。しかし、そういった相手から自分がダイレクトに口止め料を受け取るのは何かと危険なんで、今村に複数の他人名義の口座を用意させ、そこに二億円ずつ振り込ませたようです」

「その三つの団体名も聞いてるな？　教えてくれ」

風見は迫った。芦辺が質問に答えた。

「右近肇は恐喝を重ねてることを誰かに知られてたと言ってなかったか？」

「先月の中旬に殺された国枝とかいう経済アナリストに怪しまれてるようだと洩らしたことがありました」

「右近が誰かに、その経済アナリストを始末させた様子は？」

「それはありませんでしたね。右近さんに口止め料を要求された連中のことも、女経済アナリストは知ってるみたいだということでしたから、口を封じたのは『楽々』の今村会長か、独立行政法人など三団体の関係者かもしれませんよ。殺された女が右近さんと同じように多額の口止め料を要求してくる可能性もありますでしょ？」

「まあな。知ってることはそれだけか？」

「ええ」

「それじゃ、捜査二課知能犯係の刑事を呼ぼう。おたくの横領は悪質だから、大目に見るわけにはいかない」

「約束が違うじゃないかっ」

「甘いな」

風見は冷ややかに笑って、芦辺の利き腕を捩《ねじ》上げた。相棒に捜査二課に連絡させる。

知能犯係の兼子主任が若い部下と一緒に芦辺の身柄を引き取りに来たのは、二十数分後だった。風見たちは捜査の引き継ぎを終えると、東銀座の『東都経済リサーチ』にスカイラインを走らせた。

自社ビルの近くで張り込んでいると、関口調査部長が現われた。関口は昭和通りまで歩き、タクシーを拾った。

風見たちコンビは、関口を乗せたタクシーを追跡した。タクシーは十数分走り、江東区東陽《とうよう》六丁目にあるシティホテルの正面玄関に横づけされた。一応、シティホテルだが、不倫カップルが多く利用していることで知られている。

「関口は浮気相手とこのホテルで密会するんだろう。おれは先にロビーに入るぞ」

風見はスカイラインを降り、ホテルの館内に入った。左手にフロントがあり、エントランス・ロビーの奥にはガラス張りのティールームがあった。

関口はティールームに入ると、中ほどの席に向かった。そこには、二十六、七の女性がいた。関口の不倫相手だろう。二人はグリルで夕食を摂《と》り、予約した部屋で肌を重ねることになっているのではないか。

風見はティールームに入り、関口の背後で立ち止まった。気配を感じ取った関口が振り返った。困惑顔だった。

「密会中に悪いが、ちょっと事情聴取させてほしいんですよ」

「目の前にいる娘《こ》は、友人のお嬢さんなんだ。転職の相談に乗ってるだけですよ」

「奥さんを呼んで、友人の娘さんかどうか確かめさせてもらうか」

「か、家内なんか呼ばないでくれ」

「手間は取らせませんよ。ちょっと確認したいことがあるだけなんです」

風見は関口を立たせ、ティールームの外に連れ出した。

「何を知りたいんです？」

「おたくは部下たちとは別に国枝理恵に頼まれて、個人的に『楽々』の今村会長や独立行政法人、新興宗教団体、企業舎弟なんかの弱みを押さえてたんじゃないの？」

「それは……」

「それじゃ、質問の答えになってないな。どうなんですっ」

「気が進まなかったんだが、不倫のことを知られてしまったんで、国枝さんに従わないわけにはいかなかったんだ。彼女は何か大きな事業計画があるらしく、その資金を集めたがってたんですよ。銀行からの融資ではとても足りないとかで……」

「国枝理恵は、疚《やま》しいことをしてる奴らから事業資金を脅し取ろうとしてたんだな？」

「そう、そうなんですよ。実際には恐喝で金は得てなかったはずだが、『楽々』をはじめ独立行政法人、怪しげな教団、企業舎弟に少し揺さぶりをかけてたみたいだね」

「まさか関口さんが経済アナリストの言いなりになってることに耐えられなくなって……」

「わたしは、彼女を殺《や》ってませんよ。人を殺すほど開き直った生き方をしてるんだったら、浮気程度のことで国枝さんの言いなりになんかならない」

「それもそうだな。美人経済アナリストに多額の口止め料をせびられそうになった連中が先手を打つ気になったのかもしれない」

「わたしも、そう思ってる」

「不粋《ぶすい》なことをしちゃったな。勘弁してください」

風見は詫びて、関口から離れた。

3

会長室はとてつもなく広い。

『楽々』の本社ビルの最上階だ。

本社ビルは港《みなと》区内にあった。三十二階の高層ビルで、眺望《ちょうぼう》が素晴らしい。

風見たちコンビは、コーヒーテーブルを挟んで今村会長と向かい合っていた。『東都経済リサーチ』の関口部長の口を割らせた翌日の午前十一時過ぎである。

大口脱税のことを切り出すと、今村会長は黙り込んでしまった。沈黙は十分近くつづいている。

「今村さん、もう観念したほうがいいですよ。警察は『楽々』の顧問公認会計士、会計監査会社、国税局幹部たちの証言を得てるんです。法人税の大口脱税容疑で、きょう中にあなたは逮捕されるでしょう」

風見は言った。今村は唸《うな》っただけだった。

「脱税は、れっきとした犯罪です。しかし、程度の差はあっても、多くの企業がさまざまな脱税テクニックを駆使《くし》して、税金の負担を軽くしてます。企業のイメージ・ダウンにはなるでしょうが、それで『楽々』が倒産してしまうことはないと思います。ですが、今村会長が殺人事件に関わってるとなったら、あなたの将来は暗く閉ざされることになるでしょうね」

「わたしが殺人事件に関わってる⁉　ばかなことを言うなっ。わたしを疑う根拠は何なんだね！」

「あなたは伝説の相場師の右近肇に大口脱税の件を知られて、十億円の口止め料を払ったんでしょ？」

「そんな金は払ってない」

「諦めが悪いな。繰り返しますが、捜査当局は長年にわたる大口脱税の立件材料を押さえてるんです。どんなに粘っても、罪を免れることはできないっ」

「しかし、我が社は法人税をきちんと払いつづけてきた」

「まだそんなことを言ってんすか。往生際が悪いんで、呆れちゃうっすよ」

橋爪がうんざりした顔で言った。今村の顔に怒りの色が宿った。

風見は目顔で相棒を窘《たしな》めてから、今村を直視した。

「税金は、必ずしも正しく遣《つか》われてるわけじゃない。脱税したくなる気持ちは個人的には理解できますよ。しかし、『楽々』の企業グループはどこも黒字経営なんだから、ちゃんと納税すべきでしょう」

「脱税はしてないと言ったじゃないかっ」

「あんた、往生際が悪すぎるぞ。そんな性格だから、せっかく築き上げてきたものを失いたくなかったんだろう。それで、誰かに経済アナリストの国枝理恵を始末させたのかもしれないな」

「な、何を言ってるんだ!?」

「あんたは大口脱税の件で、右近に十億円の口止め料をせびられた。右近は、その金をデリバティブ取引の元手にしてた。国枝理恵はそのことを『東都経済リサーチ』の関口調査部長に調べさせ、自分を『楽々』の社外重役にしてほしいと仄《ほの》めかしたんじゃないのか？　我々はそこまで知ってるんですよ」

「えっ」

　今村が絶句し、うつむいた。

「ようやく観念する気になったようですね」

「右近に脱税のことで十億円を脅し取られて、さらに悪事の片棒を担《かつ》がされたことは認めるよ。右近は独立行政法人、新興宗教団体、広域暴力団の企業舎弟からもデリバティブ取引の軍資金を吐き出させてたんだ。それぞれの弱みを握ってね」

「それで？」

「恐喝相手から口止め料を直《じか》に受け取ると危険なんで、右近はわたしに他人名義の複数の銀行口座を用意しろと言ってきたんだ」

「あんたは弱みがあるんで、右近の指示に従ったわけか」

「そうだよ。脅迫されてた連中は、おのおの二億円ずつわたしの知人たちの口座に振り込んできた」

「あんたは引き出した金を右近に手渡してたのかな？」

「そうだよ」

「そのことも、国枝理恵は知ってた様子だったんじゃないのか？」

「ああ、わかってるようだった」

「それなら、今村さんに彼女を亡《な》き者にする動機はあるな。国枝理恵に大口脱税の件だけではなく、右近の恐喝の手伝いもやらされてたわけだから」

「ちょっと待ってくれ。天地神明に誓って、わたしは国枝理恵の事件には関与してない。厄介《やっかい》な女に脱税のことを知られたのはまずいと考えてはいたが……」

「あんたが実行犯とは思っちゃいない。しかし、『楽々』の安泰を願う気持ちから、第三者に経済アナリストを始末させたとも考えられる」

「わたしは孫の代まで『楽々』を繁栄させたいと思ってるんだ。殺人教唆《きょうさ》が発覚したら、何もかも終わりになる。会社経営者は常に損か得かを考えながら、いつも行動してる。どんなことがあっても、冷静さは失わないもんさ」

「そうかもしれないな」

風見は、そう応じた。今村の言葉には、説得力があった。自分が築き上げた企業グループを子孫に引き継がせたいと願っている実業家は、損得勘定を忘れることはないだろう。殺人を誰かに依頼するとは考えにくい。

「国枝理恵は財務省所轄の独立行政法人の関係者に命を狙われたんじゃないのかね。あるいは、『慈愛《じあい》の雫《しずく》』という教団か関東仁友《じんゆう》会の企業舎弟《フロント》が経済アナリストを殺害したんだろうな。彼女は、その連中が右近に二億円ずつ口止め料を払ったことを知ってる感じだったからね。いつ国枝理恵が右近と同じように恐喝を働く気になるかもしれないじゃないか」

「そんな強迫観念に取り憑《つ》かれたら、美人経済アナリストを始末したくなっても不思議ではない？」

「わたしは、そう思うね。脱税の件では、それなりの罰を受けよう。だが、断じて殺人事件には関わってない。もう帰ってくれ！」

今村が応接ソファから立ち上がり、窓辺まで歩いた。窓外に目を向けたきり、振り返ろうともしない。

風見たちは腰を浮かせ、すぐに会長室を出た。

「今村はシロっぽいっすね。自分、そういう心証を得たっすよ。風見さんはどうっすか？」

エレベーター・ホールに向かいながら、橋爪が小声で話しかけてきた。

「おれも同じだよ。捜査本部《チョウバ》の連中に独立行政法人を探《さぐ》ってもらって、特命遊撃《う》班《ち》は『慈愛の雫』と企業舎弟の『仁友エンタープライズ』を揺さぶってみるか」

「怪しげな教団は岩尾・八神班に任せて、自分たちは『仁友エンタープライズ』に探りを入れてみましょうよ。風見さんは以前、組対《そたい》四課にいたんすから、そのほうがいいんじゃないっすか？」

「そうするか。しかし、一応、班長の指示を仰がないとまずいな」

「そうっすね」

　会話が途切れた。二人はエレベーターで一階に下《くだ》り、表玄関から『楽々』の本社ビルを出た。覆面パトカーは近くの裏通りに駐《と》めてあった。

　風見はスカイラインの助手席に乗り込むと、成島班長に電話をかけた。今村は本部事件には関与していない感触だったことを手短に告げ、独立行政法人、新興宗教団体、企業舎弟に探りを入れたいと申し出る。

「いいだろう。独立行政法人のほうは、九係か十係の連中に調べてもらうよう理事官に頼むよ」

「お願いします。岩尾さんたち二人には『慈愛の雫』をマークしてもらって、おれと橋爪は『仁友エンタープライズ』に探りを入れようと思ってるんですが……」

「怪しげな教団と企業舎弟は一筋縄ではいかないだろう。風見、メンバー四人で知恵を出し合って探りを入れてくれないか」

「わかりました。いったんアジトに戻りましょうか」

「そのほうがいいな。そうしてくれ」

　成島が電話を切った。風見は橋爪に班長との遣り取りを伝え、捜査車輛を発進させた。

　特命遊撃班の刑事部屋に着いたのは、二十数分後だった。

　岩尾と佳奈はすでに聞き込み先から戻り、ソファに坐っていた。二人の前には、成島が腰かけている。三人はコーヒーを飲んでいた。

佳奈がさりげなく立ち上がって、風見たち二人のコーヒーを淹《い》れてくれた。

「八神は実によく気が利くな。智沙と別れて、八神とつき合うか。おれたちは、赤い糸で結ばれてるんだから。な、八神？」

「結ばれてません！　何度、同じことを言わせれば気が済むのかしら？」

「そっちと冗談を言い合ってたころが懐かしいよ」

「ついこの前までコンビを組んでたじゃないですか。懐かしむほど昔のことじゃないでしょ？」

「冷たいんだな」

「笑えない冗談はともかく、橋爪巡査長とはうまくやってるんでしょ？　岩尾さんとわたしは息が合ってますよ」

「そう。ジェラシーで狂い死にしそうだな」

風見はおどけて頭を烈《はげ》しく振った。佳奈が肩を竦《すく》める。岩尾は当惑している様子だった。

「班長、自分は風見さんに嫌われてるようっすから、岩尾さんと組んだほうがいいんじゃないっすか？」

橋爪が成島に訴えた。

「岩尾警部は八神と組んだほうがいいと思ってるんじゃないのか？」

「自分、岩尾さんにも嫌われてるんすか。まいったな」

「別にきみのことは嫌ってないよ。ただ、同性が相棒になるよりは若い女性と組んだほうが楽しいからね」

　岩尾が本音を口にした。

「自分、どうすればいいんす？　元の所轄署に戻してもらいたいな」

「僻《ひが》むなって。別に橋爪のことは誰も嫌ってないよ。でも、生意気で自信家のおまえの好感度はそれほど高くないと思うけどな」

「風見さん、自分のことを誉《ほ》めてんすか？　それとも、けなしてんすかね？」

「好きなように考えろ。面倒臭い野郎だな」

　風見は相棒を岩尾の隣に腰かけさせ、すぐ横に坐った。

　佳奈が二つのマグカップをコーヒーテーブルの上に置き、成島のかたわらに浅く腰かけた。風見とは向かい合う形になった。

「八神は、きょうもビューティフルだね。改めて惚れ直したよ」

「気の多い男性《ひと》はノーサンキューだって、何回も言ったはずですけどね」

「八神は、まだ成熟度が低いな。大人のいい女は、もう少し気の利いた言葉を返すもんだぜ」

「冗談のキャッチボールはそのくらいにしてくれ。作戦を練らなきゃな」

成島が部下たちの話を折った。いつになく緊張した面持《おもも》ちだった。

「班長、独立行政法人のほうは捜査本部のメンバーが探りを入れてくれることになったんですか？」

風見は確かめた。

「ああ、刑事部長経由で理事官に頼んでもらったよ」

「そうですか」

「それから、岩尾たち二人には今村雄大のことは話してある。それでな、最初に四人で信《しな》濃町《のまち》にある『慈愛の雫』に行ってもらいたい。教団主の染宮清子《そめみやきよこ》は七十二歳だということはわかってるんだが、経歴不詳なんだ。体格《ガタイ》のいい野郎たち三人を用心棒にしてるみたいだから、正攻法じゃ本部事件に関与してるかどうかは探りにくいと思うね。色男、何か妙案はないか？」

「メンバーの誰かを入信希望者になりすまさせて、教団内部に潜《もぐ》り込ませましょう。橋爪あたりが適任かもしれないな」

「橋爪、どうだ？」

「班長、新入りの自分にでっかい手柄を立てるチャンスを与えてくれてもいいんすか？なんか悪い気もするっすね」

「おれの話をちゃんと聞いてなかったな。女教祖は三人の屈強《くっきょう》なボディーガードに護《まも》られてるらしいんだぜ。橋爪が不審がられたら、何をされるかわからないんだぜ」

「ボディーガードは三人でしたね。二人ぐらいは組み伏せられると思うっすけど、三人を次々に叩きのめす自信はちょっとないな」

「おれが入信希望者を装って、教団内に潜り込みますよ」

風見は成島班長に言った。

「色男に腕力も備《そな》わってることはよくわかるが、すぐに怪しまれそうだな。三十八、九の男は、たいてい仕事に熱中してるもんだろ？」

「ええ、まあ」

「その世代の男が深刻な悩みごとを抱えて宗教に縋《すが》るケースは多くないんじゃないか？」

「そう言われると、そうだな」

「五十に近い年齢のわたしなら、人生に疲れを感じててもおかしくないでしょ？　成島警視、わたしがまず教団内に潜入しましょう」

岩尾が話に加わった。

「確かにそっちがおれを除いては最年長なんだが、まだ人生の黄昏《たそがれ》に入ったという年齢じゃないな。それに……」

「武道の高段者ではないんで、怪しまれたときに心許ないでしょうか？」

「はっきり言っちゃうと、それもあるね」

「教団の連中に不審がられて監禁されるようなことになったら、みんなに迷惑をかけてしまうな」

「先行隊を潜らせる手は危険だな」

成島が言った。そのすぐあと、佳奈が口を切った。

「班長、わたしが入信希望者の振りをして教団本部に潜入しますよ」

「お嬢《じょう》が潜るって!?」

「班長、また、わたしが呼ばれたくない言い方をしましたねっ」

「おっと、いけねえ！　しかし、八神は社長令嬢なんだから、お嬢と呼んでもいいような気がするんだがな。やっぱり、駄目かい？」

「ええ、駄目です。わたしは、ただの洋菓子屋の娘にすぎないんですから、そんな呼び方はふさわしくありません」

「だけど、町のケーキ屋の娘じゃないんだ。八神の親父《おやじ》さんは大きな洋菓子メーカーの二代目社長なんだからさ」

「それでも、洋菓子屋は洋菓子屋ですよ。別に卑下《ひげ》はしてませんけど、誇れるほどの家業じゃないでしょ？　だから、お嬢なんて呼ばれると、からかわれてるようで……」

「そういうことだったな。悪かったよ。謝るから、勘弁してくれ」

「すみません。わたし、話を脱線させてしまいましたね。話を元に戻します。女のわたしなら、教団側もあまり警戒しないと思うんですよ。二十代後半の女性で仕事や恋愛のことで悩んでる人たちは割にいるはずですから」

「それだから、八神が入信したいと教団を訪ねても、怪しまれることはないだろうってことだな？」

「ええ、そうです。万が一、不審の念を持たれても手荒なことはされないでしょう。もちろん、身分を覚られないよう警察手帳や手錠は持たずに『慈愛の雫』の本部を訪ねることにします」

「大丈夫だろうか」

「わたしも刑事の端くれです。何かあったら、気丈《きじょう》に振る舞います。それで、すぐにチームの仲間に支援要請しますよ。班長、わたしに潜らせてください」

「わかった。それでは、八神にまず教団の内部に入ってもらう。ただし、決して無理はしないでくれよな？」

「はい」

「それでは、昼飯を喰《く》ったら、教団本部に向かってくれ」

成島が部下たちの顔を順ぐりに見た。

風見は無言でうなずき、マグカップに手を伸ばした。

4

不安は膨らむばかりだった。

禍々《まがまが》しい予感が時々、脳裏を掠《かす》める。

風見は覆面パトカーの助手席で、両手の指を交互に鳴らしはじめた。仲間の美人警視が怪しげな教団の敷地内に入ったのは、一時間半も前だった。

『慈愛の雫』の本部は、ビルとビルの間にある戸建て住宅だ。二階家で、敷地は百坪近い。家屋は旧《ふる》かったが、造りはしっかりとしている。

所有者は、鎌倉《かまくら》に住む元勤務医だった。現在は老妻と稲村《いなむら》ヶ崎《がさき》の高台で隠居暮らしをしている。夫妻は、ともに八十過ぎだ。旧宅を『慈愛の雫』に貸しているらしい。

「指をポキポキ鳴らしてますが、なんなんすか？」

橋爪が訝《いぶか》しげに問いかけた。

「鈍《にぶ》い奴だ。八神が入信希望者に化けて教団を訪れたのは、ちょうど午後一時だったよな？」

「そうっすね」

「それから、一時間半も経《た》ってる。八神が出てくるのが遅いとは思わないか？」

「いや、別に。八神警視は教祖の染宮清子に自分がいかに悪運つづきか切々と訴え、救いを求めてるんじゃないっすかね？」

「そうなんだろうか」

「女教祖は八神さんの話を聞いてから、入信を勧め、除霊と称して数十万円の水晶玉を何個か売りつける肚《はら》なんだと思うっすよ。だから、時間がかかってんでしょう」

「そうかな」

風見はスカイラインのフロント・シールド越しに三十数メートル先にある『慈愛の雫』の本部を見た。

左側だ。出入口付近に二台の防犯カメラが設置されていた。塀《へい》の上にも防犯カメラが見える。

スカイラインの二十メートルほど後方には、プリウスが路上駐車中だ。岩尾警部は運転席に坐っていた。ミラーでは元公安刑事の表情はよく読み取れないが、相棒の美人刑事の身を案じているにちがいない。

「週刊誌やテレビのワイドショー番組から仕入れた情報によると、『慈愛の雫』には公称三十万人の信者がいて、教祖の染宮清子に除霊してもらいたくて、高価な水晶玉を何十個も購入してる男女が多いみたいっすよ。その水晶玉は数千円の価値しかないのに、教祖が念力を注ぎ込んだから、数十万円、数百万円の値打ちがあると信者たちを納得させてるらしいんす」

「悪質な新興宗教団体が昔からやってきた手口だな。教団側はもっともらしいことを言って、いろんなことで頭を抱えてる信者たちに多額の寄附をさせてるにちがいない」

「風見さん、その通りなんすよ。信者の中には預金をそっくり寄附して、その上、自宅まで売却してしまった者も何百人かいるそうっす。金のない若い女性信者たちは教団側が裏ビジネスにしてる売春クラブで働いてるらしいんすよ。女教祖にそうするよう洗脳されたみたいで、誰もが積極的に体を売ってるようなんす」

「あくどいな。生きることに悩んでる人たちの弱みにつけ入って金儲けをしてるわけだから、右近肇に二億円も口止め料を払わざるを得なかったんだろう」

「そうなんだと思うっす。国枝理恵も右近と同じように、いんちきな宗教団体に口止め料を要求したんすかね？　それで、美人経済アナリストは命を奪われることになったのかな」

「本部事件の被害者が『慈愛の雫』から金を脅し取ったかどうかわからないが、教団が信者を欺《あざむ》いてる事実は知ってると女教祖に仄《ほの》めかしたことは間違いないだろうな」

「ええ、そうでしょうね」

橋爪が言葉を切った。

ちょうどそのとき、風見の懐で公用の携帯電話が着信音を刻んだ。携帯電話を取り出し、ディスプレイに目をやる。発信者は成島班長だった。

「先に岩尾に電話したんだが、まだ八神は教団から出てこないんだって？」

「そうなんですよ。一時間半が過ぎてるのに、八神は戻ってこないんです。おれ、厭《いや》な予感を覚えはじめてるんですよ。教団側に怪しまれて、八神は軟禁されてるのかもしれないと……」

「そういうことも考えられるな。風見、あと十分待っても八神が戻ってこないようだったら、三人で教団に踏み込んでくれ」

「成島さん、三人で突入するのは危険ですよ。八神が自由を奪われてたら、おれたちが踏み込んでも救出は難しいでしょ？」

風見は言った。

「そうだろうな。八神が人質にされてたら、残りのメンバーは手も足も出せなくなるからね。この際《さい》、特殊急襲部隊《SAT》に出動要請すべきか」

「班長、それは少し待ってください。八神が人質に取られたかどうかは、まだ確認してないわけだから」

「わかった。もう少し待ってみよう。さっき岩尾に伝えたんだが、財務省系独立行政法人は本部事件ではシロだと断定された。九係と十係の係長は理事長の小森陽太郎《こもりようたろう》、六十四歳が公金でＦＸ取引をやって五億円近い利益を出し、それをポッポにそっくり入れてたことを吐かせたらしい」

「右近はそのことを恐喝材料にして、小森理事長から二億円の口止め料を払えと威《おど》し、今村が用意した銀行口座に振り込ませてたわけですね？」

「そうなんだ。二人の係長は小森にさんざん鎌をかけた末、理事長はシロだと確信を深めたそうなんだよ。事実、小森にはアリバイがあったし、実行犯を雇った気配はまったくうかがえなかったという話だったな」

「それなら、小森を捜査対象から外してもいいでしょう」

「ああ、そうだな。ただ、公金横領罪は立件できるんで、小森の身柄《ガラ》は捜二に引き渡したそうだよ。怪しいのは、『慈愛の雫』と『仁友エンタープライズ』だな。どちらかが国枝理恵を殺《や》ったんだろう」

「その疑いはありますね」

「風見、支援が必要なときはすぐに連絡してくれ。十分、いや、十五分過ぎても八神が戻らなかったら、そっちが教団に忍び込んでみてくれないか。頼んだぞ」

成島が通話を切り上げた。

風見は折り畳んだ携帯電話を上着の内ポケットに突っ込み、橋爪に成島班長から聞いた話を伝えた。そのすぐあと、岩尾警部がスカイラインの後部座席に乗り込んできた。

「風見君、班長から連絡があった？」

「いま電話がありました。独立行政法人の小森理事長はシロだそうですね？」

「そういう話だったね。それはそうと、八神警視のことが心配になってきたんだ。会社をリストラ解雇された中年男を装って、わたしが『慈愛の雫』の様子をうかがってこようと思ってるんだが……」

「班長は、おれにもう少し経《た》ったら、教団内部に忍び込めと指示したんですよ」

「そうなのか。成島さんは、わたしでは不安だと思ったんだろうな。無理ないよね、こちらは公安の仕事を長くやってたんだから。でもね、八神警視はわたしの相棒なんだ。コンビを組んだばかりだけど、ただ傍観《ぼうかん》してるわけにはいかないよ」

「しかし、岩尾さん……」

「あとで班長に怒られるだろうが、じっとしてられないんだよ。きみが動く前に、わたしに先に様子を見に行かせてほしいんだ。成島さんの指示に従わないわけだから、失敗《ドジ》を踏んだら、それなりの責任は取るつもりだよ」

「岩尾さんがそこまで言うんなら、おれは成島さんには何も言いません。ただ、リストラされた元勤め人に化けるなら、身分を知られるような物は全部、おれに預けてほしいな」

　風見は言った。

　岩尾が同意して、警察手帳、特殊警棒、手錠をまとめて差し出した。さらにショルダーホルスターごとS《スミス》＆W《ウエッソン》 CS40チーフズ・スペシャルを風見に手渡した。

「預かります」

風見は、岩尾の官給品を橋爪に渡した。橋爪が布袋の中に手早く官給品を収める。

「八神警視の官給品は、プリウスのトランクルームに入ってるんだ。彼女とは一面識もない振りをして、とりあえず安否《あんぴ》を確かめてくるよ」

岩尾が静かに覆面パトカーを降り、『慈愛の雫』に向かった。緊張している面持ちだ。

「大丈夫っすかね？」

橋爪が心配顔で呟いた。

「偵察がうまくいくことを祈ろう」

「そうっすね。自分と違って、八神警視はチームの誰からも好《す》かれてるんだな」

「八神はキャリアでありながら、少しも厭味な面がない。それに美しくて、色気もある。本庁勤めの独身男のアイドルなんだよ。同性の警察官や職員たちの憧れの的《まと》でもあるな」

「羨《うらや》ましいっすね。どうすれば、スター刑事になれるんだろうか」

「くどいようだが、橋爪はとにかく自分を大きく見せようとして背伸びをしないことだな。まだ未熟者だという自覚があれば、おのずと謙虚になれるもんさ」

「自分、そんなに思い上がってないと思ってるんすけどね」

「そんなふうに考えてること自体、自信過剰なんだよ。ちょっと勘が働くからって、自分には名刑事の素養があると思い込んだら、そのうち挫折感を味わわされるぜ。そういうことがあって少しずつ成長していくわけだから、マイナス面だけじゃないけどな。とはいえ、失敗の連続だと、やる気は失《う》せちまう。そうなったら、退官するまで有能な刑事《デカ》にはなれないだろう」

「でしょうね」

「つい先輩風を吹かせてしまったが、おれは自戒を込めて言ってるんだ。若いうちは自分は特別な人間だと思いたいもんだが、誰も五十歩百歩なんだよ。能力には、それほど差なんかない」

「そうっすかね。有能か無能かは、スタート時からはっきりと分かれてる気がするな」

「橋爪、そう考えるのは自分を客観視できてない証拠だよ。最初から持ってる能力をフルに発揮できる奴なんて、この世にはひとりもいないはずさ。めざす道や業種は異《こと》なっても、たゆまぬ努力をした者だけが輝けるんだよ。おまえには、まず自分を客観視することを心掛けてほしいな」

「風見さんに教えられたこと、肝《きも》に銘じるっすよ」

「大真面目な顔して、そんなことを言うなって。面喰《めんくら》っちゃうだろうが。こっちは当たり前のことを言っただけで、別に人生訓を垂れたわけじゃないんだ」

「わかってるっすよ。風見さんは無頼漢ぶってるけど、本当はとてもシャイな好漢なんだろうな」

「若造のくせに、わかったようなことを言うんじゃない」

風見はパワー・ウインドーを下げ、キャビンに火を点けた。

やがて、三十分が経過した。

だが、岩尾も佳奈もいっこうに姿を見せない。午後三時半を回っても、同じだった。

「八神と岩尾さんは教団の奴らに不審がられて、軟禁状態にあるんだろう」

「そうかもしれませんね。風見さん、二人で突入しますか？」

「おれが忍び込む。おまえは意図的に怪しい行動をとって、こっちが忍び込みやすいようにしてくれ」

「どうすればいいんすか？」

「まずは教団の塀《へい》をよじ登る真似をしてくれ。防犯カメラに映る場所で、敷地内に侵入する振りをしてくれればいい。おそらく教祖のボディーガードたちが庭に飛び出してくるだろう」

「でしょうね」

「そうしたら、一目散に逃げるんだ。護衛の男たちはおまえを追っかけるだろうから、できるだけ遠くまで逃《フケ》げてくれ。その隙に、おれは教団の向こうにあるビルの万年塀を乗り越えて……」

「『慈愛の雫』の敷地内に忍び込むんすね？」

「そうだ。追っ手に取っ捕まりそうになったら、すぐに警察手帳《チョウメン》を呈示《ていじ》しろ。そうすりゃ、痛い目に遭《あ》わなくても済むだろう。先におれが行くぞ」

「了解っす」

橋爪の表情が引き締まった。

風見はスカイラインを降りると、足早に教団本部を通り抜けた。左隣にある八階建てのビルの万年塀の前にたたずむ。

覆面パトカーから離れた橋爪が『慈愛の雫』の石塀によじ登り、跨《また》ぐ恰好《かっこう》をする。数分経つと、教団の建物から二人の男が現われた。

どちらも体軀《たいく》が逞《たくま》しい。三十歳前後だろう。古代服に似た白い服に身を包んでいる。染宮清子のボディーガードたちだろう。

「おい、何をしてるんだっ」

片方の男が橋爪を大声で咎《とが》めた。橋爪が石塀から飛び降り、全速力で駆けはじめた。風見のいる場所とは逆方向だった。

奇妙な服をまとった二人の男が怒号を放ちながら、橋爪を追っていく。

風見は万年塀に沿って二十五メートルあまり奥に走った。万年塀をよじ登り、教団の敷地内に入る。

建物を回り込むと、ガラス戸越しに大広間が見えた。佳奈と岩尾の二人は、朱色の太い柱に縛りつけられていた。座位で、上体をロープで括《くく》られている。

その近くには、古代服のようなローブを着た巨漢が立っていた。三十三、四か。丸坊主で、いかつい顔をしている。

左手のほぼ中央に祭壇がしつらえられ、教祖のパネル写真が飾ってあった。花と供物《くもつ》に囲まれていた。

染宮清子の姿は見当たらない。奥の別室に控えているのか。信者と思われる人影も目に留《と》まらなかった。

風見は屈《かが》み込んで、足許の小石を三つほど抓《つま》み上げた。ガラス戸の横の壁にへばりつく。

そのまま風見は、小石をガラス戸に投げつけた。ガラスが鳴る。

誘いだった。案の定《じょう》、大男がガラス戸を荒っぽく横に払った。風見はショルダーホルスターからグロック26を引き抜き、すぐにスライドを引いた。

巨漢が目を剝《む》き、後ずさった。風見は銃口を相手に向けながら、土足で大広間に上がり込んだ。四十畳ほどの広さだった。縁《へり》のない琉球畳は青々としている。

佳奈と岩尾が相前後して口を開こうとした。

風見はそれを目顔で制止し、巨漢に話しかけた。

「そっちは、染宮清子の番犬だな？」

「教祖さまを呼び捨てにするなっ。きさま、罰《ばち》が当たるぞ」

「レスラーみたいな図体してるくせに、頭は幼稚園児並らしいな。いんちき教祖をすっかり信じ切ってるんだ？　まさか七十二歳の老女の色香に惑《まど》わされたんじゃないよな？」

「教祖さまを侮辱《ぶじょく》するような言動は断じて赦《ゆる》せん。きさまを懲《こ》らしめてやる！」

「教団主に忠誠を誓うのは勝手だが、命のスペアはないんだ。この拳銃はモデルガンじゃないんだぜ」

「わかってる。撃ちたきゃ、撃てよ」

大男が丸太のような両腕を拡《ひろ》げ、やや腰を落とした。まるで立ち上がった羆《ひぐま》だ。

ビルやマンションが密集している地域で、派手に銃声を轟かせるわけにはいかない。風見はオーストリア製の拳銃に安全弁を掛け、ホルスターに戻した。

「おれと勝負する気になったか。気に入ったぜ」

巨漢が不敵な笑みを浮かべ、無防備に間合いを詰めてきた。優男など造作なく叩きのめせると思っているにちがいない。

「ばかでっかいが、何も格闘技は心得てないな。武道家なら、まず相手の動きを見るもんだ」

「これでも、柔道三段だぞ」

「だから、余裕があるってわけかい？」

「そうだよ。じきにきさまを畳に這わせてやる！」

「できるかな？」

風見は挑発し、大きくステップインした。

大男が躍《おど》りかかってくる。風見は後退し、相手の右の内腿《うちもも》を蹴りつけた。膝頭の斜め上だ。意外に知られていないが、そこは急所だった。

巨漢が呻いて、体をふらつかせた。すかさず風見は前に跳《と》んだ。体重《ウエイト》を乗せた右のロング・フックを大男の顔面に叩き込む。肉と骨が高く鳴った。

相手が大きくよろけた。風見は体勢を整え、今度は相手の腹部に前蹴りを入れた。靴の先が、ぶよついた贅肉《ぜいにく》の中に深く埋まった。

大男が唸《うな》って、尻《しり》から畳に落ちた。いったん尻餅《しりもち》をつき、両足を高く跳《は》ね上げた。

風見は回り込んで、巨漢のこめかみを蹴りつけた。

狙いは外さなかった。大男が長く唸った。四肢《しし》を縮めて、体を左右に振っている。

「先に八神の縛《いまし》めをほどいてやりますね」

風見は岩尾に言って、佳奈に近づいた。

数メートル進んだとき、佳奈が大声を発した。

「風見さん、後ろ！」

「え？」

風見は体ごと振り向いた。紫色の古代服っぽい衣裳に身を包んだ白髪の老女が摺《す》り足で迫《せま》ってくる。四尺ほどの杖《じょう》を握っていた。

教祖の染宮清子だった。老女に手荒なことはしたくない。

風見は拳銃で教団主を威嚇《いかく》することにした。

グロック26を引き抜いたとき、右手首に激痛と痺《しび》れを覚えた。杖《じょう》が短く閃《ひらめ》いたのはわかったが、右手を打たれたとは思わなかった。

風見は不覚にも、ハンドガンを畳の上に落としてしまった。

中腰になってグロック26を拾い上げようとしたとき、今度は首筋を杖《じょう》で強打された。空手家の手刀《しゅとう》打ちよりも強烈だった。

老女は、杖術《じょうじゅつ》の有段者にちがいない。風見は体を支えられなくなった。片膝をついた瞬間、背と腰を連続して叩かれた。

一瞬、息が詰まった。強い痛みに耐えながら、畳に転がった。ハンドガンは脇腹の下だ。

「あんたたち、何者なのよ？」

教祖が余裕のある声で問い、杖《じょう》をバトントワラーのように華麗に動かしはじめた。風切り音はリズミカルだった。

「杖術の段位者なら、番犬を雇うことはないだろうが！」

風見は吼《ほ》えた。

「わたし、まだ女として現役なのよ。だから、若い男たちをセックス・ペットとして飼ってるの」

「嘘つけ！」

「本当よ。全身美容整形手術を受けてるから、体はまだ四十代に見えるはずだわ。嘘だと思うなら、ヌードを見せてやる。このコスチュームの下には、何もまとってないのよ」

「老女の裸なんか見たくもない」

「その言葉を取り消さないと、杖《じょう》でめった打ちにするわよ」

女教祖が気色《けしき》ばみ、杖《じょう》を宙で舞わせはじめた。空気が縺《もつ》れ合って、烈風を巻き起こしている。

「あんたの甘いマスクを痣《あざ》だらけにしてやる」

「そいつは御免だ」

風見は体をずらし、グロック26を拾い上げた。跳ね起き、セーフティー・ロックを素早く外す。

「あんた、何者なのよ⁉　刑事がそんな拳銃を持ってるはずないから、どこかの組員なんでしょ？」

「外れだ。おれたちは警視庁の人間だよ。ただし、はぐれ者ばかりだがな」

「刑事なら、むやみに撃てないはずよね」

教団主が杖《じょう》を振り回しはじめた。風見の右手を狙っていることは明らかだ。うっかりしていると、またグロック26を叩き落とされるかもしれない。

風見は教祖の足許に九ミリ弾を撃ち込んだ。

老女が後ずさって、後方に引っくり返った。杖《じょう》が手から離れる。教祖が杖《じょう》に右手を伸ばした。風見は走り寄って、教団主の右腕を踏みつけた。

そうしながら、銃口を巨漢に向ける。大男がぎょっとして、上体を起こした。

「お、おれを撃つ気なのか!?」

「教祖さまの許可がなければ……」

「撃たれたくなかったら、おれの仲間たちのロープを解《と》け！」

風見は声を張った。もちろん、ただの威《おど》しだ。巨漢が慌《あわ》てて立ち上がり、佳奈と岩尾のロープをほどいた。

「こっちの命令に従わなかったら、正当防衛ってことにして染宮清子を射殺しちまうぞ」

「あんたが除霊と称して、ほとんど価値のない水晶玉を高く売りつけたり、信者たちに多額の寄附を強《し》いてることはわかってる。それから、金のない若い女性信者に体を売らせてることもな」

「一部のマスコミがそんな中傷をしてるけど、わたし、後ろめたいことはやってないわ」

清子が反論した。

「そうなら、右近肇に二億円も口止め料を払う必要はなかったはずだ」

「そんなことまで知ってるの!?」

「ああ、脅迫者は右近だけじゃなかったんだろ？　経済アナリストの国枝理恵にもあんたが信者を騙してることを知られ、何か要求されてたんじゃないのか。え？」

「あの女はもっと信者を増やしたら、教団の経営指導をしてあげるから、浄財の四十パーセントを顧問料として払えと言ってきたのよ。あの女は強欲すぎるわ」

「だから、三人の番犬兼セックス・ペットの誰かに国枝理恵を絞殺させたのか？」

「違う！　わたし、国枝理恵なんか殺させてないわ。本当よ。信用できないんだったら、そこにいる小笠原《おがさわら》だけじゃなく、日比《ひび》と矢内《やうち》のアリバイを調べればいいわ。事件当夜はここでわたしの説話があって、三人は信者たちの世話をしてたんだから。その夜は百数十人の信者が集まったんだけど、出席者たちの氏名と連絡先も教えるわ」

「そこまで言うなら、あんたと三人のボディーガード兼セックス・ペットは五月十二日の殺人事件には関わってないんだろう。しかし、信者たちを騙してたことは詐欺罪に当たるぞ。担当の捜査員たちを呼ぶからな」

風見は女教祖から離れた。佳奈がきまり悪そうな顔で語りかけてきた。

「うまくやれると思ってたんだけど、女教祖に怪しまれちゃったんですよ。それで太い柱に縛りつけられちゃったの。でも、身分だけは絶対に明かさなかったわ」

「そうか」

「風見君、済まなかった。わたしも下手な芝居を見破られて、同じように小笠原って男にロープで柱に括りつけられてしまったんだ」

「二人が無傷だったんで、とにかく安心しましたよ」

風見は岩尾に笑顔を返した。数秒後、大広間に巨身の男たちが入ってきた。橋爪を追っていった二人組だ。

「おたくたちは？」

男のひとりが風見に顔を向けてきた。

「おれたちは警視庁の者だ。おまえら二人が追ってた若手刑事はどうした？」

「逃げられた。ピューマみたいに速《はや》かったんで、とても追いつかなかったよ」

「そうかい。二人とも撃たれたくなかったら、腹這いになって、頭の上で両手を重ねるんだっ」

風見は命じた。

男たちが顔を見合わせ、ほぼ同時に畳に這った。

「小笠原、日比、矢内、あんたたち三人はもうお払い箱よ。まだ若いくせにベッドで二ラウンドもこなせない上に、わたしをガードしきれなかったんだから」

女教祖が三人の番犬に冷ややかに言った。小笠原たちは何も言い返さなかった。

「捜二《そうに》に引き継ぎ捜査を頼んでくれ」

風見は懐から公用の携帯電話を取り出し、佳奈に投げた。

第五章　報復の構図

1

エレベーターが停止した。

三階だった。風見は函《ケージ》から出た。赤坂五丁目にある雑居ビルだ。

関東仁友会の企業舎弟『仁友エンタープライズ』は、エレベーターの近くにあった。

午後七時過ぎだった。

染宮清子と三人のボディーガードの身柄を担当刑事たちに引き渡すと、風見たち四人のメンバーはいったんチームの刑事部屋に戻った。成島は部下たちが危険な目に遭《あ》ったからか、自《みずか》ら四人に緑茶を淹《い》れてくれた。班長なりの犒《ねぎら》いのつもりなのだろう。

風見は一服すると、かつて所属していた組織犯罪対策第四課を訪ねた。『仁友エンタープライズ』に関する詳しい情報を集めるためだった。それで、企業舎弟の所在地を知ったのである。

　元部下たちの話によると、同社は急成長中のベンチャー企業に事業拡大を勧め、強引にやくざマネーを高利で貸し付けているという。相手側が断った場合は、さまざまな形で営業妨害をしているらしい。

　また、融通した金の返済が少しでも滞《とどこお》ると、関東仁友会の理事たちを相手企業の非常勤役員にさせているそうだ。そうした形で焦《こ》げつきを防ぎ、いずれは経営権まで手に入れるための布石《ふせき》なのだろう。

『仁友エンタープライズ』の半沢数馬《はんざわかずま》社長は五十三歳で、ちょっと見は堅気《かたぎ》風だという。だが、冷血漢で貸した金が回収できないとわかると、借り手を平気で自殺に追い込んでいるらしい。そして、遺族に渡った生命保険金は即座に毟《むし》り取っているそうだ。

　急性心不全で亡くなった右近肇は、『仁友エンタープライズ』のあくどいビジネスの証拠を集め、半沢社長を揺さぶり、二億円をせしめた疑いはあったという。だが、半沢は被害事実を認めなかったらしい。

　半沢は、外出時には必ず懐にポケット・ピストルを忍ばせているという噂があるそうだ。その話を聞いて、風見はその噂の真偽を確かめてみる気になった。

　半沢が護身用拳銃を持ち歩いていることが事実なら、追い込むことも可能だ。しかし、それを確かめるには違法捜査をするほか術《すべ》がない。

といって、成島班長やチームの仲間たちを巻き込むわけにはいかなかった。風見は自分ひとりが科《とが》を受ける覚悟をして、こっそりと特命遊撃班の小部屋を抜け出してきたのである。

あたりは無人だった。

風見は視線を巡《めぐ》らせた。火災報知器のボタンは、エレベーター・ホールから少し離れた通路の壁面に取り付けられていた。ボタンは椀《わん》型の透明なプラスチック製のカバーで覆われている。

風見は両手に白い布手袋を嵌め、火災報知器に歩み寄った。右の拳《こぶし》でプラスチック・カバーを叩き割り、ボタンを強く押す。すぐに警報音が高く鳴り響きはじめた。

風見は死角になる場所に身を隠した。テナント・オフィスのドアが次々に開き、大勢の男女が通路に飛び出してくる。誰もが不安げだった。

『仁友エンタープライズ』の社員たちも姿を見せた。やくざっぽい男は少ない。社員の多くは堅気に見える。だが、実際には関東仁友会の関係者なのだろう。

「火元はどこなんです？」

「それがわからないんだ。とにかく、早く表に避難したほうがいいでしょう」

「ええ、そうですね」

そんな会話が交わされ、人々がエレベーターに殺到した。焦《じ》れて階段を駆け降りる者もいた。

『仁友エンタープライズ』から最後に出てきたのは、半沢社長だった。元部下が見せてくれた顔写真よりも少し老《ふ》けているが、本人に間違いない。

渋いグレイの背広姿の半沢は黒いビジネス鞄を抱え、エレベーター・ホールに走った。しかし、多数の男女が固まっている。半沢は階段を下《くだ》りはじめた。それに倣《なら》う者が少なくなかった。

ほどなくエレベーター・ホールには誰もいなくなった。

風見は『仁友エンタープライズ』に向かって駆けた。事務フロアには、スチール・デスクが二十卓ほど並んでいた。左手の奥に社長室があった。

風見は社長室に直行した。

十五畳ほどのスペースだった。手前に応接ソファ・セットが置かれ、正面奥に桜材の両袖机が見える。

風見は社長席に歩《ほ》を進め、引き出しを上段から順に開けた。

最下段の引き出しの中には、木箱に収められたベレッタ三〇三二トムキャットが入っていた。イタリア製の護身用拳銃だ。

全長は十二センチ五ミリで、重量は四百十グラムと軽い。ハンマー露出式のダブル・アクションだ。口径は七・六五である。

風見は銃把《グリップ》から弾倉《マガジン》を引き抜いた。七発の実包が装塡《そうてん》されている。薬室《チェンバー》は空だった。初弾を薬室に送り込んでおけば、フル装弾数は八発になる。

風見はイタリア製のポケット・ピストルを木箱に戻し、それを元の場所に置いた。引き出しを閉めて、急いで『仁友エンタープライズ』を出る。

風見は、ふたたび死角になる場所に身を潜めた。

十分ほど経過すると、テナント・オフィスの従業員たちが職場に舞い戻ってきた。半沢も社員たちと一緒にオフィスに入った。

風見は五分ほど遣《や》り過ごしてから、企業舎弟の事務所のドアを開けた。出入口近くにいた二十七、八の男性社員が会釈《えしゃく》した。

「どちらさまでしょうか？」

「警視庁の者だ。半沢社長に用があるんだよ」

風見は奥の社長室に向かった。背後で、男性社員が何か言った。風見は黙殺して、いきなり社長室のドアを開けた。

半沢数馬は応接ソファに腰かけ、煙草を吹かしていた。

「失礼じゃないか。きみはどこの誰なんだ？」

「半沢さん、そんなに強気に出てもいいのかい？　おれは桜田門の人間なんだぜ」

風見は告げて、警察手帳の表紙だけを見せた。

「名前は？」

「風見だよ」

「組対四課か？」

「いや、五課だ。きょうは家宅捜索《ガサイレ》だよ。追っつけ同僚が令状《オフダ》を持ってくる」

「何の容疑なんだ？」

「銃刀法違反だよ。本庁《うち》に密告電話《タレコミ》があってな、あんたが外出時にいつもイタリア製のポケット・ピストルを持ち歩いてるという情報をキャッチしたんだ」

「虚偽情報《ガセネタ》だよ、そんな話は。おれは関東仁友会の盃《さかずき》を貰ってるが、荒っぽい筋者《すじもの》じゃない。一応、大学の商学部を出てるんだ。不良上がりの構成員と一緒にするな」

半沢が腹立たしげに言って、大理石の灰皿の底で喫《す》いかけの煙草の火を揉み消した。

「警察は真情報《マブネタ》と判断したんだよ。関東仁友会と反目《はんもく》してる組織からも似たような密告《チックリ》が入ってるんだ。護身用拳銃のベレッタ三〇三二トムキャットは、執務机の引き出しにでも入れてあるんだろう。検《しら》べさせてもらうぞ」

「令状を見せてもらわなきゃ、勝手なことはさせない」

「あんたは、そこに坐ってろ！」

風見は語気強く言って、社長席に接近した。両袖机の最下段の引き出しを開け、ポケット・ピストルの入った木箱を取り出す。

半沢が長嘆息《ちょうたんそく》した。風見は木箱を手にし、半沢の前のソファに坐った。

「やっぱり、情報は正しかったんだな」

「誰かがおれを陥《おとしい》れたくて、そんな物騒な物を執務机の引き出しに入れたんだろうな。こっちは護身拳銃なんか持ち歩いてないんだからさ」

「見苦しい言い訳だな」

「言い訳なんかじゃないっ」

「半沢さんよ、おれは駆け出しの刑事じゃないんだぜ」

「そうだろうが、身に覚えがないことだからな」

「あんた、あまり頭がよくないな」

「なんだと!?」

「イタリア製の護身用ピストルの銃身や銃把には、あんたの指紋や掌紋がべたべたとくっついてるはずだ。そんなことは、指紋鑑定ですぐにわかっちまう」

「あっ」

半沢がうろたえた。

「拳銃の不法所持の事実は認めるな?」

「それは……」

「どうなんだっ」

風見は木箱をコーヒーテーブルの上に叩きつけるように置いた。半沢が一瞬、身を竦《すく》ませた。

「認めるな?」

「ああ」

「トムキャットの入手経路は?」

「そいつは言えない」

「世話を焼かせやがる」

「な、なんとかならないのか。もちろん、見逃してくれるんだったら、それなりの礼はするよ」

「無理だね、もう裁判所から令状が下《お》りてるからな」

「そこを何とかしてもらえないか。頼むよ。警察社会も腐ってるじゃないか。以前、マスコミでさんざん叩かれたのに、いまだに警察は年間予算をきれいに遣《つか》い切ったことにして、余った金をプールしてるはずだ。一般警察官《ノンキャリア》たちは三文判と白紙の領収証を上司に渡されて、架空の捜査協力者の氏名と謝礼の額を書き入れ、せっせと裏金を捻出してるんだろ?」

「あんた、警察を脅迫してるつもりなのかっ」

「怒るなよ。政官財界の偉い奴らの圧迫に屈《くっ》して、いろんな事件も揉み消してやってるにちがいない。おれたちの稼業は、命《タマ》を狙われることもある。だから、やむなく自衛してるんだ。何も堅気の連中をビビらせるためにポケット・ピストル《ヤマ》を持ってるわけじゃないんだから、今回だけ大目に見てくれよ。この犯罪を担当してる刑事たちに二百万円ずつ渡すよ。担当係官は何人なんだい？」

半沢が穏やかな表情で取り入りはじめた。

「あんたから銭なんか貰ったら、懲戒免職になっちまう。そんな裏取引には乗れない。ただ……」

「ただ、何なんだ？」

「あんたが別の捜査に協力してくれるんだったら、銃刀法違反に目をつぶってやってもいい」

「そういうことなら、全面的に協力するよ」

「そうかい」

風見は、ほくそ笑《え》みそうになった。こんなに簡単に半沢が罠に掛かるとは思っていなかったからだ。

「何を知りたいんだ？」

「ストレートに訊くぞ。あんたは、右近肇に二億円を脅し取られたよな？」

「えっ」

「それじゃ、質問の答えになってないぜ。銃刀法違反で逮捕《パク》られたくないんだろ？」

「ああ、それはな」

「だったら、正直になるんだね」

「わかった。おたくが言った通りだよ。『仁友エンタープライズ』がちょっと強引なビジネスをしてることを右近に知られ、口止《ど》め料を払わされたんだ。右近は堅気《ネス》なんだが、関西の最大勢力の総長と親交があるんで、始末できなかったんだよ」

「そうか。右近が急死したことは知ってるよな？」

「ああ。かつて天才相場師と呼ばれてた男が心不全でくたばったことを知って、ほっとしたよ。もうたかられる心配がなくなったわけだからさ」

「そうだろうな。経済アナリストの国枝理恵は闇社会とのつながりがないんで、消しちまったのかい？」

「何を言い出すんだよ!?」

半沢が声を裏返らせた。

「なかなかの名演技だな。国枝理恵は、右近が『仁友エンタープライズ』から億単位の口止め料をせしめたことを嗅ぎつけてたはずだ。もちろん、彼女はこの企業舎弟《フロント》の弱みを知ってたんだろう。で、あんたに何か要求したんじゃないのか。あんたはダーティーなビジネスのことを表沙汰にされたくなかったんで、組織の準構成員か誰かに美人経済アナリストを殺害させた。そう疑えないこともないよな？」

「冗談じゃない。おれは、国枝理恵なんか誰にも殺《や》らせてないぞ。あの女は、うちの会社がベンチャー関係の新興会社に少しばかり強引な形で金を貸しつけてることは知ってたよ。しかし、口止め料を出せなんて一言も言わなかった。でもな、いずれ経済や経営の専門家たちをあちこちから引き抜いて、大規模な総合企業コンサルティング会社を興《おこ》すんで、闇の勢力が邪魔したときは関東仁友会に力になってもらいたいと言っただけだよ。こっちは協力すると答えておいたが、本気で力を貸す気なんかなかった」

「いまの話は本当なんだな？」

「ああ。相手は女なんだ。何か脅迫してきたら、そのときに何とかすればいいことじゃないか。だから、わざわざ急いで国枝理恵を片づける必要なんかなかったんだよ」

「それもそうだな」

「おたく、組対の刑事じゃないんだろ？」

「ようやく変だと思ったか。実は、別のチームに属してるんだよ」

風見は卓上の木箱をかたわらのソファに移して、懐から官給携帯電話を摑み出した。

「何をしてるんだ？」

「組対五課の者に来てもらう」

「話が違うじゃないかっ」

「おれは犯罪者とは裏取引なんかしない」

「騙したんだな、おれを」

半沢が歯嚙みした。風見は本庁組織犯罪対策第五課に電話をかけ、事の経緯を喋った。

三人の捜査員が駆けつけたのは、およそ二十分後だった。風見は押収した拳銃と半沢の身柄を引き渡し、先に『仁友エンタープライズ』を出た。

覆面パトカーは、雑居ビル近くの路上に駐《と》めてあった。風見はスカイラインに乗り込み、警視庁本部庁舎に戻った。

六階のアジトに上がると、チームのメンバーが安堵《あんど》した表情になった。

「行く先も告げずに色男がいなくなったんで、みんなで心配してたんだぞ。いったいどこで油売ってたんだ？」

成島が真っ先に口を切った。

「心配かけました。実は、『仁友エンタープライズ』に行ってたんですよ。社長の半沢数馬も本部事件には関わってないですね」

「シロだというんだな？」

「そうです。ちょっとした手品を使ったんですよ」

風見は経過をつぶさに話した。口を結ぶと、成島が苦く笑った。

「違法捜査だな。半沢が組対五課の連中に風見のルール違反を喋るにちがいない。そのときは、おれがなんとか庇《かば》ってやる」

「おそらく半沢は、余計なことは言わないと思うな。向こうにも裏取引を持ちかけてきた弱みがありますからね」

「なるほど、そうだな。怪しげな教団も企業舎弟もシロだったわけだが、新たな手がかりが予想もしない形で得られたんだよ」

「もったいつけてないで、早く話してください」

「いいだろう。きょうの午後に捜査一課長宛に一通の手紙が届いたんだ。差出人の名は記《しる》されてなかったんだが、パソコンで打たれた告発状と殿岡直樹が認《したた》めた一千万円の借用証のコピーが同封されてたんだよ」

「殿岡は、国枝理恵に借用証なんか求められなかったと言ってたがな。それから、借りた金は去年の暮れに元彼女にキャッシュで返したと言ってたんだが……」

「殿岡が嘘をついてたのかもしれないんだ。そして、ひょっとすると、弁理士が借金を返す当てがないんで、美人経済アナリストを殺害したかもしれないな。告発文には『国枝さんを絞殺した実行犯は殿岡直樹ではないようですが、彼が誰かに代理殺人を請け負わせたんでしょう。捜査本部でよく調べて、一日も早く被害者を成仏させてください』と打たれてたんだよ」

「借用証の写しと告発文は、どこにあるんです？」

風見は訊《たず》ねた。

「いま鑑識課《モン》で、指紋が付着してるかどうか検《しら》べてもらってるんだ。借用証のコピーや告発状から指紋が出たとしても、警察庁《サッチョウ》のAファイルに登録されてなければ、身許は割り出せない」

「そうですね。一千万円の借用証をコピーできそうなのは、国枝理恵の助手を務めてた二谷千登世だな。告発状を出したのは、彼女なんだろうか」

「色男、明日の午前中にでも橋爪とまた二谷千登世に会ってみてくれ。岩尾・八神班には、殿岡がなぜ借用証は書かなかったなんて嘘をついたかを探ってもらう」

班長が言った。

風見はうなずき、ポットやマグカップの載ったワゴンに足を向けた。喉が渇《かわ》いていた。

2

捜査車輛のターンランプが灯《とも》された。

大岡山二丁目の交差点に差しかかっていた。午前十時半過ぎだった。

「二谷千登世はハローワークに出かけてしまったかもしれないな」

風見は、運転席の橋爪に話しかけた。

「予《あらかじ》め電話をして、彼女に部屋にいてくれって頼むべきだったっすね」

「いや、そんなことしたら、被害者の元助手に警戒心を与えるだろう」

「警戒心って、風見さんは二谷千登世を疑ってるんすか？　きのうの午後に捜査一課長に郵送された告発の手紙からは二谷千登世の指紋も掌紋も出てないんっすよ」

「ああ、被害者の周辺の人間の指紋は借用証の写し、告発状、封筒に付着してなかったな。投函されたのは東京中央郵便局の消印とわかったが、差出人は特定できてない」

「ええ」

「そうなんだが、おれは告発状を出したのは二谷千登世だと睨んでる。彼女は、殿岡直樹が被害者から借りた一千万円を返済してないことを知ってたんだろう。殺された経済アナリストは、殿岡の借用証をオフィスに保管してたんだと思うよ」

「それを助手だった二谷千登世が知ってた。だから、彼女は殿岡が誰かに国枝理恵を始末させたと疑ったという読みっすね？」

橋爪が言いながら、スカイラインを左折させた。

「そうだ。まだ推測の域を出ないんだが、殿岡の供述とは逆で、被害者は元恋人に貸した金の返済をしつこく迫ってたんじゃないのかな。理恵は優秀なスタッフをあちこちから引き抜いて、総合企業コンサルティング会社を興そうと考えてた。一億八千万円の預金はあったが、まだ資金不足だったんだろう」

「だから、被害者は元彼氏に借用証を書かせて、再三、返済を迫ってたんすかね？」

「そうなんだろう。しかし、殿岡には借りた金を返す余裕がなかった。二谷千登世は先生が金を踏み倒されてはいけないと考え、オフィスで殿岡の借用証をこっそりコピーしてたんだろう。何カ月前かにな」

「なんで借用証を複写しなければならなかったんすか？　被害者は、ちゃんと殿岡の直筆の借用証を保管してあったわけでしょ？　そういうチャンスなんかなかったんじゃないっすかね？」

「橋爪、殿岡は被害者のオフィスを時々、訪ねてたんだぜ。理恵が手洗いに立ったときにでも、殿岡が借用証を盗み出すことは可能だろうが？」

「あっ、そうっすね。二谷千登世は、そういうことも想定して、殿岡の借用証を複写しておいたわけか」

「おれは、そう推測したんだよ。二谷千登世は、殿岡は信用できない奴と思ってたんだろう。弁理士は被害者と交際中に浮気して、恋愛関係を壊してしまった」

「そうっすね。それでも、殿岡は被害者にはまだ自分に未練があると感じ取って、一千万円の金を借りた。考えてみれば、図々しい野郎だな。被害者を裏切っておきながら、元彼女から遠ざかることなく、甘えるというか、利用してたんすから」

「意地やプライドはないんだろうな。二谷千登世はそう感じてたんで、ずっと殿岡を信頼してなかったんだろう。もしかしたら、殿岡は借用証の保管場所を千登世から聞き出そうとしたことがあるのかもしれないな」

「それで、被害者の助手は一層、殿岡に警戒心を持つようになったんすかね？」

「考えられないことじゃないだろう」

「そうっすね。それはそうと、殿岡の直筆の借用証は被害者の遺品の中には混じってなかったんでしょう？　あったら、これまでの捜査資料にそのことが書かれてるはずっすからね」

「そうだな。おそらく殿岡が事件前に被害者の事務所から自分の借用証を盗み出して、焼却したんだろう」

「風見さん、ちょっといいっすか。そうだとしたら、殿岡は被害者から一千万円を借りたことはないと空とぼけてもよかったわけでしょ？　国枝理恵は一千万円を現金で殿岡に手渡したって話だから」

「メガバンクから一千万円を引き出したのは被害者自身じゃなく、助手の二谷千登世だった。殿岡が理恵から金を借りた覚えはないとは空とぼけられないよ。被害者は助手には気を許してたようだから、一千万円を元恋人に貸してやるんだと洩らしてたかもしれないしな」

「そうっすね。自分、もう一つ疑問があるんすよ。でも、こんなことを言ったら、見込みのない奴だと思われそうだな。いいっす」

「おまえ、敏腕刑事だと思ってるのか⁉」

「そこまでうぬぼれてないっすけど、無能ではないと……」

「自信過剰だな。いいから、疑問に感じてることを言ってみろ」

風見は促した。

「は、はい。二谷千登世が告発の手紙を出したと思われることはわかりましたけど、なんでいまになって……。千登世は最初は長峰准教授を疑ってたのに、なんで殿岡を怪しみはじめたんすかね？」

「千登世は、捜査本部が早い時期に長峰に任意同行を求めると思ってたんだろう。ところが、そうはならなかった。それで、殿岡にも不審な点があることが気になってきたんだろうな。いまでは長峰よりも、殿岡のほうが疑わしいと感じてるんだろう」

「だから、警察に二谷千登世は手がかりを提供する気になったわけっすか」

「そうなんだと思うよ。千登世は第一期捜査中にも、警察に殿岡の借用証のコピーを送りつけるつもりだったのかもしれない。しかし、そのころはまだ長峰を怪しんでたし、告発者が自分だと殿岡に知られたら、服役後に何か仕返しをされそうだと……」

「二の足を踏んじゃったんすね？」

「そうなんだろう。だがな、このままでは事件は迷宮入りしてしまうかもしれない。だから、千登世は借用証のコピー、告発状、封筒に自分の指紋がつかないよう細心の注意を払って、警察に手がかりを提供する気になったんだろう」

「風見さんの話を聞いて、疑問がほぼ解けたっすよ。告発状の差出人は二谷千登世に間違いないっすね」

橋爪が車を民家の生垣《いけがき》に寄せた。『大岡山ハイツ』の数軒手前だった。

風見は先に車を降りた。空はどんよりと曇っている。正午前には雨になりそうだ。橋爪がスカイラインから出てきた。

二人は軽量鉄骨造りのアパートの外階段を上がって、二〇一号室の前に立った。

相棒が二谷千登世の部屋のインターフォンを鳴らす。

応答はなかった。部屋の主は仕事を探すため、すでに出かけてしまったのか。

橋爪がふたたびインターフォンを鳴らしかけたとき、二〇一号室のドアが勢いよく開けられた。

姿を見せたのは、三十二、三の柔和《にゅうわ》な顔つきの男だった。軽装だ。

「あなた方は？」

「警視庁の者だが、二谷千登世さんは外出されてるのかな？」

風見は問いかけた。

「千登世は、いいえ、二谷さんはベランダで洗濯物を干してるんですよ。ぼくは小出《こいで》、小出頼信《よりのぶ》といいます。彼女の婚約者なんです」

「そう」

「いま、彼女を呼んできます」

小出が体を反転させた。そのとき、奥から千登世が現われた。

「また捜査に協力してもらいたいんだが……」

「わかりました」

「おれ、ちょっとコンビニで煙草を買ってくるよ」

小出が千登世に言って、急いでスニーカーを履《は》いた。風見たちは、ドアの左右に散った。

「どうぞごゆっくり!」

小出が風見に言い、階段を駆け降りていった。風見は橋爪と二〇一号室の三和土《たたき》に並んだ。相棒が静かにドアを閉める。

「小出さんとは一緒に暮らしてるのかな?」

風見は部屋の主に問いかけた。

「いいえ。彼はたまに泊まるだけで、別のアパートを借りてるんですよ」

「婚約者は勤め人なの?」

「はい。中古車販売会社で働いてるんですけど、きょうは有給休暇なんで、昨夜《ゆうべ》からわたしの部屋にいるんです」

千登世が恥じらって、伏し目になった。首筋にキス・マークがくっきりと残っている。千登世は婚約者と熱い夜を過ごしたようだ。

「働き口は見つかったのかな？」

「いいえ、まだ見つからないんです。ハローワークに毎日通ってるんですけど、自分に適《あ》いそうな仕事がないんですよ」

「大変だね。いっそ小出さんと結婚して、専業主婦になっちゃえば？」

「彼の給料は多くないんです。だから、わたし、結婚しても当分は働きたいと考えてるんですよ」

「まだ若いんだから、そのうち希望通りの仕事に就《つ》けるんじゃないかな」

「そうだといいんですけどね。ところで、きょうは……」

「単刀直入に訊くが、捜査一課長宛に殿岡直樹の借用証の複写と告発状を送りつけたのは、きみなんじゃないのか？」

風見は、千登世の顔を見据えた。千登世が目を泳がせた。どうやら図星だったようだ。

「どうしてわかったんですか!?　自分の指紋がつかないよう気をつけてたんですけどね」

「やっぱり、そうだったんだな。殿岡の借用証を目にする機会のある者は限られてる。だから、差出人はきみではないかと見当をつけたわけさ」

「そうなの。確かに警視庁の捜査一課長宛に手紙を出したのは、このわたしです」

「被害者の死に殿岡が関与してると思ったのはどうしてなのかな？」

「先々月の中旬のある夕方、殿岡さんがふらりと事務所にやってきたんです。そのとき、先生はいませんでした。殿岡さんは、わたしの机の上にカルティエの腕時計の入った化粧箱を黙って置いたんです。プレゼントされる理由に思い当たらなかったんで、わたし、きょとんとしてたんですよ」

「そうしたら？」

「殿岡さんは、自分が先生に渡した一千万円の借用証の保管場所を教えてくれと言いました。わたしは保管場所を教えませんでした、知ってましたけどね。殿岡さんが何か悪いことを企んでると直感したからです」

「殿岡はブランド物の腕時計を持って、すぐに帰っていったのかな？」

「いいえ。わたしを椅子から立ち上がらせると、強く抱きしめてきました。それで唇を重ねてきそうになったんで、わたし、彼の足を思い切り踏んでやったんです。殿岡さんが怯《ひる》んだ隙に、わたしは事務所から逃げ出しました」

「殿岡はきみの体を奪って、借用証のありかを喋らせようと悪知恵を働かせたんだろう」

「そうだったんだと思います。四、五十分経《た》ってから事務所に戻ると、もう殿岡さんはいませんでした。カルティエの化粧箱も消えてました」

「きみは殿岡にされたことを国枝先生に告げ口したのかな？」

「いいえ、何も言いませんでした。先生が彼をすっかり嫌いになったわけじゃないと感じてたからです。殿岡さんに変なことをされたと話したら、先生がジェラシーを覚えて、わたしを……」

「解雇するんじゃないかとも思ったんだね？」

「ええ、そうです。わたし、いつか殿岡さんが事務所に忍び込んで一千万円の借用証を盗み出すかもしれないと思いました。それで先月の上旬、わたしは両手に布手袋をして、先生の机の引き出しに入ってた借用証を取り出し……」

「無断で複写したんだね？」

「はい、その通りです。国枝先生が殿岡さんの借用証がなくなってると洩らしたのは、四、五日後でした」

「被害者は殿岡直樹が借用証を盗み出したんだろうと疑ってる様子でしたっすか？」

　橋爪が会話に割り込んだ。

「そういう様子は見せませんでしたね。でも、先生はさほど焦《あせ》ってはなかったわ。もしかしたら、殿岡さんの仕業《しわざ》だと見抜いてたのかもしれません。だけど、先生は元恋人に未練があるんで、騒ぎたてる気はなかったんでしょう」

「でも、被害者は殿岡に貸した一千万円を踏み倒されてもいいとは考えてなかったんすよね？」

「全額、返してもらうつもりだったと思います。先生は、百万円ずつでもいいから毎月返してほしいと電話で殿岡さんに催促してましたんで」

「それに対して、借り手はどう言ってたんすか？」

「殿岡さんは毎回、もうしばらく待ってほしいと答えてたようですよ」

「そうっすか」

「被害者が優秀な経済や経営のスペシャリストたちをスカウトして、いずれ総合企業コンサルティング会社を興す計画だったという情報を入手したんだが、きみはそのことを知ってたのかな？」

風見は、相棒よりも先に口を開いた。

「そのことは先生から聞いてました。わたしは先生の秘書として使ってもらえることになってたんですよ」

「そう。新事業に乗り出すには、相当な金が必要なんだろう。被害者の遺品を引き取った父方の従兄の国枝護さんの話では、預金額は一億八千万円ほどしかなかったらしいんだ。それだけの資金で事業計画は実現させられるんだろうか。あちこちから優れたスペシャリストたちを引き抜くとなると、スカウト料だけでも二億円前後はかかりそうだがな」

「先生は大手商社やＩＴ関連企業大手にスポンサーになってもらえそうだから、事業資金の計画が頓座《とんざ》することはないだろうと言ってました」

「そう」

「告発状に書いたように、わたしは殿岡さんが第三者に先生を殺害させたんだと思ってます。殿岡さんの弁理士事務所は火の車みたいなんですよ。とても先生に一千万円を返せないんで、借用証を盗み出して……」

「誰かに殺人を代行してもらった？」

「ええ。ですから、殿岡さんのことをよく調べてほしいんですよ。彼と親しくしてるゴルフ仲間の元外交官は非合法ビジネスで荒稼ぎしてて、アウトローたちをたくさん知ってるようなんです。ですんで、人殺しを引き受けてくれる人物も探せるんじゃないかしら？」

「その元外交官というのは？」

「国枝先生から聞いた話によると、芝山諒輔《しばやまりょうすけ》という名で、ちょうど四十歳だそうです。その彼は二年数ヵ月前まで、在仏日本大使館で外交事務を担当してたらしいんです。いわゆる中堅外交官なんで、大使まで出世する望みはなかったんでしょう。そんなことで、芝山は大使館員時代に犯罪に手を染めてしまったみたいなんですよ」

「その中堅外交官は、どんな悪事を働いてたのかな？」

「芝山諒輔という男は現地の絵画窃盗団と共謀して、外交官特権を悪用し、盗品を数十点も日本に持ち込んでたそうです。それで、犯罪絡みの絵画を闇のブローカーに売ってたんですって」

「その事件は表沙汰になってないな。外務省高官が芝山の不祥事を揉み消したのかもしれないな」

「国枝先生も、あなたと同じようなことを言ってました。芝山は依願退職という形で職を辞したみたいですよ」

千登世が言って、前髪を掻き上げた。

「元外交官は、いま何をやってるんだい？」

「海外移住斡旋《あっせん》会社の代表取締役ということになってるらしいんですけど、ただのペーパー・カンパニーみたいですね。何か裏で悪いことをしてるんでしょう。国枝先生は、殿岡さんに元不良外交官とつき合うなと何度も忠告したようです。だけど、殿岡さんはいまも芝山という男と親交を重ねてるらしいんです」

「そう。殿岡のことだけではなく、元外交官についても少し調べてみよう。参考になる話を聞かせてもらって、ありがとう」

「どういたしまして。とにかく、先生の事件を一刻も早く解決してください」

「近いうちに必ず犯人を突き止めるよ」

風見は千登世に笑いかけて、橋爪に目配せした。

相棒が一礼し、ドア・ノブを回す。風見たちは二〇一号室を出た。千登世の自宅アパートを出て、捜査車輛に乗り込む。

風見は成島に電話で、新事実を詳しく報告した。

「二谷千登世は、そう言ってるのか」

「ええ。千登世の話は信用できませんか？」

「そういうわけじゃないんだが、岩尾の報告とは、だいぶ違うんでな。殿岡は借用証を書いたことを隠してたことは認めたそうだ。元恋人だった国枝理恵に信用されてないことを周囲の人間に知られるのが厭だったらしい。だがな、借りた一千万円は去年の暮れに被害者に現金で返済したと言い張ってるというんだよ」

「殿岡は嘘をついてるな。本当に金を国枝理恵に返したんなら、そのときに自分が書いた借用証を取り戻してるはずでしょ？」

「それについては、理恵が金を二重取りするわけないから借用証を返してくれとは言わなかったと言ってたそうだ」

「もっともらしいことを言ってるが、殿岡は被害者に毎月百万ずつ金を返してくれと言われてたようなんですよ。こと金銭に関しては、国枝理恵は元彼氏を信用してなかったんだと思うな。だから、ちゃんと借用証を書かせたんでしょう」

「色男は二谷千登世と同じように、殿岡直樹が誰かを使って国枝理恵を殺《や》らせたんではないかと考えてるようだな?」

「その疑いはゼロではないでしょうね。殿岡に頼まれて、誰かが国枝理恵の事務所に忍び込んで、一千万円の借用証を盗み出したんじゃないのかな」

「つまり、殿岡は借りた金を返してなかったってことだ?」

「そう考えてもいいでしょう。自分の借用証さえ取り戻してしまえば、一千万円は現金で被害者にすでに返してると言い張れますからね」

「そうだな。殺人の実行犯は、ゴルフ仲間の元外交官の芝山諒輔が紹介してくれたんだろうか」

「そうなのかもしれません。班長、芝山に関する情報を集めてもらえますか。二谷千登世の話が事実なら、元外交官は犯罪のプロたちをブレーンに抱えてるはずです。その中に美人経済アナリスト殺しの真犯人《ホンボシ》がいるかもしれませんから」

「わかった。風見と橋爪は新橋に向かってくれ。岩尾・八神班と合流して、殿岡の動きを探《さぐ》ってほしいんだ。岩尾には、おれが電話をしておく」

成島が通話を切り上げた。

風見はスカイラインを新橋に向かわせた。覆面パトカーはただちに走りはじめた。

3

プリウスが視界に入った。

岩尾・八神班の車は、殿岡のオフィスのある雑居ビルの三十メートルほど手前で張り込み中だった。

風見は、スカイラインをプリウスの二十数メートル後方に停めさせた。すぐに車から出て、プリウスの後部座席に乗り込む。

運転席には、佳奈が坐っていた。助手席の岩尾が振り向いた。

「班長から電話があったよ。二谷千登世が言った通りなら、殿岡直樹が金を返す当てがないんで、第三者に被害者を葬らせたんだろうな」

「その疑いが濃くなりましたね。ただ、金のゆとりのない殿岡が実行犯に数百万円の成功報酬を払えるだろうか。おれは、そのことにちょっと引っかかってるんですよ」

「元外交官の芝山は何か非合法ビジネスで荒稼ぎしてるようだから、代理殺人の謝礼を立て替えてやったのかもしれないね」

「それは考えられそうだな。芝山は殺しの報酬を立て替えてやって、殿岡を闇ビジネスの仲間に引きずり込む気でいるのかもしれないですね」

「風見君、それ、考えられるんじゃないか。殿岡は本業で盛り返せる自信がないんで、元外交官と同じように開き直って悪党に徹する気になったんではないのかな」

「そうなのかもしれませんね。前科を背負《しょ》う覚悟さえあれば、ダーティー・ビジネスでいくらでも甘い汁は吸えますから」

「ああ、そうだね」

「お二人の読み筋にケチをつける気はありませんけど、殿岡直樹はまだそこまで開き直ってはないんではないのかしら？」

佳奈が口を挟んだ。風見は佳奈に目を向けた。

「八神は、殿岡は元外交官の悪事の片棒を担ぐ気になるほど捨て鉢にはなってないのではないかと思ってるんだな？」

「ええ。弁理士事務所の経営は苦しいんでしょうが、殿岡に盛り返すチャンスがまったくなくなったわけじゃないと思うんですよ」

「ま、そうだろうな」

「元外交官の芝山みたいに犯罪者の烙印《らくいん》を捺《お》されてしまったわけではないですから、またビジネス・チャンスを摑むことができるかもしれません」

「そうなんだが、社員の給料をカットしたままじゃ、スタッフがいなくなってしまうかもしれない。家賃の支払いもできなくなったら、いっそグレちまうかと思ってもおかしくはないぜ」

「男性はそういう発想になるんですかね？　女のわたしは、まだ殿岡直樹は捨て鉢にはなってないような気がしますけど」

「八神さんは、殿岡が第三者に国枝理恵を殺させてはいないと考えてるのかな？」

岩尾が訊いた。

「というよりも、被害者の死に元恋人が絡んでるとは思いたくないんですよ。だって、哀《かな》しすぎるでしょ？　殿岡の浮気が原因で二人は別れることになったわけですけど、恋人同士だったんですから」

「痴情《ちじょう》の縺《もつ》れや金銭トラブルで夫婦や恋仲の二人が相手の命を奪う事案は珍しくないと思うがな」

「そうなんですけどね」

「八神は、殿岡が去年の暮れに被害者に借りてた一千万円をそっくり返したと思ってるのか？」

風見は問いかけた。

「いいえ、まだお金は返してないんだと思います。二谷千登世さんの証言通りなら、しつこく被害者に一千万円の返済を迫られてた殿岡は頭を抱えてたでしょう。でも、かつての恋人を抹殺してしまえと短絡的になるとも思えないんですよ」

「被害者に弱みを知られてた会社や個人はシロだという心証を得たんだが、実は真犯人はそうした中にいるんじゃないかと考えてるのかい？」

「ううん、そういうわけじゃないんですよ。ただ、わたしの勘では……」

「殿岡はシロかもしれないと言うんだな？」

「ええ、まあ。風見さんは、殿岡が第三者に被害者を片づけさせたと睨んでるんでしょ？」

「消去法で、殿岡が臭いとは思ってるよ。ただ、まだ確証を摑んだわけじゃないから、任意同行は求められないがな」

「そうですね」

「とにかく、しばらく殿岡の動きを探ってみよう。八神、車のポジションを替えようや。スカイラインが前に出るんで、プリウスは後方に回ってくれ。それで、一時間ごとにポジションを替えることにしよう」

「わかりました」

美人警視が短く答えた。

風見は車を降りた。プリウスが走りはじめた。佳奈は覆面パトカーを迂回《うかい》させ、スカイラインの後方につける気なのだろう。

風見はスカイラインに戻った。捜査車輛を二十メートルあまり前進させ、張り込みを開始した。

雨が降りだしたのは午後一時過ぎだった。

見通しが悪くなった。二台の捜査車輛は、それぞれ十メートルほど雑居ビルに近づいた。

チームの四人はハンバーガーで空腹感を満たしながら、張り込みをつづけた。成島班長から風見に電話があったのは、午後三時ごろだった。その少し前に雨は止んでいた。

「理事官が各管理官に指示して、元外交官に関する情報を集めさせてくれたんだが、芝山諒輔はとんでもない悪党だったよ。海外移住斡旋会社は、やっぱりペーパー・カンパニーだった」

「そうですか。で、芝山はどんな非合法ビジネスをしてるんです？」

「新司法試験制度が導入されてから、やたら弁護士が増えたよな？」

「ええ、そうですね。いまや全国には三万数千人の弁護士がいて、若手は居候弁《イソベン》護士にも軒先弁護士《ノキベン》にもなれない者が千人近くいるそうじゃないですか」

「元検事の有名弁護士なんかは、大手企業の顧問になって年収何億円も稼いでる。しかし、そういった恵まれた弁護士はごく一握りで、弁護士の平均年収は六百万円そこそこだ。地方の弁護士の中には、生活保護を受けてる者さえいるらしいよ」

「そうみたいですね」

「芝山は喰《く》えない若手弁護士たちを使って、さまざまな犯罪者集団に法の抜け道を教え、法外な相談料を払わせてるようだぜ。それだけじゃない。元外交官は元傭兵や破門やくざに誘拐ビジネスをやらせてるらしいんだ」

「ギャング顔負けですね」

「そうだな。人質に取られたのは外資系企業の日本支社長の妻や娘で、全員が誘拐犯たちに身を穢《けが》されたようだ。しかも、レイプ・シーンを動画撮影されてるんで、誰も億前後の身代金を払わざるを得なかったらしい」

「そんな奴らを野放しにしておいたら、警察の恥だな」

「色男の言う通りなんだが、被害届を出した日本支社長がひとりもいないそうなんだよ。妻や娘が辱《はずかし》められてる動画がネットにアップされることを恐れてるにちがいない」

「そうなんでしょうね」

「芝山は乃木坂《のぎざか》の高級賃貸マンションに住んでて、フランス系カナダ人のカトリーヌ・コクトーという二十四歳の元留学生を愛人にしてるそうだ。その彼女の自宅マンションは、広尾《ひろお》にある」

「殿岡は芝山と親しくしてるという話でしたが……」

「ああ、そうなんだ。殿岡が芝山の自宅マンションの『乃木坂グレースタワー』を訪ねてることもわかった。部屋は二一〇五号室だ。風見、よく聞いてくれ。五月七日の深夜、

『乃木坂グレースタワー』の近くの雑居ビルの屋上からブラックジャーナリストの堀江《ほりえ》将《まさる》、三十六歳が転落死したんだ。所轄署で事故死として処理されて司法解剖はされなかったんだが……」

「事故に見せかけた他殺の疑いがあるんですね？」

「そうなんだ。というのは、堀江は元外交官のダーティー・ビジネスの証拠を集めてたらしいんだよ。情報源《ネタモト》は組対四課の課長だから、信用してもいいだろう。それでな、当夜の現場付近の防犯カメラの映像に黒いスポーツキャップを目深《まぶか》に被ってる殿岡直樹が映ってたんだ」

成島が言った。

「なんですって!?　もしかしたら、殿岡と芝山は交換殺人を企んだんじゃないんだろうか」

「風見も、そう思ったか。おれも、そんな気がしたんだよ。殿岡は芝山に国枝理恵を始末してもらう約束を取りつけ、先に元外交官の非合法ビジネスのことを嗅ぎ回ってたブラックジャーナリストを雑居ビルの屋上から投げ落としたんじゃないだろうか。死んだ堀江のジャケットの前ボタンが屋上の手摺《てすり》の近くに一つ転がってたというんだ。誰かと揉み合ってる最中にボタンが千切《ちぎ》れたんだろうな」

「堀江というブラックジャーナリストと揉み合ってたのは、殿岡ではないかってことですな？」

「そう。堀江が手摺を跨いで自ら身を躍《おど》らせたんなら、上着のボタンが取れるはずないよね？」

「普通なら、そういうことは考えにくいですね」

「芝山は危険人物の堀江を殿岡が殺《や》ってくれたんで、五月十二日の夜、今度は自分が国枝理恵を始末したとも筋が読めるんじゃないか？」

「ええ、まあ。しかし、元外交官は犯罪のプロたちを使って、危《ヤバ》いことをしてきたんでしょ？　だったら、芝山自身が自ら手を汚すとは考えにくいな」

「そう言われると、確かにな。元外交官は、ゴルフ仲間の殿岡が邪魔者の堀江将を葬ってくれたんで、ブレーンの荒くれ者に本部事件の被害者を革紐で絞め殺させたのかもしれない。多分、そうなんだろう」

「と思いますが、班長、捜査本部《チョウバ》から事件当夜の現場付近の防犯画像を取り寄せて、改めて映像の解析をしてくれますか？」

「そうしよう。九係か十係の連中には、ブラックジャーナリストが転落死した夜の現場付近の防犯カメラの映像のチェックを頼むよ。スポーツキャップの男が殿岡に間違いないと思うが、念には念を入れないとな」

「そうですね」

「色男、殿岡の張り込みは岩尾・八神班に任せて、おまえさんと橋爪は『乃木坂グレースタワー』に回ってくれ。元外交官が自宅マンションにいなかったら、愛人宅に行ってくれないか」

「了解！　カトリーヌ・コクトーの自宅マンション名は？」

「『広尾スカイコート』の八〇八号室だよ。番地は広尾三丁目だ。いったん電話を切ったら、そっちの携帯に芝山とカトリーヌの写真メールを送信する」

「わかりました」

風見は通話を切り上げた。

少し待つと、元外交官とフランス系カナダ人女性の顔写真が送信されてきた。

芝山はハンサムだった。カトリーヌ・コクトーも美しい。風見は相棒に班長から聞いた話を伝え、岩尾の公用携帯電話を鳴らした。

スリーコールの途中で、通話状態になった。風見は、成島から教えられた情報をそのまま喋った。

「殿岡直樹と芝山諒輔が交換殺人を企んだのかもしれないな。それ、考えられるな。殿岡が堀江というブラックジャーナリストを事故を装って殺した疑いはあるが、芝山が直《じか》に国枝理恵を絞殺したとは思えないな。おそらく実行犯は手下の無法者なんだろう」

「おれも、そう推測してるんですよ。そんなわけで、おれたちは芝山の自宅マンションに向かいます」

「わかった。殿岡が気になる人物に会ったら、すぐ風見君に連絡するよ」

岩尾が電話を切った。風見はモバイルフォンを折り畳み、小さく顎《あご》をしゃくった。

橋爪がスカイラインを発進させた。

二十分そこそこで、『乃木坂グレースタワー』に着いた。風見は相棒を車内で待たせ、高級賃貸マンションの集合インターフォンの前まで進んだ。

芝山の部屋番号を押したが、なんの応答もなかった。外出しているようだ。

風見はスカイラインの中に戻った。

「芝山は留守のようだ。カトリーヌ・コクトーの塒《ねぐら》に行ってくれ」

「はい」

橋爪が捜査車輛を走らせはじめた。

目的のマンションを探し当てたのは、十六、七分後だった。

「カトリーヌが在宅してるかどうか、自分が確認してくるっすよ」

若い相棒が運転席を離れ、『広尾スカイコート』のアプローチに走り入った。一分ほどで駆け戻ってきた。

「芝山の愛人《レコ》も留守みたいっすよ。近くのスーパーにでも行ったんすかね?」

「少し待ってみよう。早く乗れ。それで、数十メートル車をバックさせてくれないか」

風見は橋爪に言って、上着のポケットから煙草と簡易ライターを摑み出した。

4

腰が強張《こわば》りはじめた。

あと数分で、午後六時になる。カトリーヌ・コクトーはまだ帰宅する様子がない。

風見は吐息をついた。

「フランス系カナダ人は遠くまで出かけたようっすね。ひょっとしたら、芝山諒輔とゴルフ・コースを回ってたのかな？」

「そうなのかもしれない。あるいは、友人とショッピングをして、夕飯を一緒に喰うことになってるんだろうか」

「どっちにしても、そのうち自宅に戻ってくると思うっすよ」

相棒の橋爪が口を閉じた。そのすぐあと、風見の公用携帯電話が鳴った。発信者は佳奈だった。

「殿岡はまだオフィスにいるんですが、少し前に捜査対象者《マルタイ》の事務所から引っ越し会社の営業マンが出てきたんですよ」

「家賃の負担が重くなったんで、もっと安い雑居ビルに移動する気になったたか」

「いいえ、逆なんですよ。引っ越し会社の営業マンの話だと、殿岡は事務所を来週の末に六本木の高層オフィスビルに移すことになってるらしいんです。家賃は月百二十万だそうです」

「ずいぶん余裕があるな。社員たちの給料をカットしたままなのに、よく家賃の高い新しいオフィスに移れるもんだ。殿岡は芝山と交換殺人を共謀したんじゃなく、単に人殺しを請《う》け負《お》って、高額の成功報酬を芝山から貰ったただけなのかもしれないぞ」

「つまり、殿岡は芝山の身辺を嗅ぎ回ってたブラックジャーナリストの堀江将を五月七日の夜、事故に見せかけて雑居ビルの屋上から投げ落として死なせたってことですね？」

「ああ、そうだ。交換殺人なら、報酬の遣《や》り取りはないはずだよ」

「ええ、そうですね。殿岡は芝山の代わりに堀江を亡き者にしてやり、元外交官は弁理士の元恋人の国枝理恵を始末してやる。それで、貸し借りはないわけですものね」

「そうだな。最初は芝山も、殿岡の代わりに国枝理恵を片づけるつもりだったのかもしれないな」

「しかし、いざとなったら、芝山はビビってしまった？」

「そうなんじゃないのかな。自分の手で国枝理恵を殺《や》るだけの度胸はない。といって、手下の荒っぽい奴らに殺人《コロシ》を代行させたら、その相手に弱みを摑まれたことになる」

「ええ、そうですね。芝山は約束を破ってしまったんで、殿岡に相当な額の成功報酬を払ってやったんでしょうか？」

「そういう推測もできるな。殿岡は殺しの報酬でオフィスを移転させ、弁理士の仕事に改めて励む気でいるんじゃないのか」

「風見さんの読み通りなら、本部事件の被害者を始末したのは誰なのかな。芝山が殿岡に多額の報酬を払ってたとしたら、手下の元傭兵か元やくざに国枝理恵を殺させる必要はないわけですよね？」

「そうだな。美人経済アナリストは、意外な人物に恨まれてたのかもしれないぞ」

「その人物に誰か思い当たります？」

「いや、すぐに思い当たる奴はいないな」

風見は首を横に振った。

「被害者は自分の野望を遂げたくて、弱みのある企業、団体、個人に秘密を握ってると揺さぶりをかけてましたよね？」

「ああ。しかし、その中に犯人《タマ》と思われる人物はいなかった。捜査が甘かったということはないだろう。殿岡が第三者に国枝理恵を片づけてもらった疑いはあったんだが、芝山が交換殺人の約束を果たしたかどうか怪しくなってきたな」

「風見さんの読み筋に異論を唱えるわけではないんですけど、殿岡に何か思いがけない臨時収入があったとは考えられませんか？」

「たとえば？」

「宝くじで大当たりしたとか、親の遺産が転がり込んできたとか」

「殿岡の親が資産家だという話は聞いてないな。宝くじで特賞を射止《いと》める確率は、きわめて低いはずだ」

「ええ、そうですね。殿岡は被害者に借りた一千万円をなかなか返せないんで、苦し紛《まぎ》れに恐喝《カツアゲ》を働いたんですかね？」

「殿岡に恐喝するだけの度胸があるんだったら、もっと早く誰かを強請《ゆす》ってたと思うぜ」

「そうか、そうでしょうね。そうなると、風見さんが言ったような推測になるのかな。殿岡は芝山の代わりに堀江というブラックジャーナリストを始末してやって、多額の成功報酬を得たんでしょうか？」

「おれはそんな気がしてきたんだが、まだわからない。もしかしたら、殿岡は芝山の非合法ビジネスの手伝いをして、まとまった謝礼を貰ったのかもしれないからな」

「仮にそうだとしたら、国枝理恵を絞殺したのは芝山諒輔の手下の誰かかもしれないのね。芝山自身が実行犯になったとは考えにくいというならば……」

「芝山が手下にも国枝理恵を殺させてないとしたら、被害者か、その血縁者が誰かの恨みを買ってしまったんじゃないのかな？」

「そうなのかもしれませんね。班長に、そっちは調べてもらいましょうよ」

「あとで、おれが成島さんに頼んでおく」

「お願いします」

「わかった。芝山もカトリーヌも自宅マンションにいないんだよ」

「二人で旅行に出かけちゃったのかしら？　いま、風見さんたちはどちらで張り込んでるんです？」

佳奈が訊いた。

『広尾スカイコート』のそばにいるんだ。午後七時半を回ったら、芝山の家《ヤサ》に移動するつもりだよ」

「そうですか。殿岡が事務所から出てきたら、また連絡します」

「ああ、頼む」

風見は終了キーをいったん押し、班長のモバイルフォンを鳴らした。ツウコールで、電話はつながった。

「ちょうど風見に電話しようと思ってたんだ。例の防犯画像解析のことなんだが、最大に拡大してもスポーツキャップの男が殿岡直樹とは断定できなかったらしいんだ。鼻、口許、顎の線は酷似してるんだが、肝心の両眼の陰影が濃いんで、殿岡本人とは言い切れないそうなんだよ」

「そうですか。しかし、スポーツキャップを目深《まぶか》に被ってた不審な男は十中八、九、殿岡でしょうね」

「色男、確信ありげだな。何か摑んだのか？」

「岩尾さんか八神から、近く殿山が事務所を移転する予定になってるという報告は上がってますよね？」

「ああ。殿岡が急に金回りがよくなったんで、少し訝《いぶか》しく思ってたんだ。弁理士は、スポンサーを見つけたのかね？」

成島が言葉を切った。

風見は、殿岡と芝山が交換殺人計画を謀《はか》った疑いがあることを語った。そして、それを実行したのは殿岡だけだったのではないかと付け加えた。

「殿岡は約束通り、芝山のダーティー・ビジネスを知ったと思われるブラックジャーナリストの堀江を転落死に見せかけて始末した。しかし、芝山のほうは国枝理恵を片づけることができなかった。その代わり、元外交官は殿岡に殺しの報酬をたっぷりと渡したんじゃないかってことか」

「ええ。成島さん、どうでしょう？」

「風見の読みは外れてないと思うよ。それだから、殿岡は新しいオフィスを借りることができたにちがいない」

「多分、そうなんでしょうね」

「芝山は本部事件にタッチしてないとなると、またまた捜査は振り出しに戻っちまうわけか。まいったな」

「別にゼロ地点に戻ったわけじゃありません。国枝理恵自身か、身内の誰かが犯人《ホシ》にひどく恨まれてたんじゃないのかな」おそらく復讐による殺人だったんでしょう」

「報復殺人だったのか。「被害者の母方の叔父の稲葉典生は数カ月前に急死してるな。経営コンサルタントだったんだが、あこぎな商売をやってたんだろうか」

「班長、稲葉に関する情報をできるだけ多く集めてもらえます？」

「わかった。しかし、被害者の叔父があくどい仕事をしてたとしても、姪《めい》まで恨まれるかね？」

「犯人は稲葉に恨みがあって、ずっと命を狙ってた。ところが、急死されてしまった。それで、坊主憎けりゃ……」

「そうなんだろうか。もしかすると、経済や経営の知識の豊富な被害者は叔父に何かアドバイスをしてたのかもしれないぞ」

「成島さん、そうなんでしょう。ええ、考えられますよ。それで、国枝理恵は加害者に恨まれてたんじゃないのかな」

「とにかく、稲葉典生のことを調べてみるよ」

成島が先に電話を切った。風見は携帯電話を折り畳み、橋爪に通話内容をかいつまんで話した。

「画像解析で不審者がほぼ殿岡だろうと思われるんだったら、任意同行《ニンドウ》を求めてもいいと思うっすけどね。それで殿岡に問題のビデオ画像を観《み》せれば、芝山諒輔に頼まれてブラックジャーナリストの堀江を殺害したことを吐くでしょ？　そうなれば、芝山だって……」

「当初は殿岡と交換殺人の計画を練《ね》ったと吐くだろうって言いたいんだな？」

「そうっす。けど、芝山は自分は約束を果たせなかったんで、殿岡に多額の殺人《コロシ》の報酬を払ったと供述するはずっすよ」

「おれもそうしてもいいと思うが、理事官はまだ時期尚早だと考えてるんだろう」

「そうなんでしょうね」

橋爪が口を結んだ。

数分後、岩尾から風見に電話がかかってきた。

「少し前に対象者《マルタイ》がビルの外に出てきて、すぐにタクシーに乗り込んだ。わたしたちは現在、タクシーを追尾中なんだ」

「そうですか。殿岡の目的地がわかったら、すぐに連絡を頼みます。場合によっては、岩尾・八神班に合流しますんで」

「わかった」

「こちらにも動きがあったら、連絡をします」

風見は通話を切り上げ、相棒に殿岡がオフィスを出たことを告げた。

「殿岡が芝山に会いに行くんだったら、二人同時に揺さぶりをかけられるんすけど、そんなふうに事が都合よく運ばないっすよね？」

橋爪が言った。

「だろうな」

「話は飛びますけど、殿岡がブラックジャーナリストを芝山の代わりに殺《や》ったとしたら、いったいどのくらいの報酬を貰ったんすかね？　二千万ぐらい貰ったのかな？」

「殿岡は一応、弁理士事務所を経営してるんだ。赤字つづきでも、景気が好転すれば、年商はアップするだろう。その程度の成功報酬じゃ、人殺しはやらないだろうな。報酬は五千万以上なんじゃないのかね？」

「そ、そんな高額っすか⁉」

「元外交官は非合法ビジネスで荒稼ぎしてるようなんだ。そのくらいの金は楽に払えるだろう。それに、芝山諒輔には負い目があると考えられる」

「交換殺人を殿岡と共謀したにもかかわらず、芝山は国枝理恵を始末してないみたいだから、当然、借りがあるはずだってことっすね？」

「そうだ。芝山は、殿岡に一億円ぐらい払ったのかもしれないな。さらに、芝山のダーティー・ビジネスの儲けの一部を回せと要求したとも考えられる」

「殿岡はそんなに強気になれるっすかね？　芝山に頼まれたとはいえ、堀江ってブラックジャーナリストを事故を装って殺してるようなんでしょ？」

「確かに殿岡にも弱みはあるよな。しかし、弁理士は芝山のために堀江を殺《や》ったんだろう。それなのに、芝山のほうは約束を破って、国枝理恵を片づけなかったようなんだ。立場は、殿岡のほうが優勢だよ」

「そうなるのか。ええ、そうっすね」

「殿岡が芝山の愛人のカトリーヌ・コクトーに気があるんだったら、彼女を寄越《よこ》せと言うかもしれないぜ」

「女好きだという噂のある風見さんらしい発想っすね。カトリーヌは美人っすけど、お古でしょ？　芝山の愛人を欲しいと思うっすかね？　自分だったら、ノーサンキューっす」

「東洋人の男は、総じて若い白人女性には弱いもんだ。洋画に出てくるような美女を彼女にしたいと思う奴は少なくないんじゃないか？」

「叶うなら、そうしたいと願う男は多いかもしれないっすね。自分はそれほど白人女性に憧れてないっすけど、綺麗なブロンド娘を連れて歩いてたら、なんとなく誇らしい気持ちになりそうっすからね。カトリーヌは金髪じゃなくて、栗毛っすけど」

「そうだな」

「風見さんは白人女性とつき合ったことがあるんすか？」

「二十代のころ、オーストラリア人の英会話学校の講師と半年ぐらい親密な間柄だったことがあるよ」

「やっぱり、誇らしい気持ちだったんすか?」

「そういう気分にはならなかったな。でも、文化や習慣の違いが新鮮だったし、外見も悪くなかったんだ。だけど、日本女性のような羞恥心《しゅうちしん》は見せなかったし、情緒に乏しくてな」

「それで、飽《あ》きちゃったんすね?」

「早く言えば、そうだな。レディー・ファーストの精神を忘れると、たちまち不機嫌になるんだよ。そのくせベッドでちょっとサービスしてやると、ベイビーの連発だからな。違和感を覚えて、結局、うまくいかなくなっちゃったんだ」

「そうでしょうね」

「なんだか話が脱線しちまったな」

風見は苦笑して、口を閉じた。

岩尾警部から二度目の電話があったのは、十数分後だった。

「殿岡は紀尾井町《きおいちょう》のオオトモホテルの一階のグリルにいる。芝山諒輔やカトリーヌ・コクトーと食事をしはじめたんだが、ちょっと様子が変なんだよ」

「何が変なんです?」

「カトリーヌは殿岡がグリルに入ると、にこやかに笑いかけたんだ。殿岡はカトリーヌの横に腰かけて肩を抱き寄せ、片手を握ったんだよ。フランス系カナダ人は、芝山の愛人なのにね」

「多分、いまは殿岡がカトリーヌの彼氏なんでしょう。そうじゃないとしたら、殿岡と芝山はカトリーヌを共有してるんだろうな」

「風見君、どういうことなんだい？」

「おそらく殿岡は、堀江を始末してやった報酬のほかにカトリーヌを譲れって芝山に要求したんでしょう。芝山は交換殺人の約束を守らなかったんで、殿岡の要求を呑《の》まざるを得なくなったんだろうな」

「そう言われてみると、芝山はつまらなそうな顔してたな。きみの言った通りなのかもしれない」

「いま岩尾さんたちはどこにいるんです？」

「ホテルのロビーにいるんだ。八神さんと代わる代わるにグリルの中をさりげなく覗くことになってるんだよ」

「なら、おれたちもオオトモホテルに急行します」

風見は電話を切り、殿岡が芝山とカトリーヌと一緒に夕食を摂《と》っていることを話した。カトリーヌと殿岡が並んで坐っていることも付け加えた。

「風見さんの言った通りじゃないっすか。殿岡は殺人の報酬だけでは満足できなくて、カトリーヌ・コクトーを譲ってもらったんでしょう。カトリーヌは、どういう神経の持ち主なんすかね？」

「愛人手当が欲しくて芝山の世話になってただけなんだろうから、パトロンが別の男になってもあまり抵抗はないいんだと思うよ。欧米人は物の考え方が実に合理的だからな」

「それにしても、前のパトロンと現在の彼氏と一緒に飯を喰《く》う神経が自分にはわからないっすね。殿岡は一種の下剋上《げこくじょう》の歓《よろこ》びを味わってるんでしょうから、芝山と同席してても不思議じゃないっすけど」

「そうだな」

「自分、絶対に大和撫子《やまとなでしこ》と結婚するっす。ええ、決めました」

橋爪が真顔《まがお》で言って、スカイラインを走らせはじめた。

数十メートル進んだとき、背後で二輪車の走行音がした。風見はルームミラーとドアミラーの両方に目をやった。

黒っぽい色のスクーターが後ろを走っている。ヤマハのスクーターだった。四百ccだろう。ライダーは、黒いフルフェイスのヘルメットを被っていた。体つきから察して、三十代前半の男だろう。

『乃木坂グレースタワー』付近で同じスクーターを見た記憶がある。尾行されているのか。

「橋爪、ちょっと車を路肩《ろかた》に寄せてくれ」

風見は指示した。

「どうしたんす?」

「後続のスクーターをな、芝山の自宅マンションの近くで見たような気がするんだよ」

「えっ!?」

「ミラーの角度を変えたりするなよ」

「は、はい」

橋爪が覆面パトカーをガードレールに寄せた。風見はドアミラーに視線を注いだ。

スクーターが、急に脇道に入った。ライダーは、尾行に気づかれたと思ったのだろう。

「迂回して、怪しいスクーターを待ち伏せします?」

「いや、このままオオトモホテルに向かってくれ」

「はい。スクーターの男は、殿岡か芝山に雇われたんすかね?」

「そのどちらかだとしたら、また覆面《メン》パトを追尾してくるだろう。そのとき、うまく後方に回ってスクーターのナンバーを読み取ればいいさ」

「そうっすね」

相棒が、またスカイラインを走らせはじめた。

　風見はミラーを仰《あお》いだ。大型スクーターは脇道から出てこなかった。

　二十分弱で、老舗ホテルに着いた。

　風見たちコンビは地下駐車場から、一階のロビーに上がった。岩尾と佳奈は別々にソファに腰かけ、人待ち顔をこしらえていた。どちらの位置からも、グリルの出入口はよく見えるはずだ。

「おまえは岩尾さんにごく自然に近づいて、殿岡たち三人の様子を教えてもらってくれ」

　風見は若い相棒に耳打ちして、佳奈のいるソファに向かった。美人警視から少し離れて坐り、口許に手を当てる。

「その後、何か変化は？」

「特にありません」

　佳奈がうつむき加減で答えた。

「殿岡は、芝山からカトリーヌを譲ってもらったようだな」

「偵察したとき、そんな印象を受けました。弁理士は元外交官が約束を果たさなかったことに腹を立て、多額の報酬のほかにも愛人を譲れと要求したんでしょうね？」

「そうなんだと思うよ」

「三人とも、神経がおかしいわ。特にカトリーヌの心理はわかりません」

「カナダ育ちの娘は、白人に弱い日本人男性から愛人手当を貰えばいいとドライに割り切ってるんだろう」

「それにしても、生き方が不真面目すぎるわ。男性やお金、いいえ、人生そのものをなめてるんでしょうね。たかが人生、されど人生です。真っ当な生き方をしないと、いずれ後悔するのに」

「優等生、そう力《りき》むなって。人生、気楽にやろうや。張り込みは岩尾さんと橋爪に任せて、二人でベッド体操でもするか。一流のシティホテルでも、満室なんてことは年に一度あるかないかだ。部屋は何室でも空いてるはずだよ」

「…………」

「どうした？　迷ってるようだな」

「呆れてるんですっ」

「また、ストレートに返す。八神が大人のいい女になるまで、もう少し時間がかかりそうだな」

風見はにっと笑って、脚《あし》を組んだ。

5

グリルから一組のカップルが出てきた。

殿岡とカトリーヌだった。二人は腕を絡めていた。芝山は、まだグリル内にいるはずだ。

「おれと橋爪は、殿岡たち二人を追う。そっちと岩尾さんは、芝山諒輔を尾《つ》けてくれ。それで、非合法ビジネスの証拠を押さえてほしいんだ」

風見は佳奈に小声で言って、ソファから立ち上がった。岩尾と並ぶ形でソファに腰かけていた橋爪が顔を向けてきた。

風見は無言で相棒を手招きした。

橋爪が岩尾に短く何か言い、腰を浮かせた。風見は先に地下駐車場に下《くだ》った。ちょうどカトリーヌが真紅のアルファロメオの運転席に乗り込んだところだった。おおかた芝山に買ってもらったイタリア車だろう。

殿岡がアルファロメオの助手席に腰を沈めた。そのとき、橋爪が駆け寄ってきた。

「橋爪、二人は赤いアルファロメオに乗ったよ。芝山は、岩尾さんたちにマークしてもらうことにした」

「そうっすか」

「急ごう」

「はい」

「中腰でスカイラインに近づくんだ。いいな？」

風見は相棒に言うなり、覆面パトカーに向かって走りはじめた。すぐに橋爪が追ってくる。

アルファロメオが動きだした。

風見たちは急いで捜査車輌の中に入った。橋爪が車を発進させる。早くもイタリア車はスロープを登り切っていた。

「やっぱり、殿岡は芝山からカトリーヌを奪ったんすね」

「それは、ほぼ間違いなさそうだ。殿岡はカトリーヌの自宅マンションに行って、彼女と情事を娯《たの》しむつもりなんだろう」

「そうだとしたら、芝山は虚仮《こけ》にされてますね。さぞや腸《はらわた》が煮えくり返ってるんじゃないっすか？」

「だろうな。しかし、そんな仕打ちをされても仕方がない。芝山は交換殺人の約束を破ったようだからな」

「ええ。殿岡がもっと欲を出せば、芝山がやってる非合法ビジネスをそっくり横奪《ど》りもできるんじゃないっすか？」

「殿岡がそこまで欲を出したら、芝山は黙ってないだろう。元外交官は元傭兵や破門されたヤー公たちを使って、ダーティー・ビジネスをしてるんだ。手下に殿岡を消させることだって、いつでもできるだろう」

「そうっすね。でも、殿岡が芝山に頼まれてブラックジャーナリストを始末したことを証拠だてるような録音音声を切り札として残してたら、何もできないでしょ？」

「そうだな。これはおれの想像なんだが、殿岡は交換殺人の密談音声をこっそりＩＣレコーダーに録《と》ってたんだろう。だから、芝山は殿岡の要求を突っ撥《ぱ》ねることができなかったんじゃないか」

「風見さん、きっとそうっすよ」

「悪知恵の発達してる元外交官が今後も、殿岡の言いなりになるとは思えない。自分に不利な材料を取り除いたら、おそらく芝山は殿岡を手下の誰かに始末させるだろうな」

「ついでに、カトリーヌ・コクトーも片づけさせるんじゃないっすか？」

「かもしれないな。橋爪、アルファロメオは新宿方面に向かってるんじゃないのか？」

「多分、市ケ谷《いちがや》を回り込んで、新宿通りに出るんでしょう。行き先は『広尾スカイコート』じゃないっすね。新宿西口の高層ホテルの一室で、二人はナニするつもりなんじゃないのかな」

「そうかもしれない」

風見は応じて、ルームミラーを見上げた。

いつの間にか、後方の数台のセダンの向こうに単車が走っている。ヤマハのスクーターだ。怪しい尾行者なのか。

　二輪車のナンバープレートは、後部に付いている。数字は読みようがなかった。フルフェイスのヘルメットを被ったライダーの体型には、見覚えがある。多分、尾行した人物だろう。

「また、例のスクーターに尾《つ》けられてる」

「本当っすか!?　どうします？」

「放っておこう。いまは殿岡に迫るチャンスを待つほうが大事だからな」

「そうっすね。風見さん、スクーターの男は芝山の回し者じゃないっすか？　警察の動きが気になるんで、元外交官は配下の者に自分たちのことを……」

「いや、そうじゃないだろう。そうだったら、捜査本部の連中がまず尾行されて、岩尾・八神班もマークされてるはずだよ」

「あっ、そうですね」

「スクーターの男は、理恵を殺《や》った奴なのかもしれない。そうじゃないとしたら、真犯人《ホンボシ》と深いつながりがある人間だろう」

「風見さんがそう読んでるんだったら、アルファロメオの追尾は中止して、スクーターの野郎に職務質問《バン》かけてみたほうがいいんじゃないっすか？」

「いや、このままカトリーヌの車を追走してくれ。ヤマハの男に職質はできても、捜査本部に身柄《ガラ》を引き渡すことは無理だ。もう少し泳がせたほうが得策だよ」

「そうっすかね」

　橋爪は不服げだったが、あとは何も言わなかった。

　イタリア車は新宿通りをたどって、やがて中央自動車道の下《くだ》り線に入った。スカイラインもハイウェイに乗り入れる。スクーターは追ってきた。

　しかし、車間距離を充分に取っている。ライダーの顔はよく見えない。

「富士《ふじ》五湖周辺のホテルに泊まるつもりなんすかね、殿岡とカトリーヌは？」

「まだ行き先の見当はつかないな。山梨を通過して、長野県内のリゾート地をめざしてるのかもしれないからさ」

「そうっすね。どっちにしても、二人はどこかに泊まる気なんでしょう」

「ああ、そうだろうな」

「岩尾さんたち二人が芝山の非合法ビジネスの立件材料を押さえてくれると、捜査が大きく前進して、本事案《ほんじあん》の加害者の顔も透《す》けてくると思うんすよ」

「橋爪、運転に専念しろ」

　風見は注意し、はるか先を高速で走っているイタリア車の尾灯《テールランプ》を凝視した。点のように小さい。車の量は少なかった。

　アルファロメオは右のレーンを疾駆《しっく》している。カトリーヌのハンドル捌《さば》きは鮮やかだった。

風見は十分おきに後方の二輪車を確認した。スクーターはずっと追走してきたが、八王子《はちおう じ》IC《インターチエンジ》で一般道に降りた。覆面パトカーがイタリア車をマークしていることを知って、尾行の必要はなくなったと判断したのか。

アルファロメオはひた走りに走り、大月JCT《おおつきジャンクション》を左に折れた。支線を道なりに進めば、河口湖《かわぐちこ》の料金所に達する。

「殿岡とカトリーヌは、河口湖の近くのホテルか貸別荘に行くようだな」

風見は相棒に言った。

「そうみたいっすね」

「スクーターが八王子ICで高速を降りたんだが、おまえ、気づいてたか？」

「えっ、そんなに早く一般道に!?　相模湖《さがみこ》ICを通過したころ、スクーターが見えなくなったなと思ってたんすけど。自分、アルファロメオを見失わないようにと必死だったんすよ」

「ま、いいさ」

「スクーターの男は芝山の手下じゃないっすね。そうなら、ずっと自分らの車輛を追尾してくるはずっすから」

「ああ、そうだな。さっき言ったように、スクーターに乗ってた奴は本部事件の実行犯か、その関係者だろう」

「ヤマハのナンバーを読み取れてたら、すぐにライダーの身許が判明したんすけどね」

「とは限らないぜ。尾行者が乗ってたのは、盗難スクーターだったとも考えられるからな」

「あっ、そうっすね。そうなら、ライダーの割り出しはできないな」

「おれも二十代のころは、近視眼的な考えに囚《とら》われてたよ。捜査で大事なことは局所的な事象《じしょう》に引っ張られないで、全体を俯瞰《ふかん》するよう心がける。それを忘れなきゃ、いずれ真相に迫れるもんさ」

「いいことを教わりました。礼を言うっす」

「軽い口調が全然、改まってないな」

「すみません！」

橋爪が顎を突き出して詫《わ》びた。謝罪の仕方も軽い。しかし、いちいち文句を言うのも面倒だ。風見は苦く笑ったきりだった。

イタリア車が河口湖料金所《トールゲート》に達した。

相棒がスカイラインの速度を落とした。アルファロメオは、じきに料金所を抜けた。橋爪がアクセルを踏み込む。

イタリア車は料金所前を右折し、富士パノラマラインに入った。国道一三九号線だ。

道路は空いていた。橋爪は用心深くカトリーヌの車を尾行しつづけた。

アルファロメオは青木ヶ原《あおきがはら》樹海の横を抜け、道なりに進んでいる。精進湖《しょうじこ》の際《きわ》に差しかかったとき、風見の官給携帯電話が着信音を発した。電話をかけてきたのは、岩尾警部だった。

「オオトモホテルを出た芝山は、自分のベンツで有明《ありあけ》のフェリー発着所まで行ったんだよ。すると、二台の乗用車がプリウスを立ち往生させて、芝山の車を逃がしたんだ。我々は進路妨害した二人のドライバーを追ったんだが、逃げられてしまった。面目ない」

「岩尾さん、そいつらの車には車検証があったはずですが……」

「もちろん、チェックしたよ。どちらのセダンも盗難届が出されてた。逃げた二人の男は、芝山の手下だろう。どっちも堅気には見えなかったから、元組員だと思うね」

「そうかもしれないな。おれたちは、殿岡とカトリーヌを追尾中なんですよ」

風見は詳しい話をした。

「殿岡が芝山の代わりにブラックジャーナリストの堀江将を殺害したんだろうね。しかし、芝山が交換殺人の約束を果たさなかったことになると、国枝理恵を殺害したのはスクーターに乗ってた男と思われるね」

「ええ。殿岡を締め上げれば、美人経済アナリストを恨んでた人物がわかるかもしれません」

「そうだね。殿岡たち二人の落ち着き先がわかったら、すぐ連絡してくれないか。我々も、富士五湖周辺をめざすから」

岩尾が早口で言って、通話を切り上げた。

アルファロメオは本栖《もとす》湖《こ》の湖岸道路を半周すると、烏帽子《えぼし》岳側の林道に入った。パノラマ台からの眺望は絶景だ。観光スポットとしても名高い。

イタリア車は数分走ると、左手にある大きな別荘の敷地内に入った。二階建ての山荘は暗かった。

風見はスカイラインを山荘の五、六十メートルほど手前で停めさせた。相棒が車のヘッドライトを手早く消し、エンジンも切った。

「しばらく時間が経《た》ってから、様子を見に行こう」

「了解っす」

二人は四十分ほど時間を遣《や》り過ごしてから、そっと車を降りた。

足音を殺しながら、別荘に近づく。門柱には、芝山山荘という表札が掲げてある。丸太の塀が巡らされているが、門扉《もんぴ》はなかった。

風見たちコンビは別荘の敷地に忍び込み、山荘の裏手に回った。テラスに上がり、家の中を覗き込む。

二十五畳ほどの広さの居間は煌々《こうこう》と電灯が点いていたが、人影は見当たらない。

殿岡とカトリーヌは浴室で戯《たわむ》れているのか。それとも、早くも寝室で肌を貪《むさぼ》り合っているのだろうか。

風見は屈《かが》み込んで、居間のガラス戸に手を掛けてみた。ロックはされていない。三十センチあまりガラス戸を横に払い、風見たちは居間に侵入した。土足だった。

二人はそれぞれ銃把《グリップ》に手を掛け、階下の各室を検《しら》べた。人の気配はうかがえない。

風見たちは静かに二階に上がった。

奥の寝室から、ベッドマットの軋《きし》み音が洩れてくる。女のなまめかしい喘《あえ》ぎ声も耳に届いた。どうやら情事の真っ最中らしい。

風見は抜き足で寝室の前まで進み、ドア・ノブをゆっくりと回した。ドアを細く開けると、電灯の光が廊下に落ちた。

ダブルベッドの上で、全裸の殿岡とカトリーヌが交わっていた。女性騎乗位だった。殿岡の上に跨《また》がったカトリーヌは甘やかな声で呻きながら、腰を弾ませている。結合部の湿った音がなんとも淫猥《いんわい》だった。

殿岡は下から突き上げている。カトリーヌは深く突かれるたびに、切なげに呻いた。なまめかしい声だった。二人のリズムは、みごとに合っていた。

「不粋《ぶすい》なことをして悪いな」

風見はドアを大きく開け、ベッドルームに足を踏み入れた。

二十畳はありそうだ。右手に長椅子が置かれている。

カトリーヌが弾《はじ》かれたように立ち上がった。乳房も股間の飾り毛も隠そうとしない。

「あなたたち、誰なの⁉」

「日本語がうまいな。おれたちのことは、男根《コック》をおっ立ててる旦那が知ってるはずだ。な、殿岡さんよ」

「わたしたちを尾行してたんだなっ」

殿岡がカトリーヌを乱暴にのけ、上体を起こした。すぐに毛布で下腹部を覆う。

カナダ娘がベッドを離れ、長椅子に腰かけた。胸の前で腕を組んだが、股間は隠そうともしない。マロン・ブラウンの陰毛は、ハートの形に小さく剃《そ》り込まれていた。

「あんたは芝山諒輔と交換殺人計画を練ったな。そして、そっちは元外交官の非合法ビジネスのことを嗅ぎつけたブラックジャーナリストの堀江将を五月七日の夜、『乃木坂グレースタワー』の近くの雑居ビルの屋上から投げ落として死なせたはずだ。芝山は、あんたの代わりに国枝理恵を殺害することになってた。だが、元外交官は代理殺人を実行しなかった。あんたは約束違反だと怒り、芝山から殺しの報酬をせしめて、さらにカトリーヌ・コクトーも譲れと要求した。どこか違うかい？」

「理恵は、わたしの彼女だったんだ。なぜ、元恋人を芝山に殺《や》らせなきゃならない？　犯行動機がないじゃないかっ」

「いや、動機はある。あんたは国枝理恵に借りた一千万円を去年の暮れに現金で返したと言ってたが、それは嘘だ。それから借用証を書いてないという話も事実と違う。被害者の助手だった二谷千登世があんたの借用証のコピーを本庁《うち》の捜査一課長宛に郵送してきて、事件の犯人は殿岡直樹臭いと告発したんだよ」

「なんてことなんだ」

「被害者に借りた一千万円は、まだ返済してないんだなっ」

「返す気はあったんだよ」

「あんたは元恋人に金の返済を強く迫られてたんで、芝山に交換殺人の話を持ちかけたんだろ？」

「それは……」

「こいつが暴発したってことにするか」

風見はショルダーホルスターから、グロック26を引き抜いた。むろん、単なる威嚇《いかく》だった。スライドを引く気はない。

「芝山に交換殺人を持ちかけたことは事実だよ。しかし、彼は怖気づいて、理恵を始末しようとしなかったんだ。雇ってる元組員にやらせてもかまわないと言ったんだが……」

「芝山はビビっちまったんだな？」

「そうなんだ」

「あんたは腹を立て、堀江を葬《ほうむ》ってやった報酬を要求したんだろ？　いくら芝山から毟《むし》り取ったんだっ。吐かなきゃ、拳銃をわざと暴発させるぞ」

「一億円だよ。それから、カトリーヌも譲れと言ってやったんだ。芝山は彼女の月々の手当も自分が払いつづけるから、約束を破ったことはチャラにしてくれと頭を下げたんだよ。だから、水に流してやることにしたわけさ。わたしも芝山も、理恵の事件にはタッチしてない」

「芝山は、そうだろうな。しかし、あんたはまだシロとは断定できない。被害者の事務所から、一千万円の借用証を盗み出したそうじゃないか。芝山以外の人間に国枝理恵の口を塞《ふさ》がせたかもしれないからな」

「わたしは、芝山以外の奴に理恵を殺《や》ってくれなんて頼んでないっ。それから、借用証なんか盗み出してないぞ。誰がそんなことを言ってるんだ！」

殿岡が憤《いきどお》ろしげに喚《わめ》いた。

「遺品の中に借用証はなかったんだ。しかし、被害者があんたの借用証を保管してたと助手の二谷千登世が証言してる。あんたは彼女にカルティエの腕時計をプレゼントして、一千万円の借用証を盗んでくれと頼んだ。断られると、二谷千登世を力ずくで犯そうとしたんじゃないのか。え？」

「彼女に借用証を盗み出してくれなんて頼んだことはない。犯そうともしてないよ。本当なんだ」

「その通りなら、二谷千登世が作り話をしたことになるな。なぜ、彼女はそんなことをしなければならなかったんだ？」

「それはわからないが、わたしは嘘なんてついてない。理恵は、欧米の総合弁護士事務所《ファーム》のような総合企業コンサルティング会社を持つことを夢見てたんだ。アナリストの仕事だけじゃ多額の事業資金は工面《くめん》できないんで、法すれすれの手口で副収入を得てたようだな。彼女の母方の叔父は数カ月前に亡くなったんだが、会社喰い《マージャー》だったんだ」

「会社乗っ取り屋だったのか、被害者の叔父の稲葉典生は」

「警察は、理恵の叔父のことまで知ってたのか。驚いたな。理恵は認めなかったが、叔父の企業買収に裏で協力して、それ相応の謝礼を貰ってたはずだよ。それだから、会社を乗っ取られた人たちは稲葉氏と姪の理恵を恨んでたんじゃないのかな」

「二谷千登世の縁者の中に被害者の叔父に会社を乗っ取られた人間がいるとしたら、彼女があんたを犯人に仕立てようと小細工を弄《ろう》したのかもしれないな」

風見は呟《つぶや》いた。

その直後、硬い物で後頭部を強打された。感触で、銃把の底で撲《う》たれたとわかった。風見は呻いて、片膝を床《ゆか》についた。かたわらの橋爪は何者かに蹴られ、フロアに転がった。

数秒後、風見の背後でサイレンサー・ピストルの発射音が二度聞こえた。圧縮空気が吐き出されたような音だった。

殿岡が短い声をあげ、ベッドに仰向けに引っくり返った。ほとんど同時に、カトリーヌが長椅子から擦《ず》り落ちた。二人は額を撃ち抜かれていた。どちらも微動《びどう》だにしない。すでに息絶えたようだ。

風見は振り向く前に背中を思うさま蹴られ、床に這いつくばった。

グロック26を握り直したとき、今度はジャングル・ブーツの底で右の肘《ひじ》を踏み押さえられた。すぐにオーストリア製の拳銃を奪われてしまった。

橋爪は床に転がったまま、怯《おび》え戦《おのの》いている。コルト・ディフェンダーを携行しているが、反撃する気力を殺《そ》がれてしまったのだろう。

無理もない。所轄署で強行犯係を務めてきたといっても、犯罪者に銃口を向けられたことは一度もなかったのだろう。

風見は腰を軸にして、体をハーフ・スピンさせた。

ドアの前に三十六、七のクルーカットの男が立っていた。右手にロシア製の消音型拳銃マカロフPb、左手にグロック26を握っている。上背があった。

筋肉質の体に黒っぽい戦闘服《バトル・ジャケット》を羽織《はお》っている。下は細身のパンツだった。

「芝山諒輔に雇われてる元傭兵だな?」

「おれのことは詮索するなっ」

「元外交官が殿岡とカトリーヌを始末しろと命じたんだろ?」

「そうだ」

「おれたち二人も殺《や》れと言われてるんだろうが？」

「いや、刑事たちは生け捕りにしておけって言われてる。芝山さんは、おまえたちと裏取引をする気でいるんだよ」

「裏取引だって？」

「ああ。芝山さんは、殿岡に堀江を殺《や》らせたことをおまえらが忘れてくれたら、三千万円ずつ払ってもいいと言ってたよ。誘拐ビジネスのことを嗅ぎつけた堀江は、芝山さんに二億円の口止め料を寄越せと言ったらしい。六千万の出費なら、安いもんだ」

「そんだけ貰えるんだったら、裏取引に応じるよ」

「本当か？」

「ああ」

「風見さん、本気《マジ》っすか⁉　自分は、絶対に裏取引なんかしませんよ」

「いい子でいても、いいことなんかねえぞ。橋爪、三千万の小遣いはありがたいじゃないか」

「風見さん、どうかしてるっすよ。警察官《サツカン》が正義感を棄《す》てたら、終わりでしょ？」

「正義感？　そんなものは、とうの昔に棄てちまったよ。正義よりも銭さ」

「自分、あなたを軽蔑します」

橋爪が鋭く睨んだ。

「話がまとまらないな。おたくの相棒はシュートしよう」

「待ってくれ。おれが相棒を必ず説得する」

「説得させる自信はあるのか？」

「あるよ。おれたちは、おたくのボスと必ず裏取引する。だから、マカロフPbの銃口を下げてくれ。それから、おれのグロック26を返してくれよ」

「それはできない。それよりも、相棒を説得してみろ」

「抱き起こしてやってもいいか？」

「ああ」

クルーカットの男がダブルベッドの端に浅く腰かけた。風見は起き上がり、橋爪に近寄った。

「自分の気持ちは変わらないっすから」

「優等生の人生なんて、つまらねえぞ。たった一度の人生なんだ。愉《たの》しく生きようや」

「何を言われても、自分は裏取引には応じませんよ」

橋爪が口を閉じた。

風見は片目をつぶり、相棒の上体を抱き起こした。すぐにホルスターからコルト・ディフェンダーを引き抜き、安全装置を外す。それから、手早くスライドを引いた。

「おい、何をしてるんだっ」

元外交官の手下がベッドから立ち上がった。

風見は振り向きざまに、コルト・ディフェンダーの引き金を絞った。重い銃声が轟《とどろ》いた。

放った銃弾は、相手の右肩に命中した。サイレンサー・ピストルがダブルベッドの下に落ちた。

風見は前に跳《と》び、銃口をクルーカットの男の心臓部に押し当てた。そうしながら、相手の左手からグロック26を取り返す。

「くそっ」

男が呻きながら、ダブルベッドにふたたび腰を沈めた。

「名前を聞こうか」

「…………」

「左肩も撃ってほしいらしいな」

「穂積《ほづみ》、穂積学《まなぶ》だよ。三十八だ」

「元傭兵か？」

「いや、海上保安官をやってた。十数年前に押収した覚醒剤を横浜《よこはま》の暴力団に流してやったことが発覚して、懲戒免職にされたんだよ。上層部が不祥事を公にしたくないということで、刑罰は免れたがな。その後は、闇社会の顔役たちのボディーガードをやって暮らしてきたんだよ」

「芝山に拾われて、誘拐ビジネスの実行犯グループのリーダーを務めてきたんじゃないのか？」

「当たりだよ。しかし、おれは国枝理恵なんて女は殺《や》ってない。芝山さんも同じだ」

「そのことはわかってる。芝山は、この別荘に来ることになってるんだな？」

「ああ。おれが殿岡とカトリーヌの死体を山の中に埋め終えたころ、ここに来ると言ってたよ」

「芝山は、殿岡を生かしておくと、さらに金をせびられると判断したわけだ？」

「そうだよ。殿岡に抱かれたカトリーヌには、もう関心がなくなったらしい」

「そういうことか」

風見は橋爪を呼び、穂積に前手錠を打たせた。相棒の拳銃を差し出す。

「役者なんすね、風見さんは。てっきり三千万円に目が眩《くら》んだかと思っちゃいましたよ」

「まだそこまで腐っちゃいないよ」

「二つも死体《ロク》が出たんすから、山梨県警を呼ばないわけにいかないっすよね？」

「そうだな。すぐに事件通報してくれ」

「わかりました」

橋爪が自分のホルスターにコルト・ディフェンダーを収め、懐からモバイルフォンを取り出した。

　そのすぐあと、成島班長から風見に電話があった。

「岩尾・八神班は、中央高速の八王子ＩＣを通過したらしい。現在位置を教えてくれ」

「本栖湖の近くの芝山の別荘にいます」

　風見は経過をつぶさに報告した。

「芝山も殿岡も本部事件ではシロだったわけか。少し遠回りしてしまったが、有力な手がかりを入手したよ。被害者の母方の叔父の稲葉典生は四年前、二谷千登世の父親の博行《ひろゆき》、五十七歳が親から引き継いだ食品加工会社を乗っ取って、経営権をライバル会社に高く売り、ひと儲けしてたんだよ」

「やっぱり、事件の裏に元助手がいたか。おれ、二谷千登世に疑惑の目を向けはじめてたんですよ」

「そうか。会社を稲葉に乗っ取られた二谷博行は精神のバランスを崩して、いまも神経科医院に入院中らしい。千登世の母は前途を悲観し、三年数ヵ月前に服毒自殺を遂げてしまったんだ。娘の千登世が復讐のため、稲葉の姪に近づいたんだろうね」

「多分、千登世は稲葉を殺害する気でいたんでしょう。しかし、復讐相手が数ヵ月前に急死してしまったんで……」

「姪の国枝理恵を抹殺する気になったとしたら、一種の八つ当たりだな」

「班長、本部事件の被害者は叔父の会社乗っ取りに協力して、総合企業コンサルティング会社を興《おこ》す事業資金を捻出してたようなんですよ。ほかにも大手商社、IT関連企業大手、独立行政法人、新興宗教団体、企業舎弟の弱みを押さえてたわけだから、その素顔は強《したた》かな悪女だったんでしょう」

「そうだったんだろうな。ところで、国枝理恵を絞殺したのは二谷千登世だったんだろうか」

「いや、実行犯は彼女の婚約者の小出頼信、三十二歳なんでしょう。明日、まず二谷千登世に揺さぶりをかけてみますよ。それで、彼女が実行犯の名を吐かなかったら、小出のアリバイを調べて、任意同行を求めましょう」

「そうするか。とりあえず、岩尾・八神班を元外交官の別荘に向かわせる。穂積の身柄《ガラ》を山梨県警に引き渡したら、東京に戻ってくれ。おれは、それまでアジトで待ってるよ」

班長が電話を切った。部下たちが戻るまで、好きな志《し》ん生《しょう》の落語カセットをたっぷり聴けるだろう。

ゆっくりと桜田門に戻ってやろう。

風見はそう考えながら、携帯電話を折り畳んだ。寝室の血臭《けつしゅう》は一段と濃くなっていた。

橋爪がむせはじめた。風見は黙って若い相棒の背を軽く叩いた。

高飛びされたのか。

悪い予感が膨らんだ。風見はもう一度、インターフォンを響かせた。目黒区原町《はらまち》にある小出頼信の自宅マンションだ。

やはり、応答はない。三〇一号室は静まり返っている。

殿岡とカトリーヌが射殺された翌朝だ。まだ八時前だ。前夜のうちに穂積と芝山は山梨県警に緊急逮捕された。風見たちコンビが事情聴取を受けているとき、岩尾と佳奈が芝山の別荘に駆けつけた。

特命遊撃班の四人は芝山が連行される前に、特別に元外交官を取り調べさせてもらった。芝山は非合法ビジネスで悪銭を得ていたが、国枝理恵殺しには関与していなかった。元海上保安官の穂積に殿岡とカトリーヌを射殺させたことは認めた。

「小出は、二谷千登世と一緒に高飛《ジャンプ》びしたんじゃないっすかね?」

橋爪が腫《は》れぼったい目を擦《こす》りながら、低い声で言った。山梨から本部庁舎に戻ったのは、午前二時過ぎだった。メンバーはそれぞれ自宅で仮眠を取って、午前七時前には登庁した。

岩尾・八神班は、大岡山の千登世の自宅アパートに向かった。だが、すでに千登世は部屋にいなかったという。

「二人が高飛びした可能性はあるな。ただ、おれが小出なら、ひとりで逃げるな。千登世は共犯者だが、国枝理恵を絞殺したわけじゃない」

「ええ、彼女のアリバイは成立してますからね」

「そうだな。捜査本部のその後の調べで、小出が千登世の父親の食品加工会社の営業マンだったことがわかったと班長が言ってただろう？」

「そうっすね。小出は千登世と結婚したら、行く行くは三代目社長になることに決まってたというから、稲葉と国枝理恵を恨みたくなるだろうな。千登世に同情する気持ちもあったんでしょうが、自分の人生設計を狂わされたことが腹立たしかったんじゃないっすかね？」

「そうなんだろうな。勤めてた会社を乗っ取った稲葉が急死しなければ、理恵は殺してはなかったと思うよ。しかし、復讐相手がこの世にいなくなってしまったんで、稲葉の姪を仕返しの標的にしたんだろう」

「ええ、そうなんでしょうね。小出と同様、千登世の復讐心も強かったんだろうな。まんまと被害者の助手になって、稲葉を消すチャンスをずっとうかがってたみたいっすからね」

「祖父が創業した会社を稲葉に乗っ取られたことで、彼女の父親は心の病に悩まされ、母親は自殺に追い込まれた。報復の炎が消えることはなかったんだろう」

るっすよ」

「そうなんでしょう。仇討ちは現代社会では認められてないっすけど、気持ちは理解でき
「おれも同じだ」

「風見さん、どうします？　もう小出は飛んだと思うっすよ。アパートの居住者たちの話だと、いつも小出が乗ってるスクーターが見当たらないらしいっすから」

「そうなんだが、少し張り込んでみよう。何か大事な物を持ち出すことを忘れたんで、小出が塒《ねぐら》に戻ってくることも考えられるからな」

風見は三〇一号室から離れた。橋爪が倣《なら》う。

二人は階段を下《くだ》り、ミニマンションの斜め前に駐《と》めてある覆面パトカーに乗り込んだ。

風見は成島班長に電話をして、小出が自宅にも勤め先にもいないことを報告した。

「小出と千登世の緊急配備《キンパイ》を敷いてもらうよ。ただ、二人のどちらかが忘れ物を取りに自宅に舞い戻るかもしれないから、しばらく張り込んでみてくれ。岩尾・八神班も、引きつづき千登世のアパートを張ってるんだ」

「そうですか」

「おっと、言い忘れてた。少し前に山梨県警から電話があって、風見の発砲は正当防衛と正式に認めると言ってきたんだ」

「当然ですが、面倒なことにならなかったんで、ほっとしました」

「そういうことだから……」

通話が終わった。

風見たちコンビは睡魔と闘いながら、張り込みつづけた。

前方から見覚えのあるヤマハのスクーターが走ってきたのは、正午前だった。ライダーは黒いフルフェイスのヘルメットを被っている。小出かもしれない。

急にスクーターがUターンした。覆面パトカーに気づいて、逃げる気になったのだろう。

「橋爪、スクーターを追うんだ。おそらくライダーは小出だろう」

「了解！」

橋爪がスカイラインを急発進させた。

スクーターは何度も裏通りに逃げ込み、追っ手を翻弄させた。ようやく追いついたのは、およそ三十分後だった。ライダーがハンドル操作を誤って、車体ごと転倒したのである。

風見は停まったスカイラインの助手席から飛び出し、ライダーに駆け寄った。小出よりも小柄で、体の線が柔らかい。スクーターで逃げ回っていたのは、二谷千登世だろう。

風見はライダーのヘルメットを剝《は》ぎ取った。

やはり、千登世だった。蒼ざめていた。

「小出を逃がすため、きみは時間稼ぎをしたかったんだな？」

「違いますよ。国枝理恵を革紐で絞め殺したのは、わたしなんです。彼、小出さんは事件には関係ないんです。本当にわたしが……」

「きみのアリバイは裏付《ウラ》けが取れてるんだ。実行犯ではあり得ない」

「でも、本当に……」

「一千万円の借用証のコピーを捜査一課長に郵送したのは、ミスリード工作だったんだな？」

「そうです。殿岡さんが重要参考人になれば、わたしたちは当分、疑われないだろうと考えたんですよ」

「やっぱり、そうだったか。小出頼信はどこに逃げた？」

「彼は悪くないんです。頼信さんはわたしに同情してくれて、協力してくれただけなんですよ。唆《そそのか》したわたしだけを罰してください」

「きみの親父《おやじ》さんの会社を乗っ取った稲葉典生と姪の国枝理恵は善人とは言えない。でもな、殺人という復讐は許されないんだよ」

風見は言い諭《さと》して、千登世を引き起こした。黒い細身のジーンズが擦《す》り切れていたが、出血はしていない。

橋爪が走り寄ってきて、スクーターのエンジンを切った。空転中のタイヤの回転数が落ちた。

「実行犯は小出だね？」

「そうですけど、彼を見逃してください。その代わり、わたしが殺人犯になります。だから、どうかお願いです」

「逃亡先を言うんだっ」

「わたしの口からは言えません」

千登世が悲痛な声で言い、その場に頽《くずお》れた。すぐに彼女は泣きむせびはじめた。

風見は千登世を抱きかかえ、覆面パトカーに導《みちび》いた。後部座席に坐らせ、その横に腰かける。

相棒がスクーターを起こしてスタンドを立ててから、スカイラインの運転席に乗り込んできた。

「心の整理がつくまで待つから、小出と一緒に罪を償《つぐな》うんだな」

「刑事さん、もう少し時間をください。わたしのために手を汚してくれた彼をすぐに裏切ることなんかできません」

「いつまでも待つよ」

風見は千登世の肩を軽く抱いた。千登世が号泣しはじめた。

その日の夕方である。

風見は、チーム・メンバーと『春霞』で打ち上げの酒を傾けていた。

千登世の供述によって、小出頼信は横浜市内のネットカフェで午後三時過ぎに逮捕された。千登世の婚約者は新宿署で犯行を全面的に認め、独居房に留置されている。千登世は共犯者として、やはり身柄を拘束されていた。

「個人感情として、今回の事件《ヤマ》は迷宮《オミヤ》入りにしてやりたかったな」

成島班長が誰にともなく言った。部下たちが相前後してうなずく。

「どんな人間も善と悪の両面を併《あわ》せ持ってるんでしょうけど、わたし、国枝理恵の裏の顔には驚かされました。いまも信じられないですね。班長はどうでした？」

佳奈が成島に問いかけた。

「国枝理恵の素顔を知って、少しがっかりしたよ。でも、無理もないんだ。理事官の情報によると、経済アナリストの父親は経営してた会社を友人に乗っ取られてしまったんだよ」

「えっ、そうなんですか⁉」

「そのこと、みんなに話したと思ってたがな」

「いいえ、聞いてませんよ」

「そうだったかな。最近、物忘れがひどくなったんだ。それはそうと、他人《ひと》に手痛く裏切られたりすると、人間は金だけしか信じなくなるのかもしれないな。哀《かな》しいことじゃないか」

「そうですね。小出と二谷千登世はまだ若いんですから、なんとか立ち直ってほしいな」

「警察官僚《キャリア》は、上から目線だな」

　風見は雑《ま》ぜ返した。

「えっ、そうでした？」

「でも、八神はいい女だから、聞き流してやるよ。それに、おれたちは赤い糸で結ばれてるしな」

「結ばれてません！　笑えないジョークばかり言ってないで、そろそろ智沙さんに正式にプロポーズしたほうがいいんじゃないのかな？」

「近いうち、そうするつもりだよ」

「それは、めでたい話だね。班長、きょうの打ち上げは風見君の結婚、いえ、婚約の前祝いってことにしませんか？」

　岩尾が提案した。

「そうするか。なら、明るく飲まないとな」

「ええ」

「今夜は、こっちの奢《おご》りだ。みんな、へべれけになるまで飲《や》ってくれ。こちとら、江戸っ子でえ。けち臭いことは言わねえよ。帰りのタクシー代も持ってやる」

成島が上機嫌に言って、大声で友紀ママを呼んだ。着物姿の美人女将が小上《こあ》がりに歩み寄ってくる。

「自分、このチームにずっといたいっすね」

橋爪が隣席で言った。

「使える刑事《デカ》になりゃ、長くチームにいられるよ」

「風見さん、自分はもう一人前の刑事だと思うっすけどね」

「うぬぼれやがって。まだ橋爪は半人前だよ」

「まだ使えないメンバーってわけっすか。でも、半人前はひどいんじゃないっすかね？」

「自信過剰！　でもな、筋は悪くないよ。これから本格的に鍛《きた》えてやるから、まずは軽い口調を直せ！」

「そうするっす。いいえ、そうします」

「よし、その調子だ。いい刑事になれ」

風見は笑顔で、若い相棒の背中を思いっきり叩いた。

橋爪が呻いて、上体を反《そ》らす。

風見は焼酎のロックを飲み干した。氷塊《ひょうかい》が鳴った。涼やかな音だった。

風見は、空けたグラスを高く掲げた。

著者注・この作品はフィクションであり、登場する人物および団体名は、実在するものといっさい関係ありません。

悪女の貌

一〇〇字書評

切り取り線

購買動機（新聞、雑誌名を記入するか、あるいは○をつけてください）

□（　　　　　）の広告を見て	
□（　　　　　）の書評を見て	
□ 知人のすすめで	□ タイトルに惹かれて
□ カバーが良かったから	□ 内容が面白そうだから
□ 好きな作家だから	□ 好きな分野の本だから

・最近、最も感銘を受けた作品名をお書き下さい

・あなたのお好きな作家名をお書き下さい

・その他、ご要望がありましたらお書き下さい

住所	〒				
氏名		職業		年齢	
Eメール	※携帯には配信できません	新刊情報等のメール配信を 希望する・しない			

この本の感想を、編集部までお寄せいただけたらありがたく存じます。今後の企画の参考にさせていただきます。Eメールでも結構です。

いただいた「一〇〇字書評」は、新聞・雑誌等に紹介させていただくことがあります。その場合はお礼として特製図書カードを差し上げます。

前ページの原稿用紙に書評をお書きの上、切り取り、左記までお送り下さい。宛先の住所は不要です。

なお、ご記入いただいたお名前、ご住所等は、書評紹介の事前了解、謝礼のお届けのためだけに利用し、そのほかの目的のために利用することはありません。

〒一〇一‐八七〇一
祥伝社文庫編集長　坂口芳和
電話　〇三（三二六五）二〇八〇

祥伝社ホームページの「ブックレビュー」からも、書き込めます。

http://www.shodensha.co.jp/bookreview/

祥伝社文庫

悪女《あくじょ》の貌《かお》　警視庁特命遊撃班《けいしちょうとくめいゆうげきはん》

平成24年6月20日　初版第1刷発行

著　者　南《みなみ》　英男《ひでお》
発行者　竹内和芳
発行所　祥伝社《しょうでんしゃ》
東京都千代田区神田神保町3-3
〒101-8701
電話　03（3265）2081（販売部）
電話　03（3265）2080（編集部）
電話　03（3265）3622（業務部）
http://www.shodensha.co.jp/

印刷所　堀内印刷
製本所　積信堂
カバーフォーマットデザイン　芥　陽子

Printed in Japan ©2012, Hideo Minami　ISBN978-4-396-33767-4 C0193

祥伝社文庫　今月の新刊

梓林太郎
笛吹川殺人事件
鍵を握るのは陶芸品!?　有名陶芸家の驚くべき正体とは。

天野頌子《しょうこ》
警視庁幽霊係　少女漫画家が猫を飼う理由《わけ》
幽霊と話せる警部補・柏木が死者に振り回されつつ奮闘!

夢枕獏
新・魔獣狩り8　憂艮《うしとら》編
徐福、空海、義経…「不死」と「黄金」を手中にするものは?

西川司
恩讐《おんしゅう》　女刑事・工藤冴子
一途に犯人逮捕に向かう女刑事。新任刑事と猟奇殺人に挑む。

南英男
悪女の貌《かお》　警視庁特命遊撃班
美女の死で浮かび上がった強欲者の影。闇経済に斬り込む!

小杉健治
冬波《とうは》　風烈廻り与力・青柳剣一郎
事件の裏の非情な真実。戸惑い迷う息子に父・剣一郎は…。

野口卓
飛翔　軍鶏《しゃも》侍
ともに成長する師と弟子。胸をうつ傑作時代小説。

岡本さとる
妻恋日記　取次屋栄三《えいざ》
亡き妻は幸せだったのか?　老侍が辿る追憶の道。

川田弥一郎
江戸の検屍官　女地獄
〝死体が語る〟謎を解け。医学ミステリーと時代小説の融合。

芦川淳一
花舞いの剣　曲斬り陣九郎
突然の立ち退き話と嫌がらせに、貧乏長屋が大反撃!